Issy Brodsky ist Anfang 30 und gerade dabei, ihren Job und ihren Verstand zu verlieren. Sie arbeitet als »Agentin« bei der ›Honigfalle‹, einer Agentur, die Männer auf Treue testet. Außerdem ist sie allein erziehende Mutter von Max, dreieinhalb, Stöckesammler, Spidermanfan und Philosoph.
Als der im Garten einen besonderen Fund macht, wird Issys Leben noch komplizierter, als es eh schon ist. Und dann bricht sie auch noch die goldene Regel der ›Honigfalle‹: niemals mit dem Mann einer Klientin ins Bett gehen! Issy sitzt in der Tinte. Aber ganz, ganz tief …

Sehr schlau, sehr komisch und kein bisschen honigsüß: das unwiderstehliche Debüt der jungen Londoner Autorin Thea Wolff.

»Frechheit siegt!« Berliner Zeitung

Thea Wolff behauptet, sie sei einundzwanzig, aber sie lügt. Geboren wurde sie in Dublin, lebt aber schon lang genug in London, um es eigentlich besser zu wissen. Sie arbeitet als Schauspielerin und Comedian, schreibt Drehbücher, Hörspiele und Romane. Und ja – Thea Wolff ist allein erziehend.

Unsere Adresse im Internet: www.fischerverlage.de

THEA WOLFF

HONIGFALLE

ROMAN

Aus dem Englischen von
Adelheid Zöfel

Fischer Taschenbuch Verlag

Veröffentlicht im Fischer Taschenbuch Verlag,
einem Unternehmen der S. Fischer Verlag GmbH
Frankfurt am Main, März 2007

Die Originalausgabe erschien 2004
unter dem Titel ›The Honeytrap‹
bei Bloomsbury, London
Die deutsche Erstausgabe erschien 2005
bei Krüger, einem Verlag der S. Fischer Verlag GmbH

Druck und Bindung: Clausen & Bosse, Leck
Printed in Germany
ISBN-13: 978-3-596-16341-0
ISBN-10: 3-596-16341-2

Für meine Familie – mit Liebe und noch mehr Liebe

DER FINGER

Er nervte mich. Ich muss sagen, der Finger nervte mich total. Er zeigte direkt auf mich, ein Fingerzeig sozusagen, und ich hatte das Gefühl, die ganze Welt zeigt mir den Stinkefinger.
Ein kleiner Finger, ein linker kleiner Finger.
Gekrümmt, mit roten Nagellackspuren.
Direkt auf mich gerichtet.
Das Problem war nur, dass die dazugehörige Hand fehlte. Arm und Körper waren ebenfalls abhanden gekommen, wie es schien. Auf jeden Fall war das alles ganz schön irre.

MÄNNER AUF ABWEGEN

Saß im Büro, zuständig für das »Hallo«-Gezwitscher am Telefon. Montag, früher Abend. Das grüne Lichtchen blinkte. Auf die Plätze, fertig, los.
Ich räusperte mich, um meine Stimme zu entsiffen, und flötete: »Hier ist die Honigfalle. Was kann ich für Sie tun?«
Meine Anruferin klang nervös, zaghaft, als könnte sie nicht die richtigen Worte finden, während ich schon im Voraus wusste, was sie sagen würde. Sie machte eine Vertrauenskrise durch. Wie alle anderen, die bei der Honigfalle anrufen, vermutete sie, dass ihre bessere Hälfte a) eine Affäre gehabt hat, b) im Moment eine Affäre hat,

c) gern eine Affäre hätte. Und genau darauf sind wir spezialisiert: Wir erwischen Männer auf Abwegen.
Können Sie Ihrem Partner vertrauen? Ist er treu? Kann er in Versuchung geführt werden? Wird er der Versuchung erliegen? Die Antwort lautet jedes Mal: ja. Bleibt nur noch die Frage: Wie leicht? Bei der Honigfalle überprüfen wir die Haltbarkeit der modernen Ehen. Die Prognose ist nicht besonders gut, und bis zum heutigen Tag hat unsere Agentur siebzig Scheidungen in die Wege geleitet. Tolle Leistung. Und unsere Erfolgsquote steigt, sie liegt zwanzig Prozent höher als vergangenes Jahr. Das heißt, um genau zu sein, seit ich zum Team gestoßen bin.
Klar, wir haben auch ein paar Ehen gerettet, aber sind wir doch mal ehrlich – wenn uns jemand anruft, heißt das, es liegt etwas im Argen. Vermutlich ist es nur noch eine Frage der Zeit, es sei denn, unsere Klientin ist nachweislich klinisch verrückt. So eine Frau hatten wir auch schon mal. Wir sahen uns schließlich gezwungen, eine einstweilige Verfügung gegen sie zu erwirken. Es handelte sich um eine gewisse Wilhelmina, die gar keinen Ehemann hatte – aber das ist eine andere Geschichte und gehört nicht hierher.
»Ja, also … es ist …« Die Anruferin schniefte, den Tränen nah. »Unsere Beziehung ist nicht mehr so wie früher – seit ich Billy bekommen habe.«
Billy. Der zweite Sohn. Ich erfahre viel. Vielleicht zu viel.
Eheglück?
Meiner Meinung nach ein Werbeslogan, den sich ein Schwuler ausgedacht hat. Und was die Kids, äh, die Kinder angeht, die lieben Kleinen, sie sind ja süß und nett – aber werfen sie nicht ständig Sand ins Getriebe? Ich weiß, wovon ich rede, denn schließlich habe ich auch eins.

Also ruft uns die schnuffelige kleine Ehefrau an, am Rand des Nervenzusammenbruchs.
»Er ist nicht für mich da. Ich mache, was ich kann – ich erledige den gesamten Haushalt, ich habe einen Ganztagsjob, ich kümmere mich um die Kinder. Er versteht mich einfach nicht. Es ist wahnsinnig anstrengend, er weigert sich, mit anzupacken, aber« (jetzt kommt's) »er erwartet trotzdem, dass ich ihm einen blase.«
So weit, so gut. Ich habe nicht zugehört, jedenfalls nicht richtig. Ich musste nämlich die ganze Zeit an den Finger denken. Abgeschnitten, oder besser, abgehackt, das Blut getrocknet und bröselig.
Max hat den Finger gefunden. Ich hatte ihn zum Abreagieren in den Garten geschickt, nachdem er mir verkündet hat, er wär nicht mehr mein Freund. In einem Tobsuchtsanfall hatte er sein Lieblingsvideo mehrmals an die Wand gepfeffert, nur um festzustellen, dass es bei der Behandlung tatsächlich kaputtgeht. Manchmal frage ich mich, ob er mich immer noch als Fortsetzung von sich selbst betrachtet – weil er mir an allem die Schuld gibt.
»Hau ab!«, schrie er aus voller Brust. »Ich bin nicht mehr dein Freund.«
Da stand ich, ohne Freund, oder zumindest mit einem Freund weniger als vorher, und schälte einen Apfel, und da stand Max, mit knallrotem Kopf, weil ich mich weigerte, vor seiner Wut zu kuschen. Er ließ nicht locker, deshalb blieb mir nichts anderes übrig, als ihn durch die Hintertür sanft hinaus in den Garten zu bugsieren.
»Raus mit dir, Max, und melde dich gefälligst erst wieder, wenn du dich beruhigt hast.«
Sofort griff ich zu meinem karmischen Beruhigungsmittel, meiner Packung Fluppen, und rauchte zwei nach-

einander. Max jaulte etwa fünf Minuten, dann wurde er ruhiger, immer ruhiger, viel zu ruhig. Als ich die zweite Zigarette ausdrückte, schoss es mir plötzlich durch den Kopf, er könnte gekidnappt worden sein. Panisch rannte ich nach draußen. Er kauerte am Boden und schien irgendetwas zu erforschen.

»Hey, Maxy, was hast du da?«

Normalerweise findet er Sachen wie Würmer, Schnecken, Katzendreck oder Marienkäfer.

»Einen Finger.«

»Hallo … sind Sie noch dran?«, fragte die gequälte Ehefrau, die wohl gespürt hatte, dass ich nicht ganz bei der Sache war.

»Ja, selbstverständlich … haben Sie irgendwelche Beweise?«

Im Hintergrund hörte ich Kinder quieken. »Wissen Sie, wir sind eigentlich glücklich verheiratet, es ist nur … Ned, sei jetzt bitte still … Ned, Mama ist am Telefon.«

Meine Anruferin wollte beruhigt werden. Sie wollte, dass wir das Band des Vertrauens zwischen ihr und ihrem Ehemann wieder stärkten; sie musste hören, dass er nicht in Versuchung geführt werden konnte, dass er nicht vom rechten Weg abkommen würde. Vor allem aber wollte sie, dass ihr Kind, das jetzt im Hintergrund eine Brüllarie hinlegte, endlich die Klappe hielt, weil sie sonst nicht denken konnte. Sie sagte, sie werde sich demnächst wieder melden.

»Kein Problem, aber schieben Sie es nicht auf die lange Bank. Es ist besser, wenn man den Anfängen wehrt«, riet ich ihr, hilfsbereit wie immer, aber eigentlich heizte ich nur ihre ohnehin schon vorhandene Unsicherheit an.

DER MANTEL

Die Bürotür ging auf, und hereingerauscht kam Charlie/Fiona, mein transsexueller Boss, eng umschlungen von meinem gegenwärtigen Schwarm. Biest/Mistkerl. Ganz schön traurig, wenn man von einem leblosen Gegenstand derart besessen ist wie ich, aber er ist absolut edel: ein Mantel, wunderschön, dreiviertellang, Kaschmirmischung, kuschelig warm, erstklassiger Schnitt, rasend teuer. Mir gefiel dieser Mantel. Er stand Fiona ausgezeichnet, aber ich hätte noch besser darin ausgesehen. Ich wollte ihn haben.

Ich will, ich will, ich will … mein kleiner Maxy … sein Lieblingssatz, sein Mantra … Aber andererseits – wäre es nicht grauenhaft, wenn man nichts mehr wollen würde?

Leider überstieg der Mantel meine finanziellen Möglichkeiten bei weitem. Ich hatte gleich zu Fiona gesagt, er stehe ihr nicht besonders, weil ich hoffte, sie würde ihn mir dann zu einem günstigen Preis abtreten.

Fiona ist groß, mit tollen breiten Schultern. Als Maxy sie das erste Mal sah, wollte er wissen, warum er/sie Frauenkleider trage.

Lässig antwortete Fiona: »Ich bin eine Frau.«

»Stimmt doch gar nicht!« Maxy grinste, weil er die Antwort für einen Witz hielt.

Aber sie war ernst gemeint, und Max schaute mich fragend an. Das alte Sprichwort »Kindermund tut Wahrheit kund« bestätigte sich wieder einmal. Allerdings ereignete sich diese Szene während meines Vorstellungsgesprächs, und ich fürchtete schon, Max hätte mir alles vermasselt.

»Hat dein Sohn Probleme mit Transen?«, erkundigte sich Fiona.
»Normalerweise nicht«, hatte ich erwidert.

Nachdem Fiona jetzt ihren superschicken Mantel aufgehängt hatte, begab sie sich in unser Küchenkabuff, das heißt, sie machte einen Schritt nach rechts und verschwand in dem großen Loch in der Wand, das früher ein begehbarer Kleiderschrank gewesen sein musste. Die Tür war ausgehängt, um Platz für einen Minikühlschrank und einen Wasserkessel zu schaffen. Das Büro war minimalistisch: ein Zimmer im zweiten Stock eines Hauses am Parkway. Unter uns hausten mehrere Steuerberater, ganz unten ein Optiker.
Fiona lugte um die Ecke.
»Möchtest du was trinken, Issy?«
Ich nickte.
»Ja, gern – und wie geht es unserem Charlie heute?«
»Du kannst mich mal.«
Wenn ich sie ärgern möchte, nenne ich sie Charlie. Sie will einfach nicht verstehen, dass das witzig ist. Dabei erinnert unser Arrangement hier tatsächlich an *Drei Engel für Charlie.*

DIE HONIGFALLE

Es waren einmal drei kleine Mädchen. Die drei kleinen Mädchen waren ganz verschieden und wuchsen zu drei ganz verschiedenen Frauen heran. Doch drei Dinge hatten sie gemeinsam: Sie waren wunderschön, sie waren allein erziehende Mütter, und sie arbeiteten für die Honigfalle. Die Erste bin ich, Issy. Ich heiße Kelly, wegen meiner braunen Haare. Dann kommt Nadia, die viel versprechende Sängerin, das heißt, seit zehn Jahren verspricht sie viel, ohne ihr Versprechen je zu halten. Nadia nennt sich Sabrina, vor allem, weil ich nicht Sabrina heißen möchte (zu ernst, viel zu gescheit). Und dann ist da noch Trisha, die Blondine, deren Motto lautet: »Ich mag zwar mindestens so sexy aussehen wie Farrah Fawcett, aber wenn mir einer krumm kommt, zerquetsche ich ihm die Eier.« Trisha ist komisch, pausenlos im Fitnessstudio, und ich traue ihr nicht über den Weg.

Was uns verbindet ist, dass wir alle unsere Kinder ohne eine zweite Bezugsperson großziehen. Und hier kommt unser Bosley ins Spiel: Maria, eine fünfzigjährige spanische Großmutter, die tagsüber als Reinmachefrau und abends als Babysitterin arbeitet. Dadurch ermöglicht sie uns Honigfallenmädels, fleißig wie die Bienen unsere jeweiligen Aufträge auszuführen. Alle mögen Maria. Max liebt Maria heiß und innig! Wenn man sich seine Mutter selbst aussuchen könnte, würde man sofort Maria nehmen.

Bleibt noch Fiona, unser Boss. Wir bekommen sie nicht oft zu Gesicht, was daran liegt, dass ihre OP vor der Tür steht. Sie schaut hin und wieder vorbei, um zu überprüfen, ob alles glatt läuft. Natürlich erscheint sie immer im falschen Moment. Einmal führte ich gerade ein Privatgespräch mit Mexiko. Das mache ich sonst nie, habe ich ihr geschworen, aber sie wollte mir nicht glauben, kontrollierte die Telefonrechnung und behielt zwanzig Pfund meines Gehalts ein.

STELLENANZEIGEN (ODER WIE ICH IN DER HONIGFALLE LANDETE)

Also, vor neun Monaten hatte ich keine Stelle, sondern trat auf derselben. Eines Morgens saß ich beim Zahnarzt im Wartezimmer, also in der Vorhölle, und blätterte das *Camden New Journal* durch. Da sprang mir folgender Text ins Auge: »Die Honigfalle, gegründet 2000, auf Ehegelöbnisse spezialisiert, sucht bestimmten Typ Frau.« Absurderweise stand dies zwischen lauter Kontaktanzeigen, direkt unter der Chiffre-Nummer: »Du, bindungsscheu, ko-abhängiges Wrack m. Ödipuskomplex u. Geldproblemen? Ich, Anfang dreißig, Medien-Job, wenig Selbstvertrauen. Melde dich!« Ich selbst käme natürlich nie auf die Idee, diese Methode auszuprobieren, aber ich lache gern über Leute, die so was machen.

Ich las weiter: »Die Honigfalle sucht Frauen mit Stil.« Ich habe Stil, auch wenn er stinkt wie französischer Käse. »Frauen, die Herausforderungen lieben …« Ich liebe Herausforderungen. Nach drei Jahren ohne eine einzige durchgeschlafene Nacht empfinde ich es gelegentlich schon als Herausforderung, morgens aufzustehen. »Attraktive Frauen, die das Spiel souverän beherrschen.« An guten Tagen bin ich gar nicht übel. »Flexibilität unbedingt erforderlich.« Hab ich's doch gewusst, dass mir mein Yoga eines Tages etwas nützen würde!

Der Job passte. Da gab's keinen Zweifel. Issy Brodsky, 90-60-90. Okay, früher, in der guten alten Zeit. Okay, nicht mal damals, aber den Ratschlägen mehrerer Psychoratgeber folgend, habe ich mir angewöhnt, mein Spiegelbild so zu deuten. Warum auf Diät gehen, wenn man sich was vorgaukeln kann? Außerdem – und jetzt kommt ein guter Tipp für alle figurbewussten weiblichen Wesen auf der Welt: Freundet euch mit Leuten an, die dicker sind als ihr. Im Lauf der Jahre habe ich ein bisschen zugelegt, das gehört zu den unvermeidlichen Abnutzungserscheinungen, aber Gott sei Dank habe ich durch die Geburt von Max keine Schwangerschaftsstreifen bekommen, vor allem nicht diese scheußlichen, die sich so nach oben schlängeln. Das war Glück, vor allem, wenn man bedenkt, dass ich als Folge meiner Babyspeckzeit schon ein paar vorzuweisen habe. Aber ich schweife ab. Trotzdem, die Nachwehen der Schwangerschaft – wenn auch nur die Hälfte davon allgemein bekannt wäre, würde sich keine Frau mehr bereit erklären, Nachwuchs zu bekommen, ich schwör's.

Alles in allem klang der Job interessant. Ich rief die Nummer an und erkundigte mich nach den Bedingungen. Nicht zu fassen, aber wahr – Fiona erschrak nicht, als ich erwähnte, dass ich allein erziehende Mutter bin. Eine ungewöhnliche Reaktion – denn bei allen Freuden, die sie mit sich bringen mag, bedeutet die Mutterschaft doch unbestreitbar eine massive Einschränkung der Bewegungsfreiheit. Man befindet sich permanent in den Krallen eines anderen Menschen, der über alles und jedes bestimmt. Vierundzwanzig Stunden am Tag. Ich brauchte unbedingt einen Job, bei dem das berücksichtigt wurde, das heißt, es durfte nicht gegen mich verwendet werden, dass man sich nie hundertprozentig auf mich verlassen konnte.

»Kein Problem«, erklärte Fiona. »Alle meine Mädchen sind allein erziehende Mütter. Komm doch mal vorbei, dann können wir uns unterhalten.«

Wie erstaunlich, wie erfrischend. Zwar kam mir der Gedanke, dass es sich hier um eine Serviceagentur für Hos-

tessen oder so was handeln könnte, aber das störte mich nicht weiter.
Wir vereinbarten eine Zeit, und ich inspizierte meinen Kleiderschrank. Was eignete sich für ein Vorstellungsgespräch? Eine jämmerliche Auswahl, die ganz offensichtlich meinen momentanen Status widerspiegelte: billig, abgetragen und voller Flecken. Genau wie ich selbst hatten meine Klamotten schon bessere Tage gesehen. Bequemlichkeit und Haltbarkeit waren die Hauptkriterien. Ich beschloss, dass eine Investition in die Zukunft fällig war, trottete zu unserem wohltätigen Secondhandladen an der Ecke, wo ich einen kurzen Rock und das passende Top erstand. Nun konnte nichts mehr schief gehen.
Machen wir uns nichts vor – attraktive Jobs sind dünn gesät, zumal für Menschen in meiner vertrackten Lage. Bei einem Vollzeitjob hätte ich den ganzen Tag jemanden für Max haben müssen, und außerdem wäre ich in eine Form von Bürokratie eingebunden, die mir schon immer verhasst war.
Ehe ich Mutter wurde, hatte ich, ehrlich gesagt, so wenig wie möglich gearbeitet. Ich hatte einen Uniabschluss, einen Master, war ein Jahr in Frankreich gewesen (eine leidenschaftliche Affäre *avec un mec*, der mich völlig aus dem Konzept brachte), hatte für eine Casting-Agentur, eine Model-Agentur und eine Foto-Agentur gearbeitet. Wenn ich mir's recht überlege, war ich immer eine Art Agentin. Meine Laissez-faire-Einstellung – beziehungsweise meine Faulheit – hatte zur Folge, dass ich nie und nimmer genug verdienen konnte, um eine Vollzeit-Tagesmutter zu bezahlen. Und von meinen bisherigen Jobs hätte mich keiner in die Arbeitswelt zurückgelockt. Trotzdem hatte sich in letzter Zeit immer häufiger der Wunsch geregt, noch

etwas anderes zu sein als nur die Sklavin meines Kindes, und ich hatte angefangen, mich nach Angeboten umzuschauen.
Besonders viele gab es nicht.

DIE REGEL

Beim Vorstellungsgespräch nahm Fiona kein Blatt vor den Mund.
»Hier gibt es nur eine Grundregel: Man darf auf keinen Fall mit dem Mann einer Klientin schlafen. Kapiert?«
»Ich stehe nicht auf verheiratete Männer.«
»Warum nicht?«
»Aus moralischen Gründen«, erwiderte ich, und zur Untermauerung meiner These fügte ich hinzu: »Ich werde nie das Gesicht meiner Mutter vergessen, als sie erfuhr, dass mein Vater eine Geliebte hat.« (In Wirklichkeit war sie erleichtert gewesen: Später stellte sich heraus, dass sie etwas mit seinem besten Freund hatte.)
Als Nächstes sollte ich aufzählen, welche meiner Eigenschaften mich für diesen Job qualifizierten. Ich sagte, von den zahlreichen Männern, denen ich im Lauf meines Lebens begegnet war, hätten mich nicht wenige als Provokateurin bezeichnet, die ihre Versprechen nicht einlöste, weil ich nicht mit ihnen ins Bett wollte.
»Interessant«, sagte Fiona.
Eher blöd.
»Hasst du Männer?«
»Im Gegenteil. Ich finde Männer total spannend, aber ehrlich gesagt, es kommt ganz, ganz selten vor, dass ich

einen als … na ja, als passenden Partner in Betracht ziehen würde.«
»Was suchst du – den Märchenprinzen?« Fiona schnaubte verächtlich.
»Die Sache ist die, Fiona … ich suche eigentlich überhaupt nicht. Ich bin gern mit Männern zusammen, aber seit Max da ist – meine Zeit ist sowieso schon ziemlich knapp bemessen.«
Hey, und außerdem wüsste ich beim besten Willen nicht, wie ich ein zweites Kind in meinem Leben unterbringen sollte.
»Hmmm … Interessiert dich der Job überhaupt?«
»Ja. Sehr sogar.«
Auf jeden Fall besser als Kassiererin im Supermarkt.
»Okay, Issy – wir werden's mit dir versuchen.«
Im Vergleich zu anderen Vorstellungsgesprächen war das ja ganz glimpflich abgegangen. Max und ich feierten, indem wir uns bei Marine Ices ein Eis kauften: für mich eine Kugel Pistazie und eine Kugel Morello-Kirsche, für Max Erdbeereis mit Erdbeersauce.
»Max, jetzt fängt ein neues Leben an«, verkündete ich, woraufhin er erwiderte: »Noch eins! Ich will noch ein Eis!«
»Max«, sagte ich, »Max, ich hab dich lieb.«
»Ich muss aufs Klo, Mum.«
Und so sprintete ich mit dem Buggy nach Hause, um eine Katastrophe zu verhindern.

UND DANN …

Vor acht Monaten stieß ich also zur Honigfalle und wurde eine Art *special agent* oder auch *agent provocateur*, ein Treue-Barometer, ein klebriger Honigstreifen (wie diese gelben Dinger, die meine Großmutter im Sommer in der Küche aufhängte, um die großen blauschwarzen Schmeißfliegen scharenweise ins Verderben zu locken – was, ehrlich gesagt, ein ekliger Anblick war, wenn man sich zum Sonntagsbraten an den Tisch setzte).

Hey, ich habe tatsächlich einen Job und ein gestärktes Selbstwertgefühl! Schon erstaunlich, was so ein brauner Umschlag alles bewirken kann. Dazu kommt, dass ich zweimal in der Woche abends aus dem Haus kann und als Spezialbonus eine kostenlose Babysitterin gestellt wird. Die Kohle ist okay, außerdem gibt es noch Kindergeld, Steuererleichterungen für Alleinerziehende und so weiter – das genügt, um Max und mich ganz gut über die Runden zu bringen.

UND DANN …

Acht Monate später schrie Fiona mich an: »Was ist das, verdammt nochmal?«

»Wonach sieht es aus?«

WIE ALLES ANFING

»Ein Finger!«, rief Max. »Sieh mal, Mummy.«
Er kam zu mir gerannt. Zeigte mit dem Finger auf mich und sagte: »Sieh mal – ein Finger.«
»Ach, du Scheiße!«
Normalerweise bemühe ich mich, keine solchen Ausdrücke zu benutzen, ich schwör's. Seit ich Mutter bin, habe ich meinen Wortschatz den Umständen angepasst.
Max musterte mich verdutzt, und dann sprudelte aus seinem süßen kleinen Mäulchen ein nicht enden wollender Schwall melodischer »Ach, du Scheiße!«-Rufe.
Ich kauerte mich neben ihn. Ich glaube, ich war kotzgrün im Gesicht, allerdings wegen des Fingers und nicht, weil mein Kind so schreckliche Wörter ausspuckte. Die ignorierte ich einfach. Ich war viel zu sehr damit beschäftigt, das Käsesandwich bei mir zu behalten, das in meinem Magen Trampolinspringen übte.
»Wo hast du den gefunden?«
Mir lief es kalt über den Rücken. Garantiert lag der Rest der Leiche irgendwo hier rum! Gemeinsam inspizierten wir das mickrige Stückchen Rasen mit dem einsamen Rosenbusch, das heißt, unseren Garten. Dankenswerterweise war nichts zu entdecken, kein Fitzelchen einer Leiche.
»Das ist komisch, Max.«
»Ach, du Scheiße, Mum!«
Wem gehörte dieser Finger? Woher stammte er? Noch wichtiger erschien mir allerdings die Frage: Was hatte er in meinem Garten verloren? Es gab tausend mögliche Erklärungen, aber ich war davon überzeugt, dass der Finger einem Entführungsopfer gehörte. Irgendeine arme, me-

gareiche Frau lief mit neun Fingern durch die Gegend. Was bedeutete … ich würde einen großzügigen Finderlohn bekommen, weil ich den Finger gefunden hatte, mein Foto würde in der Zeitung erscheinen …
In weiter Ferne hörte ich die Türklingel. Das war bestimmt Maria.

DAS BEDEUTETE …

Zeit, mein Alter Ego anzunehmen und die bösen Mächte potenziellen Ehebruchs zu bekämpfen.
Ich erklärte die Geschichte Fiona, die ungläubig die Lippen kräuselte.
»Ich wollte ihn unterwegs bei der Polizei abgeben, aber ich war spät dran, deshalb hab ich ihn in eine Gefriertüte getan und in den Kühlschrank gelegt.«
Fiona zeigte wenig Verständnis.
»Issy, das ist ja widerlich! Der Finger muss weg.«
»Das hat sich derjenige, der ihn abgehackt hat, sicher auch gedacht.«
Sie konnte nicht ahnen, wie viel Zeit und Mühe es mich gekostet hatte, Max zu überreden, mir den Finger zu überlassen. Sämtliche Ablenkungstricks hatte ich aufgefahren und alle nur denkbaren Motivationsscherze eingesetzt.
»Mein Finger! Mein Finger!«, schrie er nur. Er wollte ihn einfach nicht aus der Hand geben.
»Aber Max, du hast doch schon zehn Finger – einer mehr nützt dir nichts!«
Ich musste ihn zwanzig Minuten lang durch die Wohnung jagen und dann noch Verstecken spielen. Das wird mit der

Zeit extrem langweilig, weil Max nur ein einziges Versteck kennt, nämlich unter meiner Bettdecke.

Fiona war stocksauer.

»Issy, ich habe ein Problem mit Fingern. Kannst du das Ding bitte sofort entfernen?«

»Gut, meinetwegen. Ich gehe jetzt gleich zur Polizei. Einverstanden?«

Eigentlich hätte Fiona heute gar nicht im Büro sein sollen.

»Nein, überhaupt nicht einverstanden. Ich habe nämlich einen Auftrag für dich. Trisha musste ihn abgeben. Deshalb brauche ich dich – du musst den Fall übernehmen.«

»Wieso?«

»Weil Trisha schon unheimlich viel investiert hat, und ich will nicht, dass der Auftrag platzt.«

Tja – Trisha ist einsachtzig, schlank, blond, taff – ein Dominatyp. Und ich bin ziemlich genau das Gegenteil.

»Warum kann sie nicht weitermachen?«

»Ihre Jüngste hat hohes Fieber. Du musst für sie einspringen.«

Fiona gab mir eine angeschlagene Tasse mit Pulverespresso und eine Akte.

Mr Bob Thornton, neununddreißig, verheiratet, zwei Kinder. Seine Ehefrau hatte in seinem Computer herumspioniert und jede Menge virtueller Ehebruchaktivitäten entdeckt. Seine Methode, diese Aktivitäten zu verschleiern, bestand darin, dass er seinen Namen rückwärts schrieb. Sehr einfallsreich! Trisha, Pseudonym Trixi, hatte während der letzten drei Wochen mit ihm kommuniziert und ihn mit lasziven E-Mails auf die Straße der Alimente zu locken versucht:

Böser Bob, bei deiner letzten E-Mail ist mir ganz heiß geworden, musste lange duschen und mich schrubben, habe dabei die ganze Zeit an dich gedacht. Wir müssen uns unbedingt kennen lernen. Bist du wirklich so, wie du sagst? Trixi.

Trixi, ich war ein sehr böser Junge. Muss an die Hand genommen und streng bestraft werden. Ich träume davon, dass du mit deinen hochhackigen Schuhen auf mir herumtrampelst und deine langen roten Fingernägel in meinen haarigen Rücken krallst. Wie groß ist dein Mund?

Böser Bob, du bist widerlich – genau so mag ich's.

Trixi, ich will dich durchbumsen. Wann treffen wir uns? Wann tun wir's endlich?

Ich hatte mir einen netten Abend vorgestellt, aber so klang das eher nicht. Bob beschrieb sich selbst als: Mann mit braunen Haaren (viele), gut einsachtzig, ausgesprochen jugendlich für sein Alter. Zum Glück hatte Trisha ihm kein Foto gemailt, aber nach den E-Mails erwartete er eine ziemlich energische Dame.
»Fiona, ich weiß nicht, ob ich das rüberbringen kann.«
Meine ganze Erscheinung signalisierte »nette, sanfte Frau« und nicht Hodenquetscherin, Schlampenmonster, Blutsaugerin.
Fiona knackte mit den Fingergelenken und musterte mich mit Verachtung: mein Rock zu lang, mein Make-up zu dezent.
»Hol dir was aus dem Schrank.«
Der Notschrank enthielt allerhand Firlefanz für solche Gelegenheiten. Ich wühlte ein bisschen und fand einen

engen Minirock und ein Paar schwarze Schaftstiefel mit hohen Absätzen. Ich kämmte mir die Haare zurück und zurrte sie straff zu einem Pferdeschwanz, wie die Sängerin Sade, sodass sich meine Gesichtshaut spannte. Dann schmierte ich mir großzügig blutroten Lippenstift auf die Lippen und vollendete das Ganze mit einem falschen Schönheitsfleck.

Die Uhr tickte, in einer halben Stunde wurde ich erwartet. Mein Aussehen entsprach jetzt schon eher den Erwartungen, bis ich meine Daunenjacke anzog. Fiona verfolgte meine Verwandlung mit Adleraugen, während sie mir noch ein paar Details aus der Akte vorlas. Bob sammelt Zigarettenbilder. Bobs Lieblingsgetränk ist Bier. Bob hat einen Kombi und fährt jeden Sommer mit seiner Familie zum Zelten nach Frankreich. Bob beobachtet Vögel.

»Ach ja, und außerdem ist unser Kandidat ein ziemlich taktloser Hosenscheißer.«

Mich wunderte gar nichts mehr.

»Trixi – du triffst dich mit deinem Date im Phoenix in Tufnell Park.«

»Das ist ja praktisch bei ihm um die Ecke.«

»Ja, ein wirklich liebenswerter Herr – sorg dafür, dass du ihn drankriegst.«

»Dann sollte ich mich mal auf die Socken machen.«

Fiona musterte mich noch einmal von Kopf bis Fuß und von Fuß bis Kopf.

»Die Jacke ruiniert alles. Du siehst aus wie eine aufgemotzte Marktfrau.«

»Im Schrank ist keine gute Jacke.«

»Mist … Bob hasst Unpünktlichkeit«, knurrte Fiona. »Komm, nimm meinen Mantel.«

»Im Ernst?«
»Ja, klar. Bring ihn mir morgen zurück.«
Sie schob mich zur Tür hinaus und drückte mir etwas Spesengeld in die Hand.
»Worauf wartest du noch?«
Ich war schon halb die Treppe runter, als sie rief: »Und was ist mit dem Finger?«
»Ich soll den Finger mitnehmen?«
»Hier kann er jedenfalls nicht bleiben.«
»Du verlangst von mir, dass ich ihn in diesem Miniding von einer Handtasche mit mir herumtrage?«
Wer hat diese Clutch-Bags eigentlich erfunden? Völlig unbrauchbar!
»Fiona, kann ich ihn nicht auf dem Heimweg holen?«
»Du kannst ihn dir meinetwegen sonst wohin stecken, Issy, aber er muss hier weg.«
Jawoll, Sir! Im Grund ihres Herzens ist und bleibt sie ein Mann, da beißt keine Maus keinen Faden ab.

AUFTRAG: BOB IN EINE KOMPROMITTIERENDE SITUATION BRINGEN

Manchmal läuft nicht alles nach Plan. Egal, wie gut der ist, am Ende liegt man auf der Plane. So ging's mir jedenfalls. Aber zurück zum Anfang, zum Parkway. Ich war ziemlich nervös, stöckelte in meinen tödlich hochhackigen Stiefeln den Gehweg entlang und tat, was ich konnte, um einen klagenden Obdachlosen auszublenden, der seine Zeitung verkaufen wollte.

»Nein, ich will kein *Big Friggin' Issue*, vielen Dank.«
Der Himmel begann auf mich herunterzupieseln, und ich wich erschrocken zurück, als eine nicht enden wollende Reihe unbeleuchteter Taxis an mir vorbeiknatterte. Mein schöner Mantel! Ein, zwei Nummern zu groß, mindestens zwei Wochengehälter wert und in null Komma nix durchnässt. Ich war schon pitschnass, als der Bus kam. Sofort setzte sich eine wohlbeleibte Dame auf mich und zerquetschte mich.
Ich sprang auf und schrie: »Ich ersticke! Ich ersticke!«
Dickmadam besaß die Dreistigkeit zu behaupten, sie habe mich nicht bemerkt, als sie ihr kolossales Hinterteil auf mich senkte. Der Bus hatte nun Schlagseite und tuckerte mühsam nach Tufnell Park hinauf. Eine Viertelstunde später musste ich aussteigen, und zum Glück fand ich den Pub ohne größeren Aufwand. Unterwegs musste ich jedoch in alle Pfützen hopsen – eine schlechte Angewohnheit, die ich von Max übernommen habe.
Es macht wahnsinnig Spaß, zu springen und zu spritzen, nur kriegt man dabei natürlich nasse Füße. Der »Doppelfußsprung – mittenrein« empfiehlt sich ganz besonders. Man wird zum hüpfenden Kieselstein. Na ja, in meinem Fall eher zum platschenden Felsbrocken, aber die Aktion hat etwas elementar Aufmüpfiges. Vielleicht hat Max aufgehört, in Pfützen zu springen, weil ich nie »Aufhören!« oder »Lass das!« schreie und dadurch der Reiz des Verbotenen fehlt. Oder weil er sich schon jetzt für die albernen Hampeleien seiner Mutter schämt. Ohgottohgott, ich weiß, dass er ziemlich frühreif ist, aber dass er mit seinen dreieinhalb schon Angst hat, ich könnte ihn vor seinen Freunden blamieren …
Ich schweife ab. Aber nur, weil ich weiß, was jetzt kommt.

BOB

Die nächste Szene würde ich lieber überspringen, aber es ist wie so oft im Leben: Die Erinnerung an die peinlichen Momente erscheint vor meinem geistigen Auge in grellstem Technicolor, und ich bin absolut unfähig, sie zu verdrängen.

Am nächsten Tag …

Ach, verdammt nochmal …

Die Wahrheit?

Es war ein Fehler, ein dicker, fetter, grässlicher Albtraum.

Ich betrat das Phoenix. Ein Pub, in dem man auch essen kann. Allenthalben gute Laune, lauter fröhliche Menschen, die sich blendend zu amüsieren schienen, bis auf eine Person in der Ecke. Die machte ein Gesicht, bei dessen Anblick die Milch sauer würde. Dieses Gesicht gehörte bedauerlicherweise mir, und man konnte mir ansehen, dass ich dachte: »Wo steckt bloß diese Saftgurke?« und »Warum bin ich nicht mit Freunden unterwegs, statt an der Zerstörung einer Ehe zu arbeiten?«

Eine kurze Überprüfung der Situation ergab, dass keiner der Anwesenden der Beschreibung entsprach. Ich bestellte an der Bar einen Wodka und beobachtete, wie ein Minderjähriger höflich, aber mit Nachdruck aufgefordert wurde, das Lokal zu verlassen. Aus meiner eigenen Jugend erinnere ich mich mehr als gut an solche Demütigungen. Selbst wenn ich es geschafft hatte, mich am Türsteher vorbeizumogeln, waren die Chancen, einen Drink zu ergattern, trotzdem schlecht gewesen, es sei denn, jemand anderes ging für mich an die Bar. Ich hatte mir immer tausend Finten ausgedacht, wie ich meine Minderjährigkeit kaschieren könnte. Armer Junge, dachte ich, während ich zuschaute, wie er aus dem Pub geleitet wurde. Wenn ich nicht im Dienst wäre, hätte ich vermutlich behauptet, er sei mein kleiner Cousin, und ihm eine Whisky-Cola spendiert.

Der Barkeeper aus Neuseeland fragte mich, ob alles in Ordnung sei.

»Ich bin mit einem Typ namens Bob verabredet.«

»Cool. Willst du noch was trinken?«

Also bestellte ich mir einen Drink, und zwar eine Whisky-Cola. Ich begab mich wieder zu meinem Hocker in der Ecke, von wo aus ich die Uhr im Auge hatte. Ach, wenn Bob doch gar nicht kommen würde! Vielleicht hatte er es sich ja anders überlegt. Dann konnte ich demnächst einfach nach Hause gehen. Das Gesetz, das heißt, Fiona, schrieb vor, dass wir den Typen eine Stunde Spielraum lassen. Ich persönlich wäre eher für eine Viertelstunde – dann blieben ihm noch zehn Minuten.

»Entschuldigung.«

Jemand tippte mir auf die Schulter. Ach, wen haben wir denn da? Es ist der böse Bob.

»Bob?«

»Jawoll.«

»Hi, ich bin Trixi.«

Gar nicht so übel. Ich war angenehm überrascht – er sah normal nett aus. Gut einsachtzig? Quatsch. Ein, zwei Drinks, und wir würden reden wie in einem Hugh-Grant-Film.

Wir redeten los: Blah, blah, blah, ein paar Drinks, ha, ha, ha, noch ein paar, gähn, ha, blah, und zum guten Schluss landeten wir in der Horizontalen.

ENTSCHULDIGUNG!

Am nächsten Morgen lag ich neben einem knapp einen Meter großen männlichen Wesen im Bett. Max versuchte, mit den Fingern meine Augenlider hochzuziehen. Das Tageslicht attackierte meine Pupillen wie Glassplitter. Mein Kopf war schwer, mein Atem schal. Schälte mich aus der Decke, setzte mich auf, mein Gehirn fing langsam an zu arbeiten, und schon meldete sich das schlechte Gewissen. Ach, du lieber Gott, ich habe doch nicht – doch ich habe, nein, hab ich nicht, doch, nein, doch.

Nein.

Doch.

Was zum Teufel war passiert? Wie konnte ich nur?

War ich von einem fremden Mann unter Drogen gesetzt worden? Ach, wenn es doch so gewesen wäre, aber leider war alles ganz anders. Ich war aus freien Stücken damit einverstanden gewesen, dass mein Slip an meinen Knöcheln landete und ich mich mit Bob den fleischlichen Lüsten hingab.

Ausrede: ein Wodka, drei Whisky, zwei Tequila – und das alles auf leeren Magen. Nein, nicht gut genug. Okay, es hat mich mitten im Zyklus erwischt, wodurch sich die Wirkung des Alkohols verdoppelte und mein ganzer Körper praktisch den Mond anheulte, um zu bekommen, was ihm nach den Gesetzen der Natur zustand.

Dummes Geschwätz!

Aber es stimmt, ich schwör's, bei meinem Leben.

Ich war betrunken und verzweifelt, und manchmal passieren eben blöde Sachen.

Und wo ist es passiert?

Muss ich wirklich die Details erzählen?
Komm schon, spuck's aus.
Was – dass ich in seinem Auto gelandet bin?
IN SEINEM AUTO?
Ja, wie früher, als ich noch jung (jünger) und sorglos war.
Ach, herrje, ich versuchte, mit meinem Gewissen zu rechten. Es war nicht allein meine Schuld. Garantiert war er auch ziemlich breit, oder? Außerdem habe ich die Augen zugemacht, als es passierte.
Aber es *war* passiert, und ich hatte gegen die goldene Regel verstoßen. »Die Regel, die Regel«, wiederholte mein Gewissen und fügte netter- und passenderweise noch hinzu: »Jetzt hast du's dir verfickt.«
Ich war schließlich vom Tatort geflohen und hatte ein Taxi genommen. Nach Hause kam ich um drei Uhr morgens. Maria war wirklich knatschig.
»Was ist passiert?«, zeterte sie, als ich in den Flur getorkelt kam und bei meiner betrunkenen Stunteinlage über die eigenen Absätze stolperte.
Ich konnte kaum die Augen offen halten. »Tut mir Leid, tut mir Leid«, stammelte ich nur, dann polterte ich in mein Schlafzimmer, warf mich aufs Bett und schaute zu, wie sich der Raum drehte.
»Hier … ein Schluck Wasser, Issy.« Maria war mir ins Schlafzimmer gefolgt, bewaffnet mit einem großen Glas Wasser, einem Eimer und zwei Paracetamol. »Issy, kommst du allein zurecht? Kann ich überhaupt gehen?«
»Tschüssitschüs.«
Augen zu, auf, zu, auf.
Schon Morgen!
»Hör bitte auf, Max. Bitte, bitte. Mama hat Kopfschmerzen.«

Und er tanzte vor Freude, weil endlich ein neuer Tag begann.
Die Begeisterungsfähigkeit der Jugend, diese unerschöpfliche Energie – was für ein krasser Gegensatz zu meiner Mattigkeit. Und schon hüpfte er auf meinem Bett herum, hopp, hopp, hopp.
Ich fühlte mich hundeelend und kotzte los, schaffte es aber immerhin, genau den Eimer zu treffen. Und jetzt? Die Dusche. Danach ging's mir minimal besser, ich konnte immerhin schon an Schmerztabletten denken, zwei, bitte, nein, lieber drei, runtergespült mit extra starkem schwarzem Kaffee.
Inzwischen war es halb neun, und ich fühlte mich a) extrem wackelig und hatte b) rasende Schuldgefühle, weil ich kaum ein Wort über die Lippen brachte – ich konnte Max nur anknurren und ihm ein paar Rice Krispies in seine Schüssel kippen.
Ah, frische Luft, wie wohltuend. Ich schaffte es, Max in den Kindergarten zu schleifen und ein jämmerliches »Bis später« zu brummen. Dann schleppte ich mich wieder nach Hause, um nochmal kräftig zu kübeln.
Und plötzlich schlug der Blitz ein. Meine Gedanken stockten, als ich begriff, dass ich meinen Job aufs Spiel gesetzt hatte – wegen eines bösen Buben mit Namen Bob.

FÜR 'NE NUMMER

Ein bisschen Gefummel im Dunkeln. Als der Pub zumachte, stolperten wir nach draußen. Ich lachte über irgendetwas. Ach, ja genau: Bob war hingefallen, und ich fand das knallkomisch. Als er sich wieder aufgerappelt hatte, strich er sich die Klamotten glatt und drückte mich, halb im Spaß, gegen die Backsteinmauer und …

Meine geschwollenen Lippen kribbelten. Hey, ich meine die Lippen im Gesicht. Es war lang her, dass mich jemand richtig geküsst hatte. Aaah, dieses Lippengeknabber, herrlich. Er presste seine Lippen auf meine, nahm mein Gesicht zwischen beide Hände, während ich die Arme um seine Taille schlang und ihn an mich zog. Aus Leidenschaft oder aus Verzweiflung? Letzteres, wenn ich ehrlich bin, aber egal, warum – wir küssten uns, und er, also – er war ein ausgezeichneter Küsser. Wirklich erste Sahne. An die Mauer gelehnt, fummelten wir weiter.

Dann …

»Wohin gehst du?«, japste ich, als sich sein Mund von meinem löste.

»Zu meinem Auto.«

»Du kannst in dem Zustand doch unmöglich Auto fahren!«

»Hol nur meine Tasche. Ich wohne gleich um die Ecke.«

Na ja, von da an ging alles ziemlich schnell, es war zu spät, es gab kein Zurück.

Ich folgte ihm zu seinem Wagen, auf den Rücksitz. Lieber Gott, ich brauchte es dringend – zu viele Folgen *Sex and the City*.

»Das hätte nie, nie, nie passieren dürfen«, lallte ich.

»Trixi. Ist das dein richtiger Name?«

»Nein.«

DEIN WUNDER GESCHEHE

Ich ließ mich wieder ins Bett sinken, am helllichten Tag, nachdem ich Max abgeliefert und meinen Magen erleichtert hatte, allerdings in die falsche Richtung. Meinen Job war ich los, so viel stand fest. Diese Indiskretion war der totale Fauxpas. Ich war bedient, in jeder Hinsicht. Deshalb wandte ich mich an den lieben Gott und betete.

Lieber Gott,
ich weiß, ich glaube nicht mehr an dich, seit ich herausgefunden habe, dass es keine guten Feen gibt und dass mein imaginärer Freund nur eine Stimme in meinem eigenen Kopf war, aber in der Stunde der Not flehe ich dich an, bitte, bitte, mach, dass ich meinen Job nicht verliere wegen dieses blöden kleinen Ausrutschers. Du musst verstehen, lieber Gott, mein Job – also, um ehrlich zu sein, mein Job ist zur Zeit das einzig einigermaßen Normale in meinem Leben. Ich wäre dir wahnsinnig dankbar, wenn du mir zuliebe irgendein kleines Wunder geschehen lassen könntest. Bitte, lieber Gott, mach, dass niemand im Büro erfährt, dass ich mit Bob geschlafen habe.
Bitte, bitte.
Hörst du mich, lieber Gott?
Ich weiß, dass ich mich ganz, ganz bekloppt benommen habe.
Lieber Gott?
Hey, es ist ja nicht so, dass ich dich um den Weltfrieden bitte oder so was. Nur um einen winzig kleinen Gefallen! Ich mag meinen Job, er ist spannend, und ich komme aus dem

Haus – und ich schwöre, dass ich in Zukunft mehr gute Taten tun werde. Ich bin auf dich angewiesen, lieber Gott. Vielen Dank und viele Grüße,
Issy Brodsky

KATERFRÜHSTÜCK

Gibt es so was überhaupt? Ich schlief ein paar Stunden und fühlte mich beim Aufwachen noch elender. Als ich auf die Uhr schaute, merkte ich, dass ich in zehn Minuten beim Kindergarten sein musste. Zu Fuß braucht man eine Viertelstunde. Max würde als letztes Kind abgeholt werden! In der Mütterwelt hieß das: Es wird ein massiver psychologischer Schaden angerichtet. Ich rannte los, besser gesagt, ich keuchte die Straße hinunter. Ächz, stöhn, jaul, und als ich am Ziel ankam, merkte ich, dass ich mich verguckt hatte. Schön für Max, aber ich musste eine Stunde herumstehen.
Es war aus und vorbei, daran war nicht zu rütteln. Mit Bob zu schlafen war echt keine gute Idee gewesen. Eigentlich hätte ich längst im Büro anrufen und über den Verlauf des gestrigen Abends berichten müssen. Aber ich schob es vor mir her und ging lieber ins Café, bestellte mir eine Tasse Kaffee und ein süßes Teilchen und grübelte. Ich konnte solche Strapazen nicht mehr wegstecken. Es hatte Zeiten gegeben, da hätte ich achtundvierzig Stunden am Stück Party machen können, aber das war vor Max gewesen, vor dem chronischen Schlafmangel und den Fesseln der Mutterschaft. Was, in Gottes Namen, sollte ich Fiona sagen? Dann war da noch der Mantel, Fionas wunderschö-

ner Mantel, den ich das letzte Mal zusammengeknüllt auf dem Fußboden in meinem Schlafzimmer gesehen hatte. Mist, hoffentlich musste ich ihn nicht in die Reinigung bringen.
Hatte ich eine Lewinsky-Nummer geschoben? Arme Monica, sie tut mir bitter Leid. Dieses dumme Schaf, so verliebt und dann global gedemütigt. Eigentlich absurd – die ganze Welt weiß, dass sie sich vom Präsidenten der Vereinigten Staaten eine Zigarre zwischen die Beine hat schieben lassen. Das wird sie nie wieder los. Sie muss die Geschichte noch ihren Enkeln erzählen. Das kostet Tausende Therapiestunden. Wie, im Namen der westlichen Zivilisation, konnte es so weit kommen, dass wir, die Öffentlichkeit, ein Recht darauf zu haben glauben, jede pikante Einzelheit zu erfahren?
Zwei Tassen Kaffee und zwei süße Teilchen später funktionierte ich schon fast wieder normal und machte mich auf den Weg, den süßen Kleinen abzuholen.

DER TAG IST GERETTET

Der schönste Teil des Tages ist es immer, wenn ich zum Kindergarten komme und sehe, wie Max sich freut. »Mummy, Mummy …« Es ist phänomenal, wie viel Liebe Kinder verströmen, uneingeschränkt, bedingungslos – selbst wenn man miesester Laune ist.
»Hey, Maxy!«
Er warf sich mir in die Arme und knutschte mir das Gesicht ab.
»Wie war's?«, fragte ich.

»David hat mich gehauen, und ich habe gesagt, das ist nicht nett, und dann …« Ein Wasserfall halb verständlicher Sätze blubberte aus ihm heraus.
Ich zog ihm die Jacke an, knöpfte sie zu, und wir wanderten nach Hause.
Max ist ein wunderschönes Kind. Das war er von Anfang an. Klar, ich bin voreingenommen, aber die Aufmerksamkeit der Passanten spricht für sich. Ich danke den Sternen, dass er kein Monster ist, und ich bin schon einigen Monstern begegnet, das muss ich sagen. Aber Mutterliebe macht blind, da kann die Nachkommenschaft noch so hässlich sein – man sieht es nicht.

MANTELKONTROLLE

Zu Hause nahm ich den Mantel, schüttelte ihn aus, leerte die Taschen und fand die Busfahrkarte, auf die Bob seine Telefonnummer gekritzelt hatte (ich glaube, er mochte mich irgendwie). Warf sie sofort in den Müll. Alle Spuren mussten radikal getilgt werden. Was passiert war, durfte nicht passiert sein. Hey, das war doch ein gutes Alibi. Aus den dunklen Tiefen meines Unbewussten tauchte es auf, und ich wusste plötzlich, was zu tun war. Ich musste alles leugnen, um meinen Job zu behalten. Einfach, aber perfekt. Das würde klappen, ich musste nur daran glauben, und mit neuem Mut rief ich im Büro an.
Trisha meldete sich.
»Alles in Ordnung, Issy?«
»Ja, danke. Wie geht's Alice?«
»Ach, nicht so schlimm, sie hatte nur Bauchweh.«

»Echt? Ich fühle mich auch nicht ganz wohl.«
»Ich glaube, es geht was rum.«
Trisha: geschieden, Ende dreißig, drei Kinder. Sie verbringt den größten Teil des Tages damit, ihre Kinder von den verschiedenen Schulen zu ihren außerschulischen Aktivitäten zu kutschieren. Ich habe keine Ahnung, wie sie tickt – sie ist total verschlossen. Nicht dass mich jemand falsch versteht, sie verhält sich nicht irgendwie fies mir gegenüber, wir haben uns nur noch nie so richtig unterhalten. Also in dem Sinn, dass man sich persönliche Sachen erzählt und über Gefühle redet. Sie schnattert über ihren Fitnesskurs, über Haartönungen, über einen Rock, den sie irgendwo gesehen hat, übers Sonnenstudio, aber damit hat sich's.
Vor ein paar Wochen waren wir in der Innenstadt in einer Bar, um einen abtrünnigen Ehemann auszuspionieren, der lieber »länger arbeitete« als sich der Familie zu widmen. Innerhalb einer halben Stunde hatte Trisha ihn um den Finger gewickelt. Ich war nur die Assistentin, sozusagen. Sie machte das absolut genial und schaffte es sogar, auf Tonband aufzunehmen, wie er leugnete, dass er verheiratet war, und wie er sagte, er wolle sie gern vögeln und würde draußen auf sie warten. Wir verließen die Bar durch den Hinterausgang. Es war erst halb acht, und ich fragte Trisha, ob sie Lust habe, noch etwas zu unternehmen.
»Zum Beispiel?«
»Zum Beispiel ins Kino gehen oder irgendwo noch was trinken.«
»Ach, nee, danke … ich hab noch so viel zu tun.«
»Ja, aber Maria passt auf Max auf, und ich könnte noch ein bisschen wegbleiben.«

»Ach, ja?«

Und schon trabte sie davon, und ich ging allein ins Kino. Das war aber keine besonders gute Entscheidung – es war eine Schnulze, eine harmlose Liebeskomödie für Frauen. Der ideale Film für ein Date, das Kino war voll mit Pärchen, und ich fühlte mich ausgesprochen fehl am Platz.

Aber es sollte noch schlimmer kommen.

Gleich am nächsten Tag rief mich Fiona an und sagte mit strenger Stimme: »Issy, ich weiß, es ist nicht immer leicht für eine allein erziehende Mutter, aber ich möchte dich bitten, Arbeit und Freizeit sauber zu trennen.«

Die Bemerkung gefiel mir gar nicht: Ich fühlte mich getroffen, weil sie inhaltlich ja irgendwie stimmte. Trisha, das biestige Miststück, hatte mich offenbar verpfiffen. Seither bin ich ihr gegenüber extrem wachsam, und auch jetzt hatte ich maßlos Schiss, sie könnte meine Lüge sofort durchschauen. Inzwischen war sie am Apparat.

Ich schluckte die Wahrheit hinunter und sagte schnell: »Ja, also, Trisha, ich wollte nur berichten, wie's gestern Abend gelaufen ist.«

So weit, so gut.

»Fiona hat mir schon gesagt, du hättest Bob übernommen. Wie war's?«

Ach, je …

»Gut. Das heißt … er ist gar nicht gekommen.«

Das war die simpelste Lösung, oder?

Aber würde sie's mir abnehmen?

»Wirklich?« Ihr Tonfall bedeutete: nein.

»Ja, wirklich.« Ich betonte das »Wirklich«. »Ich habe anderthalb Stunden gewartet.«

Es folgte eine längere Pause. Mir brach der Schweiß aus.

Immerhin war es ja eigentlich ihr Fall, und manchmal wird man ganz besitzergreifend, vor allem bei wichtigen Fällen.

»Du willst sagen, es war keiner da?«

»Genau das. Ich habe eine Stunde gewartet, dann bin ich gegangen.«

»Komisch, aber Maria hat erzählt, du wärst erst um drei Uhr nachts heimgekommen.«

»Na ja – das ist auch der Grund, warum ich mich heute erst so spät melde. Bob ist nicht aufgetaucht, aber dann bin ich« – grübel, grübel – »einem uralten Freund begegnet, von ganz früher, noch vom College, und wir haben uns verquatscht, du weißt ja, wie das ist.«

Mein Erklärungsversuch stieß auf eisiges Schweigen.

Ich weiß, was ich an Trisha nicht mag: Sie ist eine rechthaberische Kuh, und jetzt horchte sie mich aus, als wäre sie meine Vorgesetzte oder was.

»Keine Sorge, Trisha, ich bezahle die zusätzlichen Babysitter-Stunden.«

»Gut, einverstanden … also trage ich eine Stunde in deinen Arbeitsplan ein?«

»Na ja, anderthalb Stunden waren es schon. Aber gut – meinetwegen.«

Gar nicht gut! Ich brauchte das Geld, und wieso maßte sie sich an, meinen Arbeitsplan auszufüllen?

»Ach, und noch was, Issy. Fiona sagt, du hast dir ihren Mantel geliehen. Sie will ihn zurückhaben. So schnell wie möglich.«

»Ja, klar. Ich bringe ihn gleich vorbei. In einer Stunde oder so – ist das okay?«

Ich hatte gelogen, dass sich die Balken bogen, aber die Sache war noch längst nicht gegessen. Bobs Frau würde

anrufen, und dann stand ihre Aussage gegen meine. Wenn sie sagte, Bob sei am Montagabend weggewesen, was er ja war, würden alle Verdacht schöpfen, und da ich bis drei Uhr nachts unterwegs gewesen war, standen meine Chancen nicht besonders gut.
Ich war dem Untergang geweiht.

25 MINUTEN SPÄTER

Immer noch dem Untergang geweiht, kämpfte ich mit einem Wutanfall. Max fand es lustig, wie ich mit den Fäusten meine Kissen bearbeitete. Aber schließlich schaffte ich es doch, mich zusammenzureißen.
»Okay, Maxy, wir müssen los.«
»Nein, es ist zu spät.«
Tja, die süßen Kleinen lieben ihre Routine, und egal, wie lässig man am Anfang ist, spätestens am Ende des ersten Jahres entwickelt sich eine Routine, und ehe man sich's versieht, plant man den ganzen Tagesablauf um das Kind herum. Max hatte null Lust, jetzt noch zum Büro zu spazieren.
»Tut mir Leid, Kind, ich weiß, du bist müde, aber ich muss da hin, und du bist noch zu klein – ich kann dich hier nicht allein lassen.«
Ich zog ihn warm an, und los ging's.
»Hallo, Trisha?«
Ich rief in die Gegensprechanlage, in der Hoffnung, dass ich Max und den Buggy nicht die drei Stockwerke hinaufschleppen musste.
»Ich bin's, Trisha! Ich stehe hier unten mit Max. Wärst

du so nett und würdest runterkommen? Ich habe Fionas Mantel dabei.«

»Ja, gleich – gib mir fünf Minuten.«

Aus fünf wurden zehn. Und es war eiskalt. Ich tat übertrieben dankbar, als sie endlich erschien, und lobte sie über den grünen Klee, dass sie so nett die drei Stockwerke heruntergekommen war.

»Hallo, Kleiner!«, zwitscherte sie in Richtung Max.

»Danke, Trisha – mit dem Buggy kommt man kaum die Treppe hoch. Das weißt du ja selbst.«

»Darf ich dir einen guten Rat geben, Issy? Unter uns gesagt – du solltest dich endlich mal an die Vereinbarungen halten. Fiona wird langsam sauer.«

Ich brachte kein Wort über die Lippen, ich schwör's. Ich erstickte fast an der Antwort, die mir in der Kehle stecken blieb. Verbittert biss ich mir auf die Zunge. Tat ziemlich weh (meine Zunge, meine ich). Nur weil sie hier schon am längsten arbeitete! Es nagte an mir, meine Lippen kräuselten sich, meine Augen funkelten böse. Sie war eifersüchtig. Wahrscheinlich hatte sie es auf Bob abgesehen gehabt. Ja, genau, wenn ich es mir richtig überlegte – ihre E-Mails hatten die Grenzen der Professionalität bei weitem überschritten. Ich sollte mir Bobs Akte nochmal genauer ansehen. Vielleicht sollte ich Nadia anrufen, um mit ihr zu konspirieren.

NACH HAUSE/DIE ZWEITE

Mr Muffelkopf, auch bekannt als Max, ließ sich durch eine selbst erfundene Monstergeschichte ablenken. »Trisha die Trollhexe«. Wie war ich da wohl drauf gekommen? Trisha ist eine ganz gemeine Trollhexe und nimmt ein böses, böses Ende, weil ihre Zunge von der guten Fee Issy verzaubert wird, und die Zunge wächst und wächst, bis sie zum guten Schluss Trisha erwürgt. Diese grauenvolle Geschichte reichte für den halben Heimweg, dann entdeckten wir mehrere Bagger, die immer für Unterhaltung sorgen, und kurz vor der Haustür hatten wir noch einen Disput darüber, ob Max sich ein Eis kaufen durfte. Mitten im Winter. Er gewann. Danach gab es keine weiteren Hindernisse mehr, und wir kamen nach Hause.

Dort wurden die abendlichen Rituale eingeläutet. Ich machte Abendessen für Max, dann spielten wir sein momentanes Lieblingsspiel: »Verkehrsstau«. Ich schwöre, er stellt alle seine Autos hintereinander auf und ruft »Tüt! Tüt!« und »Fahr schon weiter!« und lauter solches Zeug. Natürlich endet alles in einer katastrophalen Massenkarambolage. Dann ist es Zeit für die Wanne, mit viel Geschrubbe und Geplantsche, bis das Badezimmer überschwemmt ist. Als Nächstes folgt ein Video, das ich schon hunderttausend Mal gesehen habe. Ich kenne inzwischen die Drehbücher mehrerer Disney-Klassiker in- und auswendig. Und zur Krönung noch eine Gutenachtgeschichte … uups, ich hätte fast vergessen, Max die Zähne zu putzen. »Okay, noch eine Geschichte. Nein, du kannst keine Milch mehr trinken. Jetzt wird geschlafen. Gute Nacht, Maxy.« Wir kuscheln noch ein bisschen. Noch ein Küsschen und noch ein Küsschen. »Schlaf gut, mein Süßer.« Und dann schläft er tatsächlich ein.

Endlich kann ich die Wohnung aufräumen.

Endlich kann ich abschlaffen.

Ich müsste unbedingt ein paar Leute anrufen, alte Freun-

de, die inzwischen nur noch Bekannte sind. Ich müsste ihnen mitteilen, dass ich noch lebe, aber weil ich den Kontakt nicht gepflegt habe, erscheint mir das immer viel zu aufwändig. Und jetzt war ich viel zu kaputt. Überhaupt, seit Max auf der Welt ist, stehe ich immer am Rand der Erschöpfung. Diese ständige Müdigkeit, der man nicht entkommen kann, ist der Aushöhlungsfaktor Nummer eins. Eine Nacht, in der ich ungestört durchschlafen kann, ist schon der absolute Luxus. Meine Güte, wie ich mich abends darauf freue, endlich den Kopf aufs Kissen legen zu dürfen und in die endlosen Weiten des Traumlandes zu entschwinden, das inzwischen meine soziale Welt geworden ist.
Aber kaum klappe ich die Augen zu, da schießen mir plötzlich hundert Millionen Gedanken durch den Kopf. Lauter Dinge, die ich vergessen habe, die ich tun müsste, an die ich hätte denken sollen. Bob! Irgendwie war es schön mit ihm gewesen, es hatte die vielen Frustmonate beendet, und ja, ich hatte es gewollt, um jeden Preis. Also – weshalb sollte ich mir jetzt Vorwürfe machen und mahnend den Finger erheben? Das änderte doch auch nichts mehr.
Finger?

OH, SHIT

Ich hatte ihn vergessen – er war mir einfach entfallen, plumps. Da lag ich nun im Bett und wollte mich genüsslich dem Schlaf hingeben, als plötzlich der Finger zuschlug. Genauer gesagt, die Frage, wo er sich befand. Also, Kommando zurück. Wo hatte ich ihn das letzte Mal gesehen? Fiona hatte gesagt, ich könne ihn mir sonst wohin stecken. Daraufhin hatte ich ihn aus dem Kühlschrank geholt. Er befand sich in einer Gefriertüte, ich hielt ihn in der Hand und … Ja, ich hatte ihn in der Manteltasche verstaut, weil er nicht in das Minihandtäschchen gepasst hatte, zu Schlüssel, Handy und Zigaretten. Scheiße. Er war immer noch in der Manteltasche, und der Mantel befand sich jetzt wieder im Büro.

»Halt, stopp!« Mein innerer Besserwisser zupfte an meinem fast schon schlafenden Ich und flüsterte: »Du hast die Manteltaschen heute gründlich durchsucht, weißt du noch?«

Ja, stimmt – als ich Bobs Telefonnummer weggeworfen habe.

»Sonst nichts.«

»Was soll das heißen?«

»Gar nichts …«

Wenn er nicht in der Manteltasche war, dann … Schon kapiert. Habe ich ihn doch in die Handtasche gestopft? Kann mich nicht erinnern, wär aber durchaus möglich. Ich seh morgen früh mal nach.

»Nein, jetzt gleich.«

»Nein, ich muss schlafen.«

»Erlaube ich nicht. Ich lass dir keine Ruhe.«

Ich führe schon immer Selbstgespräche. Das ist eigentlich kein Problem. Vielleicht wirkt es ein bisschen komisch, aber in der Regel kaschiere ich es, indem ich so tue, als würde ich in mein Handy plappern. Funktioniert wunderbar.

»Schau lieber gleich nach«, drängte mein innerer Besserwisser.

»Morgen früh. Ich will jetzt schlafen.«

So ging es eine Weile hin und her, bis der Besserwisser, der mich gut kennt, sagte: »Was soll das Theater? Du musst doch sowieso aufstehen und pinkeln.«

»Wie bitte?« (Ich drückte auf meine Blase: höchstens ein paar Tropfen, wenn überhaupt), aber wenn man den Gedanken erst mal hat, ist alles zu spät. Ich musste Licht machen und ins Badezimmer tapsen. Dort kippte ich meine Tasche aus. Nichts. *Nada.* Ich geriet in Panik, und schon stand ich in der Küche, machte mir eine Tasse Tee und rauchte eine Zigarette.

Ich musste es endlich einsehen.

Ich hatte den Finger verloren.

Ich hatte tatsächlich den Finger verloren!

Oder hatte ich ihn nur verlegt?

Wie konnte ich nur so bescheuert sein? Bitte, keine neunmalklugen Bemerkungen.

Okay. Aller Wahrscheinlichkeit nach war der Finger aus der Manteltasche gefallen.

Ich durchsuchte mein Schlafzimmer. Dann die ganze Wohnung.

ABGEKNABBERTE FINGERNÄGEL, DUNKLE AUGENRINGE

Am nächsten Tag. Mittwoch.

»Ich möchte gern den Verlust eines Fingers melden.«

Auf der Polizeiwache, mit schlechtem Gewissen.

»Wie bitte?«, fragte der gut aussehende Polizist und feuchtete seinen Bleistift mit der Zunge an, um meine Angaben aufnehmen zu können.

Der verschwundene Finger. Und wie kam es, dass ich ihn

verlieren konnte? Über diese Frage hatte ich die ganze Nacht gegrübelt. Na ja, es konnte an jenem Abend zu jedem beliebigen Zeitpunkt passiert sein: Als ich am Parkway wartete, während der Busfahrt zum Pub, im Pub, während der Fummelei vor dem Pub, beim Knutschen im Auto und sogar im Minicab auf der Heimfahrt.

»Sie haben also einen Finger gefunden und ihn dann wieder verloren?«

»Ja, genau.«

»Es war nicht zufällig Ihr eigener Finger?«

Ich wackelte mit meinen zehn Fingern und war kurz versucht, loszuplappern und ihm zu erzählen, wie ich mir einmal ein Stück Fingerspitze abgeschnitten hatte, das ich, weil ich unter Zeitdruck stand, einfach mit einem Pflaster wieder festgeklebt hatte, in der Hoffnung, dass es wieder anwachsen würde, und wie das tatsächlich eintrat, Schwein gehabt.

»Nein, mein Sohn hat ihn im Garten gefunden.«

»Wie alt ist Ihr Sohn?«

»Dreieinhalb. Fast.«

»Es war ein richtiger Finger?«

Hielt er mich für plemplem?

»Ja, ein Finger, ein kleiner Finger, der Finger einer Frau fortgeschrittenen Alters.«

»Soll das heißen, Sie haben einen Finger gefunden?«

»Wovon rede ich denn seit fünf Minuten?«

»Und das geschah vor zwei Tagen?«

»Wie gesagt – ich bin allein erziehende Mutter« (meine Patentausrede für alles und jedes), »ich habe den Finger gefunden, kurz bevor ich aus dem Haus musste, zur Arbeit. Ich wollte den Fund sofort melden, aber dann ging es nicht, weil ich bei der Arbeit so viel zu tun hatte, und erst, als ich wieder zu Hause war, habe ich festgestellt, dass ich den Finger verloren hatte.«

»Warum haben Sie den Verlust nicht am Dienstag gemeldet?«

»Also, das war so – ich habe den Finger vergessen, und erst ganz spät am Dienstagabend ist er mir wieder eingefallen.«

»Sie haben vergessen, dass Sie einen Finger gefunden haben?«

»Wissen Sie – mein Job stand auf dem Spiel. Ich hatte am Montagabend wahnsinnig viel getrunken, mir war hundeelend, kotzübel, es war grauenvoll«, sprudelte es aus mir heraus.

»Was war grauenvoll?«

»Mein Kater. Ich bin herumgerannt wie ein kopfloses Huhn, und ich musste mich ja um Max kümmern, und dann sollte ich auch noch den Mantel zurückbringen, und außerdem – ja, außerdem habe ich einen dicken Fehler gemacht.«

»Was für einen Fehler?«

»Einen folgenschweren Fehler.«

»Was wollen Sie damit sagen? Machen Sie oft solche Fehler?«

»Tja, es ist eine Art Verhaltensmuster. Ich rede von einem Fehler, der mich den Job kosten könnte.«

»Wie bitte?«

»Ich habe gegen die wichtigste Regel verstoßen.«

»Ich verstehe gar nichts mehr.«

»Ich auch nicht.«

Ehe ich auf die Polizeiwache ging, versuchte ich den ganzen Vormittag, jenen schicksalhaften Abend zu rekon-

struieren. Ich rief im Phoenix an. Der Pubbesitzer dachte, ich sei übergeschnappt. Oder von einer Fernsehshow und würde anrufen, um ihn irgendwie zu verarschen. Öffentliche Demütigung im Namen der Unterhaltungsindustrie. Scheint als Verdienst zu gelten. Die Leute schicken Videoclips ein, auf denen sie ihre Kinder, Partner und Haustiere zwingen, zu stolpern und hinzufallen und sich den Kopf anzuschlagen – durchschaubare Inszenierungen, und dafür bekommen sie dann miese fünfzig Pfund. Drei Leute in einem Boot – und was passiert? Dreimal darf man raten. Sie plumpsen alle drei ins Wasser. Wow, damit hätte ich im Leben nicht gerechnet! Uuups, der Gartenschlauch ist durchgedreht und hätte fast das Baby ertränkt, oder Daddy sieht aus, als würde er ohne Ende pinkeln ... sehr komisch. Und ich Tollpatsch werfe den Pfannkuchen in die Luft, und *plopp*!, landet er auf meinem Kopf! Hey, Vorsicht! Da ist eine Glastür, direkt vor dir ... auweia, zu spät!
Ich rief das Taxi-Unternehmen an. Man glaubt es nicht, aber den betreffenden Fahrer gab es nicht mehr. Vermutlich dachten sie, ich wäre von der Einwanderungsbehörde und wollte herausfinden, ob er legal war. Ich rief die Busgesellschaft an, wurde zwanzig Minuten auf die Warteschleife gelegt, bis mir schließlich eine Konservendosenstimme mitteilte, ich solle mich schriftlich melden. 85 Prozent aller Beschwerden würden innerhalb von drei bis vier Wochen beantwortet.

»Hören Sie zu.« Ich beugte mich etwas näher zu dem Polizisten, einem jungen Mann – und auf einmal wurde mir klar, dass ich keine junge Frau mehr war. Früher waren die Vertreter des Gesetzes immer älter gewesen als ich! Aber nichts bleibt, wie es ist, und ehe man sich's versieht, schaut man dem Alter ins Gesicht, und dieses Gesicht ist müde, die Augenlider schwer, in den Fenstern der Seele blitzt kein Lächeln mehr. Der Glanz der Jugend ist erloschen, man ersetzt ihn durch Make-up, und wenn man sich alte Fotos anschaut, denkt man: Ach, du liebe Zeit, was ist aus mir geworden?

»Hören Sie zu, junger Mann«, fuhr ich das Polizistenkind an. Ich wollte dynamisch klingen, obwohl ich mich eigentlich unter die Behinderten einreihen sollte. Ja, ich finde, Mütter sind irgendwie behindert. Wir kommen nur noch ganz langsam vom Fleck, und im Zug gibt's ein extra Abteil für uns.

»Hören Sie – ich habe einen Finger gefunden. Das ist sehr ungewöhnlich. Ich meine – irgendjemand läuft mit einem fehlenden Finger herum. Finden Sie nicht, dass man der Sache nachgehen sollte?«

»Aber Sie müssen verstehen, Mrs ...«

»Miss«, korrigierte ich ihn.

»Miss ... entschuldigen Sie – wie war doch gleich Ihr Name?«

»Brodsky, Isabel Brodsky.«

EIN KURZER LEBENSLAUF

Isabel Brodsky. Geboren im vergangenen Jahrhundert, ein Kind der siebziger Jahre. Mutter Irin, katholisch erzogen, Vater Schweizer, jüdisch erzogen, aber beide ohne Religion. Gemeinsam haben sie zwei weltliche Nachkommen in die Welt gesetzt, mich und meinen Bruder Freddie. Meine Mutter, Feministin und Hippie, saß plötzlich mit zwei kleinen Kindern da und mit einem idealistischen Ehemann, der sich gezwungen sah, die kapitalistische Ideologie zu übernehmen und ein erfolgreiches Wirtschaftsunternehmen zu gründen. Wenig später trennten sich die beiden, aber der Fairness halber möchte ich hinzufügen, dass es keine giftige Trennung war.

Ich hatte eine unkomplizierte Kindheit, behütet, liebevoll, und wenn wir bei meinem Vater waren, machten wir tolle Ferienreisen. Meine Mum lebt inzwischen in New Mexico. Mein Vater hat wieder geheiratet und wohnt mit seiner zweiten Frau und zwei Kindern in der Schweiz.

Aber zurück zu mir – ich war siebenundzwanzig, als ich drei Mal nacheinander meine Tage nicht bekam und beschloss, einen Test zu machen. Er war positiv. Den Samenspender – bedauerlicherweise kann ich ihn nicht anders nennen – hatte ich bei einem Musikfestival kennen gelernt und danach nie wieder gesehen. Zwei Tage Spaß, Drogen und hemmungslose Hingabe. Muss ich hinzufügen, dass er ein phantastischer Liebhaber war? Wir wussten nur unsere Vornamen, aber ich würde ihn garantiert wieder erkennen, wenn er mir über den Weg liefe. Ich habe ein ganz klares Bild im Kopf – aber vielleicht ist es ja auch eine Verzerrung der Wirklichkeit. Ein unglaublich gut aussehender Typ und sehr holländisch. Ich glaube, er hieß Jan Bladibla. Ich habe selbstverständlich mehrere Kleinanzeigen in *Time Out* geschaltet und in der entsprechenden niederländischen Zeitschrift, mit Texten wie: *Jan, haben uns in Glastonbury kennen gelernt, bin jetzt schwanger, brauche demnächst Alimente.* Merkwürdigerweise erhielt ich nie eine Reaktion.

Was die Lage noch verschlimmerte: Ich hatte damals ei-

nen Freund, mit dem ich schon fast ein Jahr zusammen war. Finn hielt sich gerade im Regenwald auf und half irgendeiner wohltätigen Organisation bei botanischen Forschungen. Er hatte keine große Lust, bei mir zu bleiben. Komisch, was? Ich fand's allerdings nicht zum Lachen, sondern eher zum Heulen, und es blieb mir nichts anderes übrig, als ganz allein die Verantwortung für mein Verhalten zu übernehmen. *Et voilà*: Max.
Der wunderbare, wunderschöne Max, der mich in eine Welt katapultierte, von der ich vorher nichts geahnt hatte. Eine Welt, die ich als Himmölle bezeichnen würde. Denn das Mutterdasein ist eigenartig, wirklich eine Mischung aus Himmel und Hölle. Aber auch wenn ich noch so viel jammere – ich möchte nirgendwo anders sein.

»Und was passiert jetzt?«, fragte ich den Polizisten.
»Das geht seinen behördlichen Gang. Ich werde die Informationen an meine Vorgesetzten weiterleiten und werde bei anderen Polizeiwachen nachfragen, ob dort etwas gemeldet wurde, was zu diesem Fall passen würde.«
»Nehmen Sie mich eigentlich ernst?«
»Sehr sogar.«
»Ehrlich?«
»Miss Brodsky …«
Ich überlegte mir, ob er wohl eine Freundin hatte. Wäre es vielleicht von Vorteil, mit ihm zu flirten, falls in meiner Nachbarschaft irgendwo in einem Garten eine zerstückelte Leiche herumlag? Kann man an einem abgehackten Finger sterben? War eine alte Dame verblutet, während ich mich betrunken und ohne zu überlegen einem Mann in die Arme geworfen hatte?
Schuldgefühle und …

DIE KRISE IN DER WOCHENMITTE

Weil ich endlich etwas unternommen hatte, fühlte ich mich besser, aber wegen meines Jobs machte ich mir immer noch Sorgen. Musste ich demnächst in der Suppenküche Schlange stehen? Solche Gedanken quälten mich auf dem Weg ins Büro. Bestimmt hatten sie dort längst herausgefunden, dass Bob sehr wohl zu dem Treffen erschienen war.

Zufällig waren weder Trisha noch Fiona im Büro. Stattdessen hatte Nadia Schicht. Ich redete nicht über die Geschichte mit Bob, sondern nur über das Fingerproblem. Nadia blieb der Mund offen stehen.

»Das ist ja krass.«

»Ich sag dir – der Typ sah so jung aus, ich kam mir vor, als würde ich einem Pfadfinder beichten.«

»Wie kann das sein?«

»Was?«

»Dass du den Finger verloren hast.«

Ich fühlte mich mies. Nadia ist noch jung. Alle, die jünger sind als ich, betrachte ich inzwischen als jung. Sie hat ihr erstes Kind mit achtzehn gekriegt, das zweite mit zwanzig. Jetzt ist sie siebenundzwanzig, wohnt bei ihrer Mutter und hat ihre Großfamilie um sich, das heißt, sie bekommt jede Menge Unterstützung. Nebenbei studiert sie noch an der Royal Academy of Music und singt in einer Band. In Müttersprache eine Superfrau also. Sie sieht natürlich toll aus, fast schon beängstigend toll. Und sie hat eine richtig positive Einstellung zum Leben und ist dabei extrem umgänglich.

Ich habe mich lang bemüht, sie nicht zu mögen, aber ich

gab meinen Widerstand auf, als ich auf meinem Schreibtisch einen Briefumschlag mit drei Joints vorfand, dazu einen Zettel, auf dem stand – ich zitiere wörtlich: »Issy, wenn du so weitermachst, bekommst du lauter Falten im Gesicht. Bitte, rauch die hier und entspann dich.«
Max und ich unternehmen am Wochenende öfter etwas mit ihr, das macht Spaß. Niemand darf etwas gegen sie sagen, sonst werde ich böse, und mein Neid beschränkt sich auf die Tage vor den Tagen, wofür sie größtes Verständnis hat, die Gute. Dadurch, dass wir zusammen arbeiten, haben sich unsere Zyklen angepasst, und wir lassen uns zu wilden Beschimpfungen hinreißen, um uns ein paar Tage später wieder zu versöhnen, wenn's erst richtig läuft.
»Nadia, du glaubst doch nicht im Ernst, dass ich den Finger absichtlich verloren habe?«
»Irgendeine ältere Dame ist verblutet, und du hast nichts unternommen, um ihr zu helfen.«
»Ich kann dich nicht hören.«
Ich hatte mir die Finger in die Ohren gesteckt. Auch ein Trick, den ich von Max gelernt habe und gern hin und wieder anwende.
»Issy! Irgendeine liebe, alte Dame, die so schwach und hilflos war, dass sie ihren eigenen Finger zum Fenster hinauswerfen musste, als eine Art Hilferuf, und du …«
»Jetzt übertreibst du.«
»Eigentlich müsste doch in deiner Straße jemand etwas gemerkt haben. Ich finde, du solltest deine Nachbarn fragen.«
»Meine Nachbarn? Bist du verrückt?«
Heutzutage kann man nie wissen, neben wem oder was man wohnt. Meiner Meinung nach sind Nachbarn Menschen, denen man um jeden Preis aus dem Weg gehen

sollte, es sei denn, ihre Waschmaschine ist ausgelaufen und man braucht wegen des Wasserschadens den Namen ihrer Versicherung.

DER MANN VON OBEN

Und schon war ich dabei, meinen Nachbarn anzuschreien. Ich rastete völlig aus. In weniger als vierundzwanzig Stunden würde meine Periode beginnen. Nachdem ich meine Schimpfkanonade abgelassen hatte, reagierte dieser Idiot, dieses Riesenarschloch, folgendermaßen: Er kniff die Augen zusammen, ging mit keinem Wort auf meine Frage nach irgendwelchen seltsamen Vorkommnissen ein, sondern sagte: »Können Sie Ihr Kind bitten, den Geräuschpegel etwas zu dämpfen?«

Damit brachte er das Fass zum Überlaufen.

»Er ist dreieinhalb, Sie alter Wichser, und jetzt ist es gerade mal vier Uhr nachmittags. Was denken Sie sich eigentlich?«

»Migräne.« Er rieb sich die Schläfen.

Dabei hört dieser Typ nachts um elf (sehr spät auf der Mutteruhr) noch laut Musik, nimmt um Mitternacht ein Bad und hat auch schon mal nachts um zwei die Waschmaschine angeworfen.

Als er letztes Jahr hier eingezogen ist, war ich optimistisch. Gut aussehender Typ. Vielleicht würden wir uns ja anfreunden, dachte ich. Aber wie der erste Eindruck täuschen kann! Ich weiß es noch ganz genau – eines Nachmittags kam ich voll bepackt nach Hause, mit Einkaufstüten und Max und allem, näherte mich im Schneckentempo der Haustür und hätte dringend eine helfende Hand gebraucht. Und während ich keuchend nach meinem Schlüssel kramte, öffnete sich die Tür, mein Nachbar von oben kam heraus und knallte mir die Tür praktisch vor der Nase zu, ehe ich Max als Bremse dazwischenschieben konnte.

»Vielen Dank!«, schrie ich.

»Was?«

»Sie hätten mich reinlassen können!«

»Aber Sie haben doch einen Schlüssel.«

Arrrg, und das war erst der Anfang einer Endlos-Serie von Zusammenstößen. Inzwischen meiden wir uns, so gut es geht.

Und jetzt hatte dieser Monsternachbar den Nerv, *mir* zu erzählen, wir sollten nicht so viel Krach machen.

Dabei hatte ich nur bei ihm geklopft, um mich zu erkundigen, ob er in letzter Zeit ungewöhnliche Dinge beobachtet habe.

»Also, wenn Sie so nett wären – mir dröhnt der Kopf.«

Ich funkelte ihn böse an und zischte leise: »Hoffentlich ist es eine Gehirnblutung.«

Die nächste Stunde verbrachten Max und ich mit einem sehr primitiven Spiel, genannt »Wer kann am lautesten schreien?«. Okay, ich gebe zu, Max hat das Kind in mir zu neuem Leben erweckt, und zwar das verwöhnte Balg.

Am nächsten Tag rief ich auf der Polizeiwache an, weil ich wissen wollte, ob sie schon etwas herausgefunden hatten. Nein, nichts.

Nachtschicht

Es war Donnerstag, und ich hatte Spätschicht. Maria kam und wurde von Max begeistert empfangen. Dann holte sie wie immer eine Süßigkeit aus der Tasche, und ich hatte zehn Minuten Zeit, um zu duschen und mich fertig zu machen.

»Issy, ist alles in Ordnung?«

»Ja, klar, Maria – wieso fragst du?«

»Was war am Montag los?«

Ich hatte noch niemanden in meine nächtlichen Aktivitäten eingeweiht, nicht einmal Joy, meine beste Freundin. Joy hat letztes Jahr beschlossen, eine Weltreise zu machen (gemein!). Sie hatte im Finanzdistrikt als Broker geschuftet wie eine Bekloppte, was zu einer stressbedingten Krankheit führte, was sie, zusammen mit der Tatsache, dass ihre biologische Uhr ablief und niemand bereit stand, dazu veranlasste, ihren Job zu kündigen und nach Südamerika abzudampfen. Seither habe ich sie nicht mehr gesehen. Ich vermisse sie schrecklich. Es tut richtig weh. Seit Fiona dahinter gekommen ist, wozu ich das Telefon benutze, schreiben wir uns regelmäßig E-Mails, aber das ist nicht das Gleiche. Ich war von meinen Freundinnen die Erste, die einen Nachkommen produzierte, und es hat eine ganze Weile gedauert, bis ich neue, kinderfreundliche Menschen gefunden habe.

»Aber irgendwas war doch, Issy! Es ging dir nicht gut.« Marias Tonfall legte mir nahe, endlich auszupacken.

Schluss mit dem Theater. Ich kann nicht mehr. Zu viel habe ich schon unter den Teppich gefegt. Inzwischen wate ich kniehoch durch emotionalen Müll.

»Ich … ich … also, ich denke – ich glaube, ich habe Mist gebaut, Maria. Heute Abend ist wahrscheinlich mein letzter Arbeitstag.«

Ich hätte einen auf tapfer machen können und Maria gegenüber so tun, als hätte ich alles im Griff und nur ein bisschen über die Stränge geschlagen. Aber ich war kurz vor dem Ertrinken, und mein Verhalten an dem Abend war im Grund das Ergebnis ungebremster XXL-Einsamkeit.

»Maria – du weißt doch, dass es bei der Falle eine Regel gibt, die Todsünde, die Grenze, die man nicht überschreiten darf …«

»Verstehe.«

Sie seufzte und schien ernsthaft besorgt. Dann beging sie einen kapitalen Fehler – sie nahm mich in die Arme und drückte mich.

Zu meiner eigenen Überraschung fing ich an, bitterlich zu weinen.

»Ich fühle mich oft so einsam, weil ich mit Max allein bin, und manchmal brauche ich es, dass mich jemand festhält, einfach nur festhält.«

Also hielt mich Maria eine Viertelstunde fest. Sie war zwar nicht der Athlet des Monats, aber besser als nichts, und fünfzehn Minuten lang hatte ich das Gefühl, dass jemand für mich sorgte, mich liebte.

Ich kam zu spät ins Büro. Trisha wartete schon, weil ich sie ablösen sollte.

»Entschuldige die Verspätung, Trisha. Ich mach's wieder gut, oder du kannst mir die Zeit vom Lohn abziehen.«

»Kein Problem, Issy. Das Wasser hat gerade gekocht – willst du eine Tasse Tee?«

Was war denn hier los? Bestimmt hatte Maria angerufen.

»Issy, du solltest ins Fitnessstudio gehen – es tut echt gut, da hüpfen die Endorphine.«

»Ach, vielen Dank.«

An der Pinnwand hing ein Zettel mit der Warnung »Keine Bürozeit verplempern«. In fetten Großbuchstaben. Garantiert an mich gerichtet.

»Trisha, tut mir echt Leid wegen Montag.«

»Du brauchst dich nicht dauernd zu entschuldigen. Und was Bob Thornton betrifft …«

»Bob?«

Da war's also. Ich holte tief Luft. Egal, was passiert, es ist okay, alles wird gut.

»Die Sache ist die – ich habe Mrs Thornton angerufen, und sie sagt, ihr Mann sei am Montagabend aus dem Haus gegangen …«

Aha, deshalb war sie so nett zu mir – es war die Vorstufe zur Entlassung. Sie wollte mich vorher noch ein bisschen foltern – oh, bohr das Messer tiefer in mein Herz, Liebling.

»Trisha, ich war da. Ich schwör's, er ist nicht aufgetaucht. Ich lüge nicht.«

Ich wurde nicht mal rot.

»Ich weiß. Ich habe nämlich eine Mail von Bob bekommen. Er entschuldigt sich wegen Montag und will einen neuen Termin ausmachen.«

HERR, DU HAST MEIN GEBET ERHÖRT – DANKE

Noch mal davongekommen! Aber total durcheinander. Das Gefühl der Erleichterung spülte die Anspannung der ganzen letzten Woche weg. Und jetzt? Ich witterte schon wieder Morgenluft.

»Ich finde, du solltest dich nochmal mit Bob verabreden«, sagte Trisha.

»Was, ich? Auf keinen Fall. Triff du dich mit ihm. Der Fall gehört doch sowieso dir.«

Sie gab mir den Mailausdruck: »Trixi, bella, bella, Montag war Mist, können wir uns bald mal treffen, magst du Gigs?«

»Sehr seltsam«, platzte ich heraus. Der ganze Tonfall hatte sich verändert. »Ist Gigs eine Abkürzung für irgendwas? Für irgendeine sexuelle Perversion oder so?«

»Nein, das heißt einfach nur, dass eine Live-Band irgendwo in einem Pub spielt.«

»Ach, und ich dachte gleich an Hoppehoppereiter und ähnliche Verrenkungen.«

»Issy, stell dich nicht so an. Schick ihm eine Mail und mach einen neuen Termin.«

»Warum ich?«

»Ich habe das Gefühl, er war da.«

Bevor ich etwas sagen konnte, was mich in die Bredouille gebracht hätte, zwinkerte Trisha mir zu.

»Ich glaube, er hat dich gesehen und sich nicht getraut. Ich meine, im positiven Sinn.«

Ein paar Minuten später ging sie, um sich mit einem gewissen Roger zu treffen. Er behauptete, er ginge zu einem

Lesekreis. Aber seine Frau hatte Verdacht geschöpft, weil die Rücken der Bücher, die er angeblich gelesen hatte, alle absolut makellos waren. Tja, dumm gelaufen, Roger.
Ich dachte über Bob nach. War er einer, der gern Spielchen spielte? Wusste er, dass seine Frau seine Mails las? Waren sie vielleicht beide irgendwie pervers und holten sich auf diese Weise einen Kick? Irgendwie passte das alles nicht zusammen. Etwas stimmte hier nicht.
Ich schickte ihm eine betont vage E-Mail: »Böser Bob, Montag war wirklich Mist, gebe dir eine letzte Chance, es wieder gutzumachen. Tricky Trixi.«

KLINGELINGELING

Das grüne Lichtchen leuchtet. Auf geht's, die Arbeit ruft und …
»Guten Abend, hier ist die Honigfalle. Was kann ich für Sie tun?«
»Hallo? Hallo? Ist da jemand?« Das klang wie eine jüdische Mama.
»Hallo, hier ist die Honigfalle.«
»Können Sie nicht etwas lauter reden, ich hab mein Hörgerät nicht drin.«
Ich holte Luft.
»Hallo. Die. Honig. Falle.«
»Hören Sie mich?«
Eine nette alte Dame durchlöcherte mein Trommelfell.
Plötzlich hatte ich eine Vision: War sie vielleicht die Frau mit dem abgehackten Finger? Konnte das sein …?
»Sind Sie …«

»Finkelstein«, sagte sie.
»Ja, aber geht es um den Finger?«
»Finkel … wie F-I-N-K-E-L-S-T-E-I-N. Hören Sie – Sie können …«

NENNEN SIE MICH GLADYS

Oi, Gladys! Sie wollte gar nicht mehr aufhören! Aber ich werde dafür bezahlt, dass ich den Leuten mein Ohr schenke. Das musste ich mir immer wieder sagen.
»Er ist nicht mehr er selbst. Ich weiß nicht, was los ist, aber ich kann's nicht anders sagen, in den letzten Wochen hat sich etwas verändert. Er hat allen Mumm verloren. Verstehen Sie, was ich meine?«
»Seinen Mumm?« Ehrlich gesagt, ich konnte mir nicht vorstellen, dass sie das Gleiche meinte wie ich.
»Ja, allen Mumm! Er war immer so gut drauf und jetzt …«
»Wie alt ist er?«
»Neunundsiebzig.«
»Verstehe. Und Sie denken, er hat möglicherweise eine Affäre?«
»Meinen Sie, nach fünfzig Jahren Ehe interessiert mich das noch? Ich weiß, darum geht es in Ihrer Agentur eigentlich sonst nicht, aber … meinen Sie, dass Sie nur mal mit ihm reden könnten? Vielleicht verstehen Sie ja, was mit ihm los ist? Vielleicht können Sie ihn zum Lächeln bringen – er hatte gerade eine Bypass-Operation. Welche Haarfarbe haben Sie?«
»Braun.«

»Sind Sie ein anständiges Mädchen? Gebildet?«
»Ja …«
»Meinen Sie, Sie könnten mir helfen?«
»Sie müssen mir verzeihen, wenn ich naiv klinge – aber warum rufen Sie keinen Hostessen-Service?«
»Wissen Sie, wie viel die verlangen? Er braucht doch nur ein bisschen Zuwendung, von einer Frau, die er nicht kennt … Verstehen Sie, was ich meine?«
»Das ist eigentlich nicht unser Ding, Mrs Fink.«
»Von Frau zu Frau … bitte … bitte … Ich weiß mir nicht mehr zu helfen. Nur dies eine Mal. Bitte!«
»Okay, ich werde sehen, was ich tun kann.«
»Also, jeden zweiten Montag geht er nach der Arbeit ins Harry's – essen Sie gern Hühnersuppe? Die machen nämlich eine erstklassige Hühnersuppe …«

EINE MONTAGSVERABREDUNG

Ich und der kleine Junge wurstelten uns irgendwie durchs Wochenende, und am Montag waren wir beide ganz versessen darauf, wieder auseinander zu gehen. Er sauste los und brüllte den Namen seines momentan besten Freundes, ohne Abschiedskuss, ohne mir auch nur zu winken. Ich hängte seine Jacke an den Haken mit seinem Namensschild. Verließ den Kindergarten und –
Endlich! Freiheit, Montag! MEIN TAG. Der Tag, an dem ich Sachen mache, die ich gern mache.
Zum Beispiel: die Sonntagszeitung lesen, jemanden anrufen und ein Telefongespräch führen, ohne ständig unterbrochen zu werden, am frühen Nachmittag ins Kino

gehen, ins Fitnessstudio, mit einer Freundin zu Mittag essen. Aber vorher muss ich Rechnungen bezahlen, die Wohnung putzen, die Wäsche einer ganzen Woche waschen, die Liste mit den dringenden Reparaturen durchgehen und entscheiden, was ich alles auf später verschieben kann, die Woche planen, das Wochenende planen, umwerfen, neu planen, die Wunschlisten auf den neuesten Stand bringen, Was-wäre-wenn-Träume träumen, meine Versicherung überprüfen – und genau in dem Moment, wenn ich mich dann mit meinem Kaffee hinsetze und die Zeitung aufschlage, ist es Zeit, Max abzuholen.
Meine Verabredung mit Joel Finkelstein war für den Abend angesetzt. Fiona juckte es nicht, dass der Auftrag nicht ganz koscher war, solange sie Geld damit machte. Ich war nervös. Ich meine – wie flirtet man mit einem älteren Herrn?

HÜHNERSUPPE

Joel Finkelstein war mit dem Alter geschrumpft. Ein schmächtiger Mann in dunkelgrauem Anzug, mit silbergrauen Haaren, wässrigen, tief liegenden Augen, und seine Hand zitterte leicht, als er den Suppenlöffel zum Mund führte. Er starrte aus dem Fenster, hinaus auf die Straße. Harry Morgan's hieß das Restaurant, im Stadtteil St. John's Wood. Hausmannskost.
Als ich kam, war es fast leer. Ich setzte mich zu ihm an den Tisch und eröffnete das Gespräch mit einem verzagten »Guten Abend«. Als Antwort kam ein Nicken.
Ich war schon ein paar Mal hier gewesen. Der Raum war

vor kurzem renoviert worden, aufgepeppt fürs neue Jahrtausend, erweitert und jetzt auch mit Takeaway. Die Kellnerinnen waren allesamt Blondinen aus Osteuropa. Bei der Speisekarte blieb einem das Herz stehen – im guten wie im schlechten Sinn. Ich war nicht mehr hergekommen, weil ich Max nicht in seinem Buggy mitnehmen durfte. Das fand ich unmöglich – immerhin war es ein so genanntes »Familienrestaurant«.

Gladys hatte mich angewiesen, auf keinen Fall über den Krieg zu sprechen. Auf meine Frage nach Mr F.s Vorlieben meinte sie: Kinder. Ich bestellte mir eine Hühnersuppe mit *Kreplach* und eine *Latka*, dann kramte ich ein Foto von Max aus der Handtasche.

Mann, war das ein Krampf! Uns trennten mindestens zwei Generationen. Ehrlich gesagt, ich war nicht mit dem Herzen bei der Sache, nicht so unbefangen wie sonst – die letzte Woche steckte mir noch in den Knochen.

Die Kellnerin brachte mein Essen, und ich nahm noch einmal Kontakt auf.

»Mmmmm ... genau, was ich jetzt brauche, eine Hühnersuppe.«

Keine Reaktion.

»Mmmmmm ... köstlich. Wie schmeckt es Ihnen?«

Er blickte kurz hoch.

»Gut.«

Dann schaute er mich richtig an. Schüttelte den Kopf.

»Sie hat Sie geschickt, stimmt's?«

»Wer?«

»Meine Frau.«

»Ihre Frau? Sie sind verheiratet? Sie Glücklicher. Ich bin allein stehend, aber ich habe einen kleinen Sohn. Möchten Sie ein Foto von ihm sehen?«

Peinlich, peinlich, ich weiß. Aber ich war mit meinem Latein am Ende.

»Meine Frau hat Sie geschickt, stimmt's?«, wiederholte er.

»Hm … ja, stimmt.« Ich nickte. Ich konnte ihm nichts vormachen.

»Sind Sie eine Hostess?«

»Sehe ich so aus?«

»Wie soll ich das wissen?«

»Ich bin keine.«

Wieder versiegte das Gespräch. Ich war sauer wegen seiner Unterstellung und schlürfte beleidigt meine Suppe, er trank einen Tee mit Zitrone und las die *Antiques Gazette*. Ich hatte das Gefühl, mich rechtfertigen zu müssen.

»Mr Finkelstein, Ihre Frau hat die Agentur angerufen, für die ich arbeite, und gefragt, ob ich hierher kommen könne und mich mit Ihnen unterhalten. Einfach so. Sie macht sich Sorgen, weil Sie in den letzten Wochen anders waren als sonst.«

»Nehmen Sie es nicht persönlich, junge Frau, aber ich habe kein Interesse an einem Gespräch.«

»Völlig in Ordnung, ich wollte Ihnen nicht zu nahe treten.«

Es war überhaupt nicht in Ordnung. Er war so schroff, so unhöflich, und ich fragte mich, ob ich nicht vielleicht doch aussah wie eine Hostess. Stimmungsmäßig ging es rapide abwärts mit mir.

»Sie wollen sich also wirklich nicht unterhalten?«

»Verstehen Sie kein Englisch?«

»Ich wollte nur nett sein.«

»Ihre Nettigkeit können Sie sich sparen. Würden Sie sich vielleicht an einen anderen Tisch setzen – oder soll ich aufstehen?«

Mein Gott, womit hatte ich das verdient? Das ganze Getue hing mir meilenweit zum Hals heraus. Seit dem Fiasko mit Bob war mein Selbstbewusstsein in den Keller gerasselt, und nun kam dieser alte Herr daher und machte mich klein, immer kleiner, sodass ich schon fast so winzig war wie er.
Ich schob meinen Stuhl zurück, zog meine Jacke an, legte das Geld auf den Tisch, beugte mich zu ihm und fauchte ihn an.
»Mr Finkelstein, Sie sind der unhöflichste Mann, der mir je begegnet ist.«
»Großer Gott – muss ich mir das anhören? Was ist denn in Sie gefahren, sind Sie meschugge?«
Nein, nur eine allein erziehende Mutter, die kurz davor ist, den Verstand zu verlieren. Und ihren Job, ihre Würde … Ach, nein, meine Schuld, dass ich mich letzte Woche total blamiert habe und dass ich außerdem noch, was völlig schwachsinnig klingt, einen Finger verloren habe. Ja, zu allem Überfluss habe ich auch noch einen echten, abgehackten Finger verloren.
Ich stürmte aus dem Restaurant, und als ich draußen auf dem Gehweg stand, ließ ich mein Leben Revue passieren. Himmelherrgott, und ich hatte auch noch Mitleid mit diesem Herrn gehabt, nur weil er alt war.
Blödmann.

DIE MÄNNER SIND ALLE …

Na ja, nicht alle gleich, aber eine fette Enttäuschung.
Mein Vater hatte sich nicht besonders solidarisch verhal-

ten, als ich ankündigte, ich würde Max allein bekommen.
»Jedes Kind braucht einen Vater.«
»Was ist deine Entschuldigung?«
»Also hör mal, das war doch etwas völlig anderes, du wusstest immerhin, wer dein Vater ist.«
»Aber du warst nie da.«
»Issy, du hast sämtliche Ferien bei mir verbracht.«
Meine Eltern trennten sich, als ich vier war und mein Bruder sechs. Für meine Mutter waren die nächsten paar Jahre die Hölle, da bin ich mir sicher. Überhaupt habe ich in vielen Punkten bei meinen Eltern Abbitte getan, seit ich selbst ein Kind habe. Mum hatte erst wieder einen richtigen Freund, als ich schon zehn war, und ich weiß genau, dass ich mich den beiden gegenüber extrem fies benommen habe. Niemand durfte unserer Mutter zu nahe kommen, aber – und das ist der Gipfel der Ungerechtigkeit – unserem Vater gestanden wir seine Freundinnen widerspruchslos zu. Wir betrachteten sie eher als Au-pair-Mädchen und fanden sie irgendwie cool. Eine war auch tatsächlich ein Au pair.
»Dad, Ferien sind nicht das wirkliche Leben, nicht der Alltag. Wenn man was Besonderes macht, ist alles einfach – und außerdem hast du Freddie und mich sowieso immer ins Ferienlager geschickt.«
»Da hat es dir gefallen.«
»Weil ich unbedingt in deiner Nähe sein wollte.«
»Womit meine These bewiesen wäre. Max braucht einen Vater.«
»Du hast Recht«, gab ich zu. »Ja, wenn ich's mir überlege – du wirst bestimmt eine wichtige Rolle in seinem Leben spielen, als männliches Vorbild. Vor der Verantwortung darfst du dich nicht drücken.«

Selbstverständlich müsste Max einen Vater haben, aber er hat keinen, daran kann ich nichts ändern. Ich kann ihm nur stabile männliche Personen anbieten, an denen er sich orientieren kann. Meinen Bruder Freddie findet er zum Beispiel ganz, ganz toll, und Freddie verwöhnt ihn ohne Ende. In letzter Zeit ist er öfter mit Max einkaufen gegangen, er kauft ihm enge weiße T-Shirts und Prada-Jeans. Ich glaube, er betrachtet Max als eine Art Designer-Accessoire und spaziert mit ihm die Old Compton Street auf und ab. Aber immer nur kurz, denn sobald Max unleidig wird, muss ich Freddie von ihm befreien. Zu Freddies Lebensstil passen eigentlich keine kleinen Kinder, aber er hat versprochen, wenn Max erst ein bisschen älter ist, schleppt er ihn mit in die Clubs.
Okay, Freddie taugt also nicht für Balgereien und für die typische Fußball-Männerfreundschaft, aber die beiden lieben sich, und ich finde, das zählt. Und wenn ich ehrlich bin – manchmal bin ich froh, dass ich mit Max von Anfang an allein war. Ich bin schon viel zu vielen Frauen begegnet, deren Beziehung nach der Geburt wider Erwarten in die Brüche ging. Es muss ganz fürchterlich sein, wenn man plötzlich schutzlos dasteht. Letztlich kommt es auf die Erwartungen an, und da ich nie welche hatte, konnten sie auch nicht enttäuscht werden.

ALLEIN ERZIEHEN – PRO UND CONTRA

Ich habe die absolute Kontrolle darüber, wie ich Max erziehen will, und er kann seine Eltern nicht gegeneinander

ausspielen. Ich muss keine Kompromisse eingehen. Es gibt keine versteckten Ressentiments, weil zum Beispiel ein Elternteil mehr Zugang zur Erwachsenenwelt hat. Das ist meiner Überzeugung nach der große Störfaktor in vielen Beziehungen, wie die ehrlicheren unter meinen verheirateten Freundinnen jederzeit zugeben würden. Ich bin ganz allein für Max verantwortlich und muss mich mit niemandem absprechen.
Das große Minus ist natürlich: Ich bin ganz allein für Max verantwortlich und kann mich mit niemandem absprechen.

DER LAUNISCHE FINGER DES SCHICKSALS

Ich glaube, seit letzter Woche hat mich das Glück verlassen. Ich schiebe das auf den Finger. Seither geht alles daneben, an allen Fronten. Der Finger verfolgt mich! Warum ausgerechnet mich? Habe ich nicht schon genug Probleme? Wieso muss ich mich jetzt auch noch mit ein paar winzigen Knöchelchen herumschlagen?
Nach meiner missglückten Verabredung mit Finkelstein trottete ich heimwärts. Dort saß Maria wie gebannt vor *Graham Norton* und strickte dabei für Max einen Pullover. Einen Spiderman-Pullover, roter Hintergrund und ein großes, schwarzes Spinnennetz.
»Wie lief's mit Finkelstein?«
»Nicht so besonders. Er wollte nicht mit mir reden.«
»Und?«
»Maria – findest du, ich sehe aus wie eine Hostess?«

»Wie bitte?«
»Im Ernst.«
»Hör zu, Max war ziemlich quengelig, ich habe das Gefühl, er wird krank.«
»Toll.«
Das hatte mir gerade noch gefehlt.
»Und außerdem ist ein Kommissar vorbeigekommen, als du weg warst.«
»Hä?«
Ich war gerade dabei, meine Jacke aufzuhängen, und gähnte laut.
»Er hat mir seine Nummer gegeben – du sollst ihn bitte morgen anrufen.«
»Was hat er denn gesagt?«
»Sie haben die Leiche gefunden.«

EINS RECHTS, EINS LINKS

Klickediklick, machten die Stricknadeln, während ich eine Tasse Tee für Maria kochte.
»Ja, ein Kommissar«, wiederholte sie. »Er heißt Bambuss.«
Mr Bambuss hatte darum gebeten, dass ich ihn so bald wie möglich anrufen möge. Eine Leiche war gefunden worden. Ein Mord? Wer weiß? Sonst hatte er nichts gesagt. Keine weiteren Hinweise. Er hatte sich nur kurz in der Wohnung umgeschaut.
»Ein Zypriot«, erklärte Maria. »In Zypern geboren. Mit grauen Schläfen. Distinguiert – hat mich an diesen Schauspieler erinnert, an Omar Sharif.«

»Oh!« Ich horchte auf. Das wär's doch – Omar! »Mein Alter?«

»Nein, mein Alter«, erwiderte Maria.

Maria ist so alt wie meine Mutter. Olivfarbene Haut, dunkles Haar, Rubensfigur, klein, nicht ganz eine ältere, üppigere Version von Penelope Cruz, aber mit einem munteren Blitzen in den grünen Augen. Ihr Mann ist vor zwei Jahren gestorben, aber sie ist nicht zusammengebrochen, sondern man hat eher das Gefühl, sie hat sich endlich selbst gefunden. Ihre Kinder sind längst flügge und über den ganzen Globus verstreut und haben alle eigene Kinder, weshalb Maria ziemlich viel durch die Gegend reist. Es fehlt ihr, dass sie nicht ständig als Großmutter gebraucht wird, aber für mich ist das ein großer Glückstreffer, denn sie hat Max sozusagen als Enkelsohn adoptiert. Ihre Rolle bei der Honigfalle hat sich ganz organisch entwickelt. Sie hatte bei Trisha geputzt und immer mal wieder auf die Kinder aufgepasst. Trisha empfahl sie an Fiona, die sie dann übernahm.

Jetzt packte sie ihren Krimskrams zusammen, seufzte und bekreuzigte sich.

»Die arme alte Dame. Möge sie in Frieden ruhen.«

»Ja, es ist schrecklich. Ich nehme an, morgen erfahre ich dann die ganzen Details. Danke, Maria.«

Wir standen im Flur, und ich schaute ihr zu, wie sie den Helm aufsetzte, Hosenklammern und Reflektorstreifen anlegte und dann auf ihrem Fahrrad davonsauste, hinaus in die Nacht.

JENSEITS DES FINGERS

Ich hatte bisher immer nur an den Finger gedacht und kaum an das Drumherum. Er hing sozusagen frei schwebend in der Luft. Die Tatsache, dass er einmal zu einer Hand gehört hatte, zu einem lebendigen Menschen, hatte ich mehr oder weniger verdrängt. Alte Frauen gibt es massenhaft, überall trappeln sie mit ihren Einkaufswagen herum. Man geht an ihnen vorbei, ohne daran zu denken, dass sie auch einmal jung waren. Irgendwie denkt man, sie waren immer schon so, wie sie jetzt sind: alt, langsam, die Mäntel abgetragen.

Meine Mutter war anfangs eine sehr zurückhaltende Großmutter, aber als sie Max das erste Mal sah, war sie sofort überzeugt. Sie verbringt jeden Sommer einen Monat bei uns. Letztes Mal haben Max und ich sie am Flughafen abgeholt. Ich hatte sie ein ganzes Jahr nicht gesehen und war schockiert, wie alt sie geworden war. Immer noch attraktiv, aber die feinen Fältchen hatten sich tiefer eingegraben, ihre Haare waren grau, und sie hatte keine Lust, sie zu färben.

Meine Mutter ist praktisch veranlagt und hat mir während meiner Schwangerschaft gute Ratschläge gegeben.

»Issy, du musst dafür sorgen, dass du viele Leute um dich hast, die dich unterstützen. Informiere dich über die verschiedenen Mutter-Kind-Gruppen und melde dich gleich an.«

Es ist nicht weiter verwunderlich, dass ich ihre Vorschläge ignorierte – und dies später bedauerte.

Ihr geht es gut in New Mexico: Sie hat einen Partner und einen Job als Büroleiterin in einer Produktionsgesellschaft.

Deshalb war sie nicht unbedingt scharf darauf, alles liegen und stehen zu lassen, um mir beizuspringen. Den Teil ihres Lebens hat sie hinter sich, erledigt, abgehakt.
Als sie hier war, gingen wir einander innerhalb von vierundzwanzig Stunden endlos auf den Keks. Trotzdem war der Sommer mit ihr zusammen wesentlich erträglicher, als er sonst gewesen wäre, zumal sie mir sieben Tage und sieben Nächte Freiheit in Barcelona schenkte.
Mum und ich telefonieren ungefähr zweimal in der Woche miteinander. Als ich ihr von dem Finger erzählte, vermutete sie, mystisch veranlagt, wie sie ist, dass es sich um ein Zeichen handelt.
»Dein Chi ist aus dem Gleichgewicht. Du hast dich von dir selbst entfernt, Issy – es wird Zeit, dass du nach innen schaust.«
»Mutter, ich bin total erschöpft.«
»Du musst meditieren.«
»Hör bitte auf mit dem Gequatsche. Ich vollbringe jeden Tag einen Drahtseilakt: Ich bin allein, und ich bin Mutter.«
»Du musst deine Situation annehmen. Das ist der einzige Weg.«
»Wie hast du das geschafft mit uns beiden – ganz allein?«
»Ich habe gekifft.«
Den süßlichen Rauch, der damals meine Mutter einhüllte, hatte ich ganz vergessen. Ich kenne ziemlich viele Mütter, die sich nach Feierabend einen Joint reinziehen, um sich zu entspannen. Manche auch schon tagsüber. Oder die zu später Stunde nach der Flasche greifen, um die Situation zu entschärfen und um schneller einschlafen zu können.
»Heißt das, ich soll Drogen nehmen?«
Weil ich einen großen Teil meiner Jugend in benebeltem

Zustand verbracht habe, kann ich heute mit dieser zugedröhnten Dumpfheit, hervorgerufen durch den Gehirnverblöder namens Gras, nicht mehr viel anfangen.
»Ich sage nur, du mutest dir sehr viel zu und solltest langsamer treten. Dein Leben hat sich verändert. Versuch doch mal, dich mit den Einschränkungen anzufreunden und integrativ mit ihnen umzugehen.«
Sie hatte Recht, und das passte mir nicht.
Ich glaube im Grund nicht daran, dass man durch das Muttersein ein anderer Mensch wird. Eigentlich bleibt man gleich – man wird höchstens etwas geduldiger.
»Es ist sicher kein Zufall, dass der Finger in dein Leben getreten ist.«
»Wie du meinst, Mum. Wann kommst du uns mal besuchen?«
»Im Sommer. Hast du in letzter Zeit mal mit Freddie gesprochen?«
»Schon länger nicht.«
Es war schon ein paar Wochen her, dass ich von Freddie gehört hatte. Er befand sich gerade auf einer größeren Club-/Drogen-Tour. Ich weiß aus vorherigen Erfahrungen, dass man ihn danach mindestens eine Woche lang nicht ansprechen sollte, weil er wieder »runterkommt«, das heißt, er verhält sich wie eine paranoide Arschgeige.
»Mum, meinst du, ich werde mich je wieder verlieben?«
»Lass es auf dich zukommen – irgendwann passiert es bestimmt.«
»Aber die Jahre ziehen an mir vorbei. Ich werde hässlich, Mutter.«
»Ich höre da so viel Negativität, Issy. Gehst du noch zur Gruppentherapie?«
Oh, Gott. Ha, ha, ha.

NEIN

Nadia hatte mir erzählt, eine Freundin habe in der Gruppentherapie einen klasse Mann kennen gelernt. Sie habe inzwischen geheiratet und erwarte das erste Kind.
»Sag nicht gleich nein! Es ist eine phantastische Möglichkeit, Leute zu treffen und gleichzeitig alles loszuwerden, was einen belastet.«
Also trabte ich zu meiner Hausärztin und bekam sofort eine Überweisung. Kein Problem – kaum hatte ich das Wort »allein erziehende Mutter« ausgesprochen, war ich schon eingetragen. Eine Woche später saß ich mit einem Haufen Depris in einem sterilen Raum. Sie redeten alle über ihre Kindheit und wollten lernen, ihre Gefühle zu akzeptieren. Ich kam überhaupt nicht zu Wort, sondern musste mir lauter elende Geschichten anhören. Was mich praktischerweise auf der Stelle kurierte – ich hatte begriffen, wie gut es mir eigentlich ging.
Männer gab es nur zwei, einen Mittfünfziger und einen etwas jüngeren. Wenn ich die Augen zusammenkniff, hatte dieser tatsächlich eine gewisse Ähnlichkeit mit Hugh Grant. Er hätte also gar nicht übel ausgesehen, wenn er sich die Gesichtsmatte abrasiert hätte. Bedauerlicherweise stellte sich heraus, dass er verheiratet war.
Plötzlich stand ich da wie vom Donner gerührt. Mir war sein Name wieder eingefallen … Bob!
Wäh! Das konnte nicht wahr sein. Ich hätte ihn doch garantiert wieder erkannt – oder? Es sei denn, er hatte sich den Bart abrasiert.
Wäh …
Nein, das hätte ich gemerkt!

Dreimal wäääh! Gesprächsfetzen schwirrten durch meinen Kopf. Wenn ich es mir richtig überlegte – irgendwie hatte Bob einen ehrlichen und einfühlsamen Eindruck auf mich gemacht. Aber ich konnte den E-Mail-Bob und den Therapie-Bob beim besten Willen nicht unter einen Hut bringen. Oder vielleicht doch? Der Typ war garantiert schizoid. Andererseits, bei Licht betrachtet – er war der Therapeut.

AUWEIA, MUMMY SITZT IN DER KLEMME

»Max, ich muss zur Polizei«, verkündete ich.

Max lag süß und kuschelig neben mir im Bett. Als er noch ein Baby war, hatte ich immer Angst, ich könnte ihn auffressen. Ich schwör's – sein Geruch, die Samthaut, die rosigen Wangen, die winzigen Fingerchen – ich vergrub oft mein Gesicht in seinem Bauch und prustete vor lauter Liebe. Jetzt ändert sich das langsam, und sein Popo ist nicht mehr ganz so niedlich, vor allem wenn er am frühen Morgen loströtet wie eine Trompete.

»Max! Wie sagt man?«, rief ich Mr Pupskönig zur Ordnung.

»Das war ich gar nicht.«

Ach, wie entzückend er aussieht, wenn er schwindelt.

»Doch!«

»Nein, war ich nicht. Du warst es.«

Verdammt, ich kann ihm nichts mehr vormachen. Er ist einfach zu schlau für sein Alter. Also wechselte ich lieber das Thema.

»Ich muss heute mit einem Kommissar reden.«
»Musst du ins Gefängnis?«
»Hoffentlich nicht. Es geht um den Finger, den du gefunden hast.«
»Den Finger im Garten?«
»Krieg ich einen Kuss?«
»Nachher. Später.«
Früher habe ich massenhaft Küsse gekriegt. Max war jederzeit verfügbar gewesen, aber inzwischen muss ich betteln und werde vertröstet. Es sei denn, er ist müde und kann meine Annäherungsversuche nicht abwehren.
Ach, du süßer, kleiner Max! Aus irgendeinem Grund war ich gut gelaunt aufgewacht. Ich jagte Max durch die Wohnung und kitzelte ihn durch, bis wir beide vor Lachen umfielen.

BAMBUSS DER BULLE

Bambuss saß in seinem Plastikstuhl und lehnte sich zurück. Korpulent und behaart. Seine Brusthaare fingen da an, wo der Bart aufhörte, der seinerseits bis zur Stirn reichte. Er saß mir direkt gegenüber, puhlte Essensreste aus den Zahnzwischenräumen und saugte dann den Rest mit der Zunge heraus. Dabei schaute er ziemlich verdutzt in die Gegend und musterte mich misstrauisch. Omar Sharif? Nie im Leben!
»Miss Brodsky, Ihr Sohn hat also den Finger der Verstorbenen gefunden?«
»Ja, vor einer Woche, in unserem Garten.«
Er stellte mir ganz ähnliche Fragen wie der erste Polizist.

»Und er ist noch nicht wieder aufgetaucht?«
»Wer? Der Finger? Nein, leider nicht.«
»Und haben Sie auch wirklich überall gesucht?«
»Ja, allerdings.« Ich erklärte die Umstände, die zum Verlust des Fingers geführt hatten, wechselte dann aber schnell das Thema. »Haben Sie den Mörder schon gefasst?«
Ach, wie gruselig! Womöglich war der Täter ja ein Massenmörder, der seinen Opfern immer die Finger abhackte, als eine Art Trophäe.
»Tja – die Sache ist die: Es war gar kein Mord.«
»Wie bitte?«
»Der Finger wurde abgehackt, als die Dame bereits tot war.«
Wollte er mich absichtlich durcheinander bringen?
»Der Finger wurde abgehackt, als sie schon tot war?«
Interessant, sehr interessant, aber zuerst sollten wir die zentrale Frage beantworten: Wer war die Tote?

DIE TOTE – FRIEDE IHRER ASCHE

Sarah Bloch. In Wien geboren, neunundsiebzig Jahre alt. Sie wohnte zwei Häuser von mir entfernt, in Apartment Nr. 24, Antrim Mansions, Antrim Road, Belsize Park. Seit fünfundzwanzig Jahren.
»Haben Sie die Dame gekannt? Sind Sie ihr je irgendwo begegnet?«
»Wie sah sie aus?«
»Sehr gepflegt, schmal, etwa einsfünfundsechzig. Sie trug immer einen karierten Tweedmantel. Kommt Ihnen die Beschreibung bekannt vor?«

»Warten Sie – könnte sein.« Ich konzentrierte mich, und aus dem Nebel meiner Erinnerungen tauchte eine Gestalt auf, eine ... »Tut mir Leid. Es gibt so viele ältere Damen. Wie Sand am Meer.«

»Sie war sehr aktiv für ihr Alter. Zuletzt hat sie in einem Secondhandladen in St. John's Wood gearbeitet.«

Moment ... Ich statte diesen miefigen, wohltätigen Läden öfter einen Besuch ab. Erst vor zwei Wochen habe ich einen alten Hosenanzug von Agnes B. anprobiert. Die Verkäuferin sagte zu mir: »Wirklich sehr preiswert«, woraufhin ich antwortete: »Deshalb bin ich ja hier.«

Sie quittierte meine blöde Bemerkung mit einem Achselzucken und murmelte etwas, was ich nicht verstand.

Als ich sie fragte, ob sie mit dem Preis heruntergehen könne, sagte sie nur: »Nein.«

Ich wurde trotzig und hängte den Anzug wieder auf den Bügel.

Obwohl ich ihn mir hätte leisten können. Obwohl er mir gut stand. Obwohl mir die Farbe gefiel.

»Wie Sie wollen«, brummelte sie. Ich marschierte aus dem Laden und war einfach nur sauer, weil sie nicht hatte mit sich handeln lassen.

Am nächsten Tag ging ich wieder hin, aber der Anzug war verkauft.

»Mr Bambuss, könnten Sie ein bisschen spezifischer sein? Wie sah die Dame aus?«

»Immer noch gut, hohe Wangenknochen, schlank – bestimmt war sie früher mal sehr attraktiv. Elegant: Die Haare straff zurückgekämmt und hochgesteckt.«

Nein, die Dame im Laden war eher mollig gewesen, mit schlecht gefärbten Haaren.

»Sie war vor kurzem aus dem Krankenhaus entlassen worden, weil sie sich bei einem Sturz auf der Treppe den Knöchel gebrochen hatte.«
»Aber was genau ist passiert?«
»Offenbar wurde bei ihr eingebrochen, als sie schon tot war.«
»Bei ihr wurde eingebrochen? Kann es sein, dass sie vor Schreck gestorben ist?«
»Nein, dafür gibt es keine Indizien.«
»Verstehe. Und wieso wurde ihr der Finger abgehackt?«
Ah … in meinem Kopf entstand ein Bild.
»Sie trug einen Ring. Und deshalb hat ihr der Täter den Finger abgehackt. Stimmt's?«
Bingo!
»Aber wie kam der Finger in meinen Garten?«
Bambuss grinste. Meine detektivische Kombinationsgabe schien ihn zu belustigen.
»Hat ihn der Dieb aus dem Fenster geworfen?«
»Nein, die Entfernung ist zu groß. Wir haben diese Möglichkeit bereits ausgeschlossen.«
»Aber die Gärten sind alle miteinander verbunden. Vielleicht ist der Einbrecher durch die Hintertür geflohen und hat den Finger zufällig in meinen Garten geworfen. Das könnte doch sein, oder? Es klingt sogar sehr wahrscheinlich.«
Bambuss grinste immer noch. Ich wette, er hielt mich für Dr. Watson – und sich selbst für Holmes.
»Und der Einbruch – gibt es dazu schon Anhaltspunkte?«
»Es waren keine Profis. Allerdings kannte sich der Täter in der Wohnung aus und wusste, was sie besitzt.«
»So nach dem Motto: Gelegenheit macht Diebe? Jemand

wollte sie besuchen, sah, dass sie nicht mehr lebte … Sie kannte den Täter, der Täter kannte die Wohnung und wusste, wo er sich bedienen konnte.«

Grundgütiger – ich glaube, ich bin dabei, ein Verbrechen aufzudecken!

»Was ist mit der Familie?«

»Sie hat einen Sohn. Lebt in den Staaten.«

»Hatte sie Freunde?«

»Ein paar. Vor allem einen Bridge-Club. Die Damen trafen sich alle vier Wochen bei ihr in der Wohnung.«

»Also muss es irgendein Bekannter gewesen sein. Sie sagten, Mrs Bloch war im Krankenhaus … Also hatte bestimmt jemand Zugang zu ihrer Wohnung. Verzeihen Sie, dass ich laut überlege. Ja, es könnte gut ein Nachbar gewesen sein.«

»Ein Nachbar?«, wiederholte der Kommissar.

»Ja, jemand, dem sie einen Ersatzschlüssel gegeben hat und der ihr immer mal wieder geholfen hat.«

»Daran habe ich auch schon gedacht.«

»Große Geister denken gleich, das bestätigt sich immer wieder«, erklärte ich.

»Sagen Sie – haben Sie vielleicht eine Vorliebe für Schmuck?«

»Welche Frau würde da nein sagen?«

Plötzlich kam ich mir vor wie in einer *Ally McBeal*-Folge. Gehörte ich etwa zum Kreis der Verdächtigen? Der Kommissar machte ein ganz komisches Gesicht, während er an seinen Fingernägeln knabberte. Ich musste an den Song von Shaggy denken: »It Wasn't Me«. Ich war's nicht! Max liebte diesen Song und fand ihn tausendmal besser als »Bernd, das Brot«. Meine Phantasiebilder steigerten sich ins Surreale: Bambuss trug irgendwelche Anschuldigungen vor, ich verteidigte mich und ging um den Tisch herum. *(Man stelle sich vor: Ich wurde auf frischer Tat ertappt, wie ich die Alte von nebenan ermordete! … Haben Sie sie in Stücke gehackt? Ich war's nicht! Sie mit dem Brotmesser zersägt? Ich war's nicht!)*

ZURÜCK IN DIE WIRKLICHKEIT

Der Kommissar musterte mich konsterniert.
»Miss Brodsky?«
»Entschuldigung.«
Ich kehrte in die Wirklichkeit zurück.
»Wie gesagt, falls Sie sich an irgendwelche auffälligen Ereignisse erinnern oder Ihnen etwas einfällt, was für unsere Ermittlungen von Bedeutung sein könnte, dann melden Sie sich bitte bei mir.«
»Selbstverständlich.«
»Und Sie haben nichts dagegen, wenn wir uns in Ihrem Garten umsehen?«
»Überhaupt nichts. Ich bin später bei der Arbeit, aber ich sage Maria Bescheid.«
»Apropos Arbeit – was genau machen Sie?«
»Na ja, da Sie mich so direkt fragen – ich bin eine Art *special agent*, könnte man sagen.«

DER ERSTE AUFTRAG

Meine Jungfernfahrt in die Welt der potenziellen Ehebrecher. Vor lauter Aufregung hatte ich vorher die entsprechenden Sprüche an Max ausprobiert.
»Bist du öfter hier?«
»Ich will ein Video gucken.«
»Hallo.«
»Das Video mit der Eisenbahn.«
»Entschuldigung, ist der Platz hier noch frei?«
»Jetzt gleich!«
Jämmerlich gescheitert. Welche Chance hatte ich dann bei einem erwachsenen Mann? Nadias wichtigste Tipps waren: Blickkontakt herstellen, Körpersprache imitieren, und wenn einem nichts einfällt, Wort für Wort wiederholen, was der Typ gerade gesagt hat, und die Stimme am Ende des Satzes leicht anheben.
Wie gut ich mich an meinen ersten Auftrag erinnere!
Mit zitternden Knien erspähte ich meinen Kandidaten an der Bar und näherte mich ihm zögernd. Der Hocker neben ihm war frei. Ich musste nur nett sein, lächeln, einen Drink bestellen, und falls alle Stricke reißen sollten, konnte ich immer noch übers Wetter reden.
Fünf Minuten später.
»Ganz schön kalt heute, was?«
»Wie bitte?«
»Kalt draußen.«
»Mhm.« Wirklich, sehr kommunikativ!
Doch plötzlich, wie aus dem Nichts, fiel mir die supergeniale Anmache ein.
»Ich hab mich gerade von meinem Freund getrennt.«

»Oh.«
Das Interesse des Kandidaten war geweckt. Alle Menschen lieben Dramen – jeder denkt dann, ach, wie gut, dass es mich nicht getroffen hat.
»Entschuldige, ich gehe normalerweise nicht allein in eine Bar, aber … hättest du was dagegen, wenn wir … wenn wir uns ein bisschen unterhalten?«
Also erzählte ich ihm meine Geschichte. Im Grund erzählte ich ihm die Wahrheit. Ich dehnte sie nur ein bisschen in die Länge – es dauerte fast eine Stunde, bis ich endlich fertig war.
»Ich weiß, wie du dich fühlst«, versicherte er mir.
»Ehrlich?«
»Ja.«
»Ist deine Ehe am Ende?«
»Was?«
»Ich hab deinen Ring gesehen.«
»Nein, meine Ehe ist völlig in Ordnung.«
»Ach, dann habe ich wohl die falschen Schlüsse gezogen. Wenn man selbst gerade eine Enttäuschung erlebt hat …«
Ich wurde rot. Jetzt war er dran.
»Ist schon okay. War nett, dich kennen zu lernen.« Er sprang auf und ging.
»Ganz meinerseits.«
Okay, die Begegnung war nicht nach Plan verlaufen. Ich hatte einen schmierigen Kerl erwartet, keinen freundlichen, aufgeschlossenen Gesprächspartner. Ideales Ehematerial. Ein anständiger Mann – was für eine Seltenheit! Aber ich bin aus Prinzip zynisch, deshalb kippte ich schnell noch einen Drink hinunter, verabschiedete mich vom Barkeeper und machte mich gut gelaunt auf den

Heimweg. Mein Glaube an die Menschheit war wieder hergestellt.
Angeheitert wie ich war, lieferte ich per Handy im Büro einen etwas undeutlichen Bericht ab, stolperte und fiel auf die Knie. Meine neue Strumpfhose war futsch, ich rappelte mich schnell wieder hoch, und um meine demütigende Lage zu kaschieren, band ich mir die Schnürsenkel. Dabei machte ich eine verblüffende Beobachtung – wer kam da auf der anderen Straßenseite aus der Tür? Mein Kandidat. Ich nahm davon Abstand, seinen Namen zu rufen. Wir befanden uns nämlich in Soho, und das Schild über der Tür verkündete: »Live Models«.

DIE VERSCHIEDENEN KATEGORIEN

Wie bei jedem Unternehmen, haben wir auch bei der Honigfalle unseren eigenen Code, um die Kundschaft zu klassifizieren:
Typ Clever & smart – siehe oben: nimmt mit Vorliebe die Dienste professioneller Damen in Anspruch. Ein notorischer Lügner, nicht leicht zu überführen. Normalerweise warnen wir die Frau.
Typ Herdamit – bedient sich, wo er kann.
Typ Bubi – seiner Frau treu.
Typ Ohnemich – der ewige Don Juan, der seine Blicke schweifen lässt, ohne je etwas anzufassen oder gar einen Schritt weiter zu gehen. Vor allem in Tabledance-Clubs anzutreffen.
Typ Repetitor – die Frau hat ihm einen früheren Seiten-

sprung verziehen, es gibt jedoch neue Verdachtmomente.
Typ Beau – sieht supergut aus, kein Wunder, dass die Frau Angst um ihn hat.
Typ Solitaire – nur im Internet unterwegs. Süchtig nach Chatrooms. Alternativname: Technowichser.

WOMIT WIR WIEDER BEI BOB WÄREN

Dieser Vollidiot. Seine Mails rauschten nach wie vor durch den Äther. Und ich hatte den schrecklichen Verdacht, dass mir der Finger während unserer Rangelei im Auto aus der Manteltasche gefallen und in irgendeine Spalte gerutscht war. (Das soll kein Wortspiel sein, also vergessen Sie's einfach.)
Ich hätte die Flucht nach vorn antreten und Bob bei der Arbeit anrufen sollen, ohne Zeugen. Ich hätte zu ihm sagen sollen: »Hör zu, mein Junge, wir wollen vergessen, was vorgefallen ist, aber hast du in deinem Auto zufällig einen Finger gefunden?« Komisch, klang irgendwie blöd.
Ich hasse Konfrontationen. Schon immer. Es dauerte drei Monate, bis ich es über mich brachte, meinem Freund Finn von Jan zu erzählen. Als er von seiner Expedition zurückkam, sagte Finn gleich zu mir: »Du hast zugenommen, Issy. Steht dir gut.«
Ich strahlte über das ganze Gesicht, statt mich zu ärgern. Das machte ihn misstrauisch, glaube ich. Eine Frau, die sich freut, wenn sie in die Breite geht? So was ist in der westlichen Zivilisation nicht vorgesehen.

Ehrlich gesagt habe ich mich nie weiblicher und schöner gefühlt als während der Schwangerschaft. Je runder, desto besser. Mein kugeliges Spiegelbild strahlte mich an. Ich bemitleidete alle mageren Frauen, die sich kasteiten, weil sie nur an ihre Figur dachten und um jeden Preis jung bleiben wollten. Alles um mich herum wurde unwichtig – bis auf dieses neue Menschenwesen, das da in mir heranwuchs. Was der menschliche Körper alles kann!, dachte ich während der ganzen Schwangerschaft. Ein schlagender Beweis für die Macht der Hormone. Sie können die Vernunft völlig ausschalten und verwandeln uns in Kreaturen, die sich wie gestrandete Wale leicht behämmert durch die Gegend wälzen.
Finn war entsetzt, sein Vertrauen in mich erschüttert. Ich glaube, er hat mich geliebt, konnte aber nicht mit der Situation umgehen. Also brach er den Kontakt ab, und ich habe ihn seither nie wieder gesehen.

Nach dem Gespräch mit dem Kommissar schlenderte ich ins Büro, um meinen Wochenplan zu studieren. Nadia war bester Laune, sie hatte im Moment einen Lauf: Bei ihren letzten zehn Klienten hatte sie positive Ergebnisse eingefahren. Wir führen eine monatliche Punkteliste, und für die Gewinnerin gibt es einen Bonus. Ich war total im Hintertreffen, was ich auf die Klienten schob, die mir zugeteilt worden waren: Bob, Mr Finkelstein … Wie sollte ich da punkten?
Ich weiß noch, dass ich etwas Ähnliches zu meiner Mutter gesagt habe, als sie es das einzige Mal schaffte, zum großen Schulsportfest zu kommen. Und ich werde nie ihr Gesicht vergessen, als ich bei jedem Wettlauf als Letzte ins Ziel kam. Sie tat ihr Bestes, um mich zu trösten – mal abgese-

hen davon, dass sie mir fürs Eierlaufen eine Suppenkelle mitgegeben hatte.

»Nadia, ich glaube, irgendwer hat mich verflucht.«

Sie summte fröhlich vor sich hin und trommelte mit den Fingern auf den Schreibtisch.

»Cool. Hey, Issy, du wirst es nicht glauben ...«

Ich machte den Computer an, um zu sehen, ob Bob mir schon wieder eine Mail geschickt hatte. Ja, tatsächlich, da lauerte sie schon gierig auf meinem Konto: »Sexy Bob, extra für dich. Sag mir wann und wo – ich bin da. xxxx.«

Wie gern hätte ich ihm geantwortet: »Du kannst mich mal ...«

LUFTSCHLÖSSER UND ANDERE SCHNAPSIDEEN

»Issy, hörst du mir überhaupt zu? Ich habe gesagt, endlich tut sich was.«

»Was?«

»Mit der Singerei.«

»Wird ja auch langsam Zeit.«

»Was willst du damit sagen?«

»Ich hab gedacht, dass nichts mehr draus wird. Mehr so ein hoffnungsloser Traum, an den du dich klammerst.«

In früheren Zeiten der Kreativität, das heißt, der Arbeitslosigkeit, hatte ich einmal ein eigenes Unternehmen gestartet. Ich war überzeugt, dass ich mit meinen »WunschRäumen« den großen Coup landen würde. Ein revolutionäres Produkt: Träume zum Anfassen. Es waren dünne Rohre, die ich aus einer Bauschuttmulde gerettet hatte und die diese Wunschträume/WunschRäume symbolisieren sollten. Geniale Idee, was? Ich zersägte sie in kleine Stücke, motzte sie ein bisschen auf und verpackte sie in hübsche Schachteln, die ich an feine Schnickschnackläden verkaufen wollte. Die total neue Geschenkidee, und ich hatte mich für den Slogan »Es ist der Gedanke, der zählt« entschieden. So hat jeder seine kleinen Pläne, stimmt's? Tja, und ich hielt meinen für geistreich und Profit bringend. Füllte einen Kreditantrag bei der Bank aus, wo man mir allerdings wenig Sympathie entgegenbrachte. Immerhin gelang es mir, ein Dutzend Schachteln in einem Geschäft in Ladbroke Grove unterzubringen.

Nadia fand meine Direktheit nicht besonders charmant.

»Vielen Dank für deinen Optimismus, Issy.«

»Gern geschehen.«

»Du kannst mich mal.«

»Entschuldige ... tut mir Leid, ich hab's nicht so gemeint ... Was sind die tollen Neuigkeiten?«

»Vergiss es.«

Nadia war beleidigt, und ich hatte keine Ausrede, denn bis zu meinen Tagen waren es noch über zwei Wochen.

»Nads ... Nads ...!« Ich jaulte und bettelte. »Ach, Nadia, bitte!«

»Du bist ein Ekel.«

»Lass mich raten. Du hast einen Plattenvertrag?«

»Nein.«

»Ein Produzent hat deine Demobänder gehört und will dich haben.«

»Nein.«

»Okay, du bist in eine dieser Casting-Shows reingekommen, ›England sucht den Superstar‹.«

»Nein.«
Das war meine zweite fabelhafte Geschäftsidee gewesen. Kam mir in den Sinn, während ich in der Küche sang und Max um meine Füße herumhopste. Dass es ein Song von Robbie Williams war, versteht sich von allein. Ich hatte ihn seit mindestens einer Stunde vor mich hin geträllert, weil ich in einer dieser »emotionalen« Stimmungen war. Ach, die unstillbare Sehnsucht! Und plötzlich dachte ich, man könnte doch eine geniale Reality-Show fürs Fernsehen daraus machen: *»Das hättest du sein können!«* Das Grundkonzept war nicht gerade super originell, aber der Unterschied zu allen anderen Shows dieser Art lag darin, dass sich die Auswahl auf Mütter beschränken würde, das heißt, auf die Frauen, deren Parole lautete: Lasset alle Hoffnung fahren. Warum immer nur die jungen Frauen groß rausbringen? Sie haben doch noch ein ganzes Leben voller falscher Hoffnungen vor sich. Gebt den Frauen von gestern eine Chance! Dann können sie noch einmal glorreich scheitern. Die müden, verhärmten Müttergesichter würden sich für so etwas hervorragend eignen. Wir haben ja alle diese dunklen Waschbärenringe unter den Augen, von Natur aus, ohne Kajal.
»Du hast in der Lotterie gewonnen?«
»NEIN!«
»Bitte, sag mir, was passiert ist.«
Sie schwieg einen Moment, um die Spannung zu steigern, dann sagte sie langsam und bedächtig:
»Ich hab einen Gig.«
»Ehrlich?« Ich war grün vor Neid. »Wo?«
»Im Pub gegenüber.«
»Nicht im –«
»Doch!«

»Wann?«, fragte ich betont beiläufig.
»In zehn Tagen. Ist das nicht super?«
»Ja, echt! Gatuliere.«
Nicht fair. Total unfair sogar. Warum widerfährt mir nie etwas Aufregendes? Ich finde immer nur abgehackte Finger im Garten oder lande mit irgendwelchen Bobs in der Kiste. Ich verschränkte die Arme vor der Brust und verzog mich schmollend in meine Ecke.
»Issy, du siehst genau aus wie Max.«
»Ehrlich?« Verdammt weite Regression.
»Also – kommst du und stehst mir bei?«
»Ja, klar … das heißt, wenn ich einen Babysitter finde.«
Das Babysitterproblem bringt mich noch ins Grab. Und sie sind teuer – selbst Freddie verlangt Geld von mir. Mein eigener Bruder! Er will mehr als den üblichen Tarif, und ich muss ihm außerdem noch was zu essen machen. Vor Maria hatte ich ein Mädchen namens Kate. Eine Oberstufenschülerin, eigentlich ganz nett, und ich dachte, ich hätte die ideale Lösung gefunden – Kate konnte lernen, wenn Max schlief, und nebenher ein paar Pfund verdienen. Aber sie war siebzehn.
Siebzehn! Gnadenlos führte sie mir vor, dass ich zwar älter, aber nicht weiser war. Ich bin davon überzeugt, dass mein Intelligenzquotient sinkt, seit Max auf der Welt ist. Langsam, aber sicher landet man auf der Teletubbystufe. Hand aufs Herz – gibt es da draußen irgendwo eine Mutter, die noch nie vergessen hat, welcher Wochentag gerade ist?
Als ich Kate kennen lernte, lebte ich in der Illusion, ich könnte an guten Tagen als Supermum durchgehen. Aber neben Kate sah ich so appetitlich aus wie ein Rest Hundefutter. Verschlimmert wurde das noch dadurch, dass sie

mich nicht als Freundin oder als ebenbürtig betrachtete, sondern als jemanden, der alles schon hinter sich hatte. Außerdem beging ich den Fehler, nett zu ihr zu sein. Und ich ließ meine Robbie-Williams-CDs herumliegen, um zu demonstrieren, dass ich auf dem neuesten Stand war. Ich ging sogar so weit, ihr zu sagen, sie könne kiffen, falls sie Lust dazu habe. Wenn ich daran zurückdenke, kann ich mir nur an den Kopf fassen! Der Gipfel war, dass sie ihren Freund mitbrachte. Max hatte nichts dagegen – noch jemand, der mit ihm spielte. Aber ich konnte Kates Anblick kaum ertragen: hübsch, tolle Titten, flacher Bauch und strotzend vor jugendlichem Feuer.

Sie hatte also Sex auf meinem Sofa, während ich auf der Suche nach überhaupt irgendeiner Art von menschlicher Begegnung die Stadt durchkämmte. Ich bemitleide alle Frauen mit Au-pair-Mädchen – vor allem, wenn sie hübsch sind. Man sollte immer hässliche Au-pairs einstellen, sonst hat man nur Ärger.

Als ich nach Hause kam, waren die beiden noch zu Gange. Erschrocken japste ich: »Könntet ihr bitte zu mir in die Küche kommen, wenn ihr fertig seid?«

Eine halbe Stunde später – der Orgasmus. Ich hörte sie mehr als deutlich. Meine Güte, keinerlei Schamgefühl! Zehn Minuten später schnorrten sie und ihr Freund von mir eine Zigarette und erkundigten sich höflich, ob ich mich gut amüsiert hätte. Dann steckten sie das Geld ein und gingen. Ich habe Kate nie wieder angerufen.

Maria ist zurzeit meine einzige Babysitterin. Sie sitzt immer allein auf dem Sofa, und wenn sie nicht auf Maxy aufpasst, wird sie meistens von den anderen Honigbienen strapaziert.

Nadia warf mir einen empörten Blick zu.
»Du hast zehn Tage Zeit, um einen Babysitter zu finden!«
»Okay, okay, ich werde sehen, was sich machen lässt.«
Da kam mir eine Idee: Wie wär's, wenn ich diesen Gig mit meinem Bob-Termin verbinden würde? Laute Musik bedeutete, dass ich nicht viel mit ihm reden musste, und dann konnte ich ganz offiziell Maria als Babysitterin anfordern. Das müsste klappen. Ich tippte schnell eine Mail in den Computer und schickte sie ab. Auf eine Antwort musste ich nicht lang warten – Bob war offenbar online, und praktischerweise war er mit meinem Vorschlag einverstanden.
»Hey, Nads – ich habe einen zündenden Namen für deine Band.«
»Und der wäre?«
»Nads hat's.«
Schon rückte die Kindergarten-Abholzeit näher. Strenge Strafen drohten, wenn man nicht pünktlich kam. Ich schlüpfte also wieder in die Mutterrolle und war schon fast zur Tür hinaus.
»Was?«, fragte Nadie halb amüsiert, halb fassungslos.
»Nads hat's.«
»Soll das ein Witz sein?«
»Nee, ich kann es richtig vor mir sehen – du stehst auf der Bühne, im Scheinwerferlicht, die Zuhörer flippen aus und rufen: ›Nads hat's, Nads hat's!‹«

KOMISCH – GERADE HAB ICH AN DICH GEDACHT

Zufälle gibt es! Ich sah ihn zuerst. Selbst nach fast vier Jahren erkannte ich ihn von hinten. Er studierte das Habitat-Schaufenster in der Finchley Road. Ich hätte weitergehen können, er hätte mich nicht bemerkt, aber stattdessen rief ich seinen Namen.

»Finn!«

Er blickte über die linke Schulter.

»Issy!«

Max hielt mich an der Hand und nuckelte an einem Lutscher. Ich freute mich, dass er seine coolen Klamotten trug und diese nicht völlig versabbert waren. Und dass ihm nicht die Nase lief.

»Issy … Wow, ist das dein Sohn?«

Ich strahlte vor Stolz. Ich glaube, ich grinste übers ganze Gesicht.

»Max, das ist Finn.«

»Hi, Finn.«

»Hübscher kleiner Kerl.«

»Danke.«

Ich komme mir immer komisch vor, wenn ich Komplimente für Max entgegennehme – er ist doch schließlich sein eigener Mensch. Meine Erziehungsmaxime lautet, dass ich ihn immer so behandle, wie ich selbst behandelt werden möchte. Das mag banal klingen, und eigentlich sollte es ja auch selbstverständlich sein, aber ich habe schon jede Menge Eltern erlebt, die ihre Nachkommen als Miniausgaben ihrer selbst betrachten oder als lebenden Kitt für ihre Beziehung. Oder schlimmer, Eltern, die ihre Kinder für minderwertige Wesen halten, die geformt werden müssen. Die kindliche Fähigkeit zu verstehen, zu denken, zu fühlen und zu empfinden sollte man nie unterschätzen. Klar, am Anfang können sie sich noch nicht so differenziert mitteilen, aber ich finde, es gehört zu den Freuden des Elterndaseins, herauszufinden, was sie uns sagen wollen.

»Issy, er sieht wirklich süß aus. Keinerlei Ähnlichkeit mit dir.«

Kurz mal nachtreten – willkommen in der Wirklichkeit. Es ist immer das Gleiche. Komischerweise hat Max blaue Augen und blonde Haare. Im Grund ist er die Miniaturausgabe meines Traummanns.

»Finn, du siehst gut aus.«

Das stimmte. Er war erwachsen geworden. Ein Mann. Nicht mehr so jungenhaft. Der alte Finn hatte schulterlanges, dunkelblondes Haar gehabt, ein magerer Student. Jetzt waren seine Haare kurz. Keine beginnende Glatze. Er hatte ein bisschen zugelegt und trug die angesagten Marken, lässig, aber nicht großkotzig.

»Du auch.«

Das war natürlich gelogen. Weil er immer noch Max anschaute, ließ ich es ihm durchgehen.

»Und Max ist jetzt … drei? Stimmt's?«

»Dreieinhalb«, verbesserte ihn Max.

»Wow! Und was machst du so, Issy?«

»Ich bin Mutter.«

»Ich meine, arbeitsmäßig.«

Weshalb genügte »Ich bin Mutter« nie als Antwort?

»Ach, nicht viel. Und du?«

»Läuft ganz gut.« Er holte eine Visitenkarte aus der Tasche. »Ich habe mit einem Freund eine Firma gegründet. Erinnerst du dich an Barney?«

»Barney? Der schöne Barney, der immer auf E war?«
»Genau.«
»Wie geht's ihm?«
»Verheiratet, drei Kinder.«
»Unfassbar. Und du? Hast du Kinder?«
»Noch nicht.«
Eine unbehagliche Pause trat ein, weil so vieles unausgesprochen im Hintergrund lauerte. Sollten wir den Deckel der Vergangenheitsbüchse öffnen oder lieber tschüs sagen?
»Was ist es für 'ne Firma?«
»Sie heißt ›Craft Design‹, das heißt, wir sind Agenten für Handwerker und Künstler.«
Da stand er nun, mein Öko-Kämpfer. War wohl nichts, hey …
»Und was machen die dann? Decken sie Strohdächer?«
»Ja, und …«
Ich konnte ihm gar nicht richtig zuhören, weil für mich der Subtext nicht mit den gesprochenen Worten übereinstimmte. Eigentlich wollte ich nur eins herausfinden: Gab es noch einen Funken Liebe zwischen uns? Hatten wir uns überhaupt je geliebt?
Dann lachte er und sagte verschmitzt: »Falls du je einen Lattenzaun brauchst …«
Aha. Das war vielleicht ein Strohhalm, an dem ich mich festhalten konnte. Garantiert sollte das kein billiger Wortwitz sein, pardon, so was machte Finn nicht. Nein, bei ihm konnte es nur heißen: ein kleines Häuschen, Mummy steht im Türrahmen, im Backofen bäckt das Brot, Max scheucht die Hühner, und Finn ist im Wald und fällt Holz.
»Ich werde an dich denken.«

»Schön, dass wir uns mal wieder getroffen haben, Issy.«
»Find ich auch.«
Er beugte sich vor, drückte mir ein Küsschen auf die Wange und verschwand hinter der Glastür von Habitat.
»Max, das war ein alter Freund von Mummy.«
»Hast du ihn früher geküsst?«
Mit seinen dreieinhalb weiß Max schon, worauf es ankommt.
»Ja, aber das ist lang her.«

SABOTAGE IM SUPERMARKT

Fünf Minuten später saß Max im Einkaufswagen und ließ sich von mir durch die Gänge des Waitrose-Supermarkts schieben. Ich versuchte, begleitet von Sätzen wie: »Nein, Max, lass bitte den Joghurt stehen!«, meine Lebensmittel für die nächste Woche einzusammeln.
Immerhin gelang es mir, den Gang mit den Bonbons, Keksen und Chips – auch bekannt als die Fettecke – geschickt zu umgehen, was wesentlich schwieriger ist, als es klingt. Weiter ging's zum Klopapier. Ich studierte das Angebot, konnte mich aber nicht entscheiden. Zweilagig, dreilagig? Dreilagig war teurer, dafür gab's bei der Zwölferpackung zwei Gratisrollen.
Ich musste die ganze Zeit an Finn denken. Alte Erinnerungsfilme liefen ab. Ah, mach schon, gönn dir die Dreilagenpackung, das Papier ist weicher. Im Hintergrund hörte ich ein Kind jaulen, und als ich zur Fleischtheke kam, hatte sich das Gejaule zu einem astreinen Tobsuchtsanfall gesteigert. Die arme Mutter! Tja, davon bleibt niemand

verschont. Ein Kind muss nur irgendwie schräg drauf sein, und schon bringt die kleinste Kleinigkeit es aus dem Lot. Zum Beispiel, wenn man ihm einen Joghurtbecher aus der Hand nimmt, um zu verhindern, dass es ihn vor lauter Übermut zerquetscht und der ganze Matsch durch die Gegend spritzt.

Als wir zur Milch gelangten, schrie das Kind bereits wie am Spieß. Der gesamte Supermarkt nahm Anteil. Es wollte einfach nicht aufhören – und selbstverständlich handelte es sich bei dem Schreihals um mein Kind. Das bedeutete, dass ich meine Finnträume erst mal wegschieben musste. Max war außer sich. Am liebsten hätte ich ihn angeschrien.

»Was ist denn los?«

»Ich will einen Joghurt.«

»Zu Hause kannst du einen haben.«

Er trat nach mir, ich funkelte ihn böse an und kniff die Lippen zusammen. Warum konnte ich den verdammten Einkaufswagen nicht einfach in die Glaswand rammen? Max hat kräftige Lungen, und die Leute musterten ihn mit mitleidigen »Ach-du-armes-Kind«-Blicken.

Da erschien der Verkäufer von der Backwarentheke mit einem Lebkuchenmann, um das Kind – mein Kind – zu beruhigen. Und hokuspokus –

Max verstummte.

Innerhalb von Sekunden verwandelte er sich wieder in ein süßes Engelchen. Ach, wenn doch meine Gefühle auch so schnell und effizient funktionieren würden, dass ich innerhalb von Sekundenbruchteilen von rasender Wut auf lieb und friedlich umstellen könnte! Es macht einen fertig: Man darf nicht durchdrehen, aber verdammt nochmal – wo ist mein Lebkuchenmann? Ich möchte auch was

Süßes zur Beruhigung – na ja, eine Flasche Rioja muss genügen.
Wir standen in der langsamsten Schlange der Welt. Ich war immer noch so angespannt, dass ich an den Fingernägeln knabberte, erst aus Frustration, dann aus Verzweiflung – Max wollte Nachschub. Ich war mir nicht sicher, ob ich einen zweiten Wutausbruch überleben würde, ohne selbst loszuplärren. Dieser blöde Verkäufer, warum hatte er sich bloß eingemischt? Bestechung ist was für faule Eltern, Belohnungen sollten nur gezielt eingesetzt werden – eben als Belohnung, wie schon der Name sagt. Jetzt erwartete Max garantiert bei jedem Einkauf einen Lebkuchenmann; er fing schon wieder an zu brüllen. Das Ergebnis war, dass ich aus der Schlange ausscherte, um einen zweiten zu holen.
Max hat nie Wutanfälle. Ich schwöre, das war die absolute Ausnahme. Dabei darf man allerdings nicht vergessen, dass Eltern gern lügen, vor allem, wenn es um die Schlafgewohnheiten ihrer lieben Kleinen geht. Wie oft habe ich schon gehört: »Ach, unser Damian schläft durch – eigentlich seit dem ersten Tag.« Ja, klar, deshalb wirkt ihr auch so geschafft und um Jahre gealtert – und was ist mit dem komischen Zucken im linken Auge?
Erst als wir wieder zu Hause waren, entdeckte ich den Grund für Max' Gezeter. Die Badewanne bringt vieles an den Tag, und da war …

EINE WINDPOCKE

Alarmstufe Rot. Eine Pocke auf dem Bauch, links vom Nabel. Eine halbe Stunde später erschienen zwei weitere Pocken. Der kleine Schreier wurde plötzlich ganz anschmiegsam, ganz nach dem Motto: »Ich will meine Mummy.« Ich ließ mich brav darauf ein, weil ich sowieso ein elend schlechtes Gewissen hatte. Warum war ich nur so ungeduldig gewesen? Im Kindergarten hing doch eine Mitteilung, dass es einen Windpockenfall gegeben hatte! Wie konnte ich nur so dumm sein, so ... menschlich. Also, das war's dann: Die nächste Woche würden Max und ich in Quarantäne gehen.

EINGESPERRT

In Horrorville. Max sah gar nicht hübsch aus. Ein Besuch beim Hausarzt bestätigte meinen Verdacht. Er meinte, wir sollten unsere Aktivitäten einschränken.
»Behalten Sie ihn etwa eine Woche zu Hause und meiden Sie jeden Kontakt mit Schwangeren.«
Zu spät. Im Wartezimmer hatten scharenweise Schwangere herumgesessen. Lauter Erstgebärende, und alle hatten sich entzückt auf Max gestürzt, wie Erstgebärende das eben tun, weil sie die Kinder noch romantisieren. Es gibt Augenblicke, da fasst mich blankes Entsetzen, wenn ich eine schwangere Frau sehe, und ich möchte am liebsten losschreien: »Hör auf, so blöd zu lächeln! Du hast keine Ahnung, was auf dich zukommt!«
Geben wir's zu: Eltern leben auf einem Minenfeld.

SCHNELLTEST: SIND SIE EINE GUTE MUTTER / EIN GUTER VATER?

1. Sind Sie geduldig, großzügig, liebevoll, einfühlsam und selbstlos? Macht es Ihnen nichts aus, wenn Sie zu wenig Schlaf bekommen? Haben Sie Ihre Gefühle stets im Griff? Wenn Sie diese Frage mit Ja beantworten, leiden Sie an gefährlichen Wahnvorstellungen. Sie werden ganz miese Eltern sein.
2. Sind Sie neurotisch, angespannt, egoistisch, unausgeglichen? Denken Sie manchmal Dinge wie: Ist das wirklich mein Leben? Wenn Sie diese Fragen mit Ja beantworten, sind Sie schon Eltern.
3. Sind Sie grundsätzlich ein guter Mensch, ausgeglichen, finanziell abgesichert und bereit, sich für andere aufzuopfern?
Ja?
Ehrlich?
Okay, kann sein, dass Sie gute Eltern sein werden. Sie werden Ihr Bestes geben, Sie werden Ihre Pflicht erfüllen, für Gott und Vaterland – und wozu?
Damit Ihre lieben Nachkommen Sie trotzdem eines Tages ablehnen.
Ha!
Das Gesetz der Pubertät besagt, dass Ihr Kind, wenn es erst einmal ein Alter erreicht hat, das sich aus zwei Ziffern zusammensetzt, Sie ablehnen wird. Oder vielleicht auch schon vorher. Sie können mit an Sicherheit grenzender Wahrscheinlichkeit davon ausgehen, dass Sie mit Sätzen

wie »Ich hasse dich«, »Ich habe nicht darum gebeten, geboren zu werden« usw. bombardiert werden.

KEIN AUSWEG, NIRGENDS

Ich rief im Büro an. Trisha war offensichtlich gestresst, denn sie schimpfte sofort los: »Das ist ja wieder mal typisch für dich, Issy. Genau im richtigen Moment. Gestern Abend hat permanent das Telefon geklingelt, und wir sind sowieso unterbesetzt. Fiona hat gerade ihren Operationstermin erfahren, und jetzt fällst du auch noch aus.«
»Trisha – ich kann doch nichts dafür!« Schuld war jemand anderes! Ich versuchte mit allen Mitteln, sie zu beruhigen. »Zur Not kann ich arbeiten, sofern Maria Zeit hat.«
Verdammt, ich musste unbedingt meine Punkte aufbessern, sonst wäre ich drei Mal nacheinander die Schlechteste des Monats!
Trisha klang nicht überzeugt und sagte, sie werde mich zurückrufen.
Der Kindergarten informierte mich über die Windpockenregel: Max durfte erst wieder kommen, wenn auch die letzte Pocke verheilt und keine einzige Kruste mehr zu sehen war. Das bedeutete zwei Wochen Quarantäne statt einer.
»Ms Brodsky, ich verstehe Ihre Lage, aber es ist zu riskant. Falls eine Kruste sich im Kindergarten löst, könnte es passieren, dass ein anderes Kind sie findet und … aufisst.«
Realistisch betrachtet hatte ich also zehn Tage uneingeschränkter Mutterpflichten vor mir. Ohne Pause. Zum Glück war der Kühlschrank voll. Aber wie sah das Un-

terhaltungsprogramm aus? Gut, das Problem war einigermaßen leicht zu lösen: ein kurzer Ausflug zur nächsten Videothek mit einem gut vermummten Max.

Trisha rief zurück, nachdem sie mit Maria gesprochen hatte. Ausgerechnet diese Woche hatte Maria Besuch von ihrer schwangeren Tochter. Sie konnte also unmöglich auf Maxy aufpassen. Schwer genervt blaffte Trisha mich an, während Max im Hintergrund heulte. Und ich als Miss Piggy in der Mitte wurde von zwei Seiten zugemüllt, Trisha belagerte das eine Ohr, Max das andere.

»Trisha, ich muss leider auflegen.«

»Mummyyyyy, Mummyyyyyyyy!« Dieses kreischende Gequieke, von dem einem fast das Trommelfell platzt.

»Ach, da ist noch was – so eine alte Lady hat angerufen, eine gewisse Mrs Finkelbein.«

»Du meinst Finkelstein.«

»Sie meinte, du sollst sie anrufen – es geht um ihren Mann.«

»Mummyyyyy, Mummmmmmmyyyyyyyyyy.«

»Gleich, Max. Hast du ihre Nummer?«

»Mummmyyyyyy.«

»Trisha, gib mir einfach ihre Nummer durch. Max schnappt gleich über.«

Der Ärmste. Er wäre am liebsten aus der Haut gefahren. Ich hatte das Gefühl, als müsste mir gleich der Kopf platzen. Mein Gehirn krampfte. Garantiert war ich kurz davor, den Verstand zu verlieren. Aber dann blieb die Zeit stehen, Sekunden wurden zu Stunden, Minuten zu Tagen, Stunden zu Wochen. Alles verschwamm – und danach kann ich mich an nichts mehr erinnern.

DER ZWEITE TAG

Die große Langeweile wurde durch ein Klopfklopfklopf unterbrochen. Ich öffnete die Tür einen Spaltbreit, und vor mir stand Kommissar Bambuss.

»Guten Tag. Störe ich – oder könnte ich mir jetzt den Garten anschauen?«

»Sofern Sie nicht schwanger sind.«

»Sehe ich so aus?«

Na ja, die Rundung über dem Gürtel erinnerte doch einigermaßen an den neunten Monat.

»Max hat Windpocken.«

Ich hakte die Sicherungskette aus.

»Keine Sorge, die hatte ich schon. Darf ich vorstellen, Miss Brodsky – das ist Stephan Bloch.«

Ach, du gute Güte. Ich trug nur ein T-Shirt und Socken. Und überhaupt – wie sah ich aus, und wie sah die Wohnung aus, und Max rannte nackt durch die Gegend, nur mit einer Zinkpaste bedeckt ...

»Wer ist das, Mum? Wer sind Sie?«, fragte Max den gut gekleideten, betörend aussehenden Besucher. Mitte vierzig, kein Ehering.

»Na, kleiner Mann – wie geht's? Ich hab gehört, du hast Windpocken«, sagte der Besucher. Er sprach mit einem unwiderstehlichen, unaufdringlichen amerikanischen Akzent und wirkte super kinderfreundlich.

Ich riss die Tür so weit auf, dass sie in den Angeln quietschte.

»Kein Problem, treten Sie näher, treten Sie näher. Entschuldigen Sie die Unordnung, aber –«

»Keine Sorge, wir kommen ja nicht zu Besuch.«

In meinen Augen schon, junger Mann.
Der Kommissar ging den Flur hinunter, Stephan hinter ihm her.
Verlegen zupfte ich an meinem T-Shirt herum und folgte den beiden in die Küche und von da durch die Hintertür hinaus in den Garten.
»Es tut mir Leid wegen Ihrer Mutter«, blubberte ich los. »Sehr ungewöhnliche Umstände.«
»Vielen Dank«, erwiderte er. »Vielen Dank.«
»Ich werde Sie jetzt allein lassen und mich erst mal richtig anziehen.«
Es war Nachmittag. Bestimmt hielten sie mich für eine Schlampenmama mit wildem Kind, aber andererseits waren sie ja mit wichtigeren Dingen beschäftigt. Ich schleppte Max in mein Zimmer, und in null Komma nix waren wir beide adrett gekleidet. Schon zeigten wir wieder Präsenz.
Der Kommissar und sein attraktiver Begleiter waren bedauerlicherweise bereits auf dem Abmarsch.
»Herzlichen Dank, Miss Brodsky.«
Schnell, lass dir was einfallen – wie kann man sie festhalten?
»Möchten Sie vielleicht noch eine Tasse Tee? Oder einen Kaffee?«
»Nein, danke – sehr freundlich von Ihnen.«
Bambuss schaute auf die Uhr.
Ich schaffte es vor ihnen zur Wohnungstür und blockierte sie mit meinen Fragen.
»Wie laufen die Ermittlungen?«
»Ausgezeichnet. Wir machen Fortschritte.«
»Ist es jemand, den ich kenne?«
Der Kommissar musterte mich verdutzt.

»Das ist streng vertraulich.«
»Ich plaudere nichts aus, Sie können mir vertrauen.«
»Bisher gab es keine offizielle Verhaftung, aber wir haben unsere Vermutungen.«
Der Kommissar streckte die Arme von sich, die Finger ineinander verflochten, und knackte mit den Knöcheln. Er roch ziemlich penetrant nach Knoblauch und hatte eine leichte Alkoholfahne. Ich wich einen Schritt zurück.
»Ach, wollen Sie mir nicht wenigstens einen kleinen Hinweis geben?«
»Keine Bange … Sie werden es als Erste erfahren.«
Hoffentlich wollte er damit nicht andeuten, dass ich Nummer eins auf seiner Liste war.
»Und – äh, Mr Bloch – wohnen Sie momentan im Apartment Ihrer Mutter?«
»Ja, ein paar Tage. Ich muss die Erbschaft regeln.«
Hmmm … das dauerte sicher ein bisschen länger.
»Verstehe. Ja, also … Sie können jederzeit hier vorbeischauen.«
Ich klimperte mit den Wimpern.
»Würden Sie bitte die Tür öffnen?«
»Ach – ja natürlich, wie dumm von mir.«
Au weia, sagte mein Gewissen.
Max hatte sich schon wieder ausgezogen und fegte auf seinem Roller an uns vorbei.
»Süßer Junge«, murmelte der schöne Stephan.
»Danke«, flötete ich.
Der Kommissar hüstelte und knurrte: »Sieht Ihnen überhaupt nicht ähnlich.«
»Ja … stimmt … Mr Bambuss, falls ich Ihnen in irgendeiner Weise behilflich sein kann – Sie wissen ja, wo Sie mich finden. Ach, und Mr Bloch, es tut mir so entsetzlich Leid,

dass ich den Finger Ihrer Mutter verloren habe. Ich kann es selbst nicht fassen – manchmal bin ich so was von ungeschickt.«

Dazu setzte ich meine beste »Ich-bin-so-blöd«-Miene auf.

»Ja, ich fand das auch verblüffend.«

Ich wollte das Gespräch unbedingt mit einer optimistischeren Note beenden, deshalb kam mir Folgendes über die Lippen: »Ich bin mir sicher, dass er bald wieder auftaucht. Ich drücke Ihnen die Daumen …«

Meine Güte, wie konnte ich nur so einen Mist verzapfen! Den Rest des Tages dachte ich nur an Stephan. Also hatte es vielleicht doch sein Gutes, dass ich den Finger gefunden hatte – sonst hätten wir uns ja nie kennen gelernt! Zum ersten Mal seit einer Ewigkeit war ich einem Mann begegnet, den ich tatsächlich attraktiv fand. Er sah hinreißend aus, war charmant, ungebunden … Kurz – ich setzte ihn durchaus gewinnbringend ein, als ich mich später am Abend noch mit mir selbst beschäftigte …

WIE DAS JUCKT!

Ach, was man alles aus einer Klopapierrolle, einem Stück Pappe, Wachsmalstiften, Klebeband, Kleister und Schere basteln kann, sofern man – das ist natürlich die Voraussetzung – künstlerisch begabt ist. Leider flog die Rakete nicht, das Papierschiff ging unter, und der fette Polizist war und blieb eine Papprolle, gekrönt von einem hart gekochten Ei. Max und ich strapazierten unsere Phantasie bis zum Gehtnichtmehr. Der Küchentisch verwandelte sich in ein Flugzeug, zwei Stühle bildeten das Cockpit. Ein großer Karton diente als Boot, die Sofapolster wurden Brotscheiben, zwischen die wir uns abwechselnd quetschten, um menschliche Sandwiches darzustellen. Wir verteilten Kissen in der ganzen Wohnung und verwendeten sie als Trittsteine in einem reißenden Fluss, wobei wir höllisch aufpassen mussten, dass das gierige Krokodil nicht nach uns schnappte. Wir fingen auch ein paar Monster ein, weil die ganze Wohnung von ihnen bevölkert war. Dafür brauchten wir spezielle Monsternetze, wofür sich die Gardinen aus dem vorderen Zimmer hervorragend eigneten. Ich brauchte sowieso neue.

Enttäuscht, weil er nichts Greifbares fing, klagte Max: »Wo sind die echten Monster, Mum?«

»Überall, Max. Sie verstecken sich in anderen Menschen.«

»Das geht doch gar nicht.«

»Doch, das geht.«

»Und wie sehen sie aus?«

»Ganz normal … da muss man gut aufpassen. Vierundzwanzig Stunden am Tag, sieben Tage in der Woche. Also rund um die Uhr. Glaub mir, mein Kind, die Welt da draußen ist ein Haifischbecken.«

So erhielt Max seine erste Lektion in Paranoia.

Ja, ich geb's zu, das war grausam, aber ich konnte nicht anders. Am liebsten wäre ich die Wand hochgekrabbelt, wie Spiderman. Und dann später, mitten in der Nacht …

TATÜ TATA

Es musste ja so kommen. Die Männer in den weißen Kitteln waren unterwegs hierher. War das schon die Antwort auf mein Gebet? Ich drückte die Nase am vorhanglosen Fenster platt, weil mich die Krankenwagensirene aufgeweckt hatte. Direkt vor dem Haus hielt die Ambulanz. Sollte ich a) in mein Zimmer rennen und meine Tasche packen, b) laut rufen: »Warum kommt ihr jetzt erst?« oder c) auf die Knie fallen und für die gnädige Fügung danken? Ich hatte gerade eine halbe Flasche Rotwein getrunken. So kam es, dass ich, von Panik erfasst, wie angewurzelt stehen blieb und zuschaute, wie die Sanitäter aus dem Wagen kletterten. Dann hörte ich, wie jemand von oben die Treppe heruntergerast kam und die Haustür öffnete.

Mist! Sie waren schneller gewesen als ich. Ich seufzte.

Wie war das möglich? Ich eilte hinaus in den Flur. Da stand Mrs O'Blablabla, eine mittelalte Frau aus Irland. Ich wohne zwar schon fast fünf Jahre hier im Haus, aber ich weiß immer noch nicht, wie meine Nachbarn heißen. Die Sanitäter marschierten mit einer Trage die Treppe hinauf.

»Was ist passiert?«

»Ach, es ist furchtbar … Der Herr über Ihnen, ich hab ihn gefunden, er lag besinnungslos in seiner Wohnung auf dem Fußboden.«

»Oh, Gott …«

Das war also das laute Rumpeln gewesen. Vor einer knappen Stunde. Und ich hatte gleich mit dem Besenstiel an die Decke geklopft und wüste Beschimpfungen nach oben geschickt. Der Typ über mir, den bei unserer letzten Be-

gegnung schlimme Kopfschmerzen gequält hatten und dem ich eine Gehirnblutung gewünscht hatte, war bewusstlos!
Uuups!
Der Fluch fiel auf mich zurück. Das würde böse enden.
Mrs O'Blablabla tischte nun die Einzelheiten auf.
»Ich saß ganz friedlich auf meinem Sofa und schaute fern, und plötzlich höre ich diesen fürchterlichen Rumms, und dann gingen alle Lichter aus.«
»Und dann?«
»Ich habe immer eine Taschenlampe griffbereit ... schließlich sind die Leitungen hier im Haus uralt. Also bin ich zum Sicherungskasten gegangen und habe die Schalter gekippt. Aber mir fiel auf, dass bei unserem Nachbarn die Lichter nicht angingen, und das hat mich stutzig gemacht. Ich wusste doch, er ist zu Hause, weil wir uns auf der Treppe begegnet waren ...«
Zur Sache, komm endlich zur Sache, gute Frau!
»Na, so was, sagte ich zu mir, irgendwas stimmt da nicht. Also habe ich bei ihm geklopft. Keine Antwort. Ich habe seinen Namen gerufen, auch nichts, tja, und da habe ich gedacht, vielleicht ist er nochmal weggegangen, aber dann ...«
Was? Was dann??
»Also, ich bin ja nicht neugierig, aber irgendwie hatte ich das Gefühl, ich sollte mit der Taschenlampe durch den Briefschlitz in seiner Tür leuchten. Das habe ich getan, und – Gott sei ihm gnädig – da lag er, ich konnte nur seine Füße sehen, hingemäht, wie eine Leiche.«
»Wie eine Leiche, sagen Sie?«
»Ja, als wäre er tot.«
Die Sanitäter kamen wieder herunter. Der Nachbar lag

festgeschnallt auf der Trage. Mit geschlossenen Augen, neben ihm ein Sauerstofftank.
Mir war ganz schlecht vor Schuldgefühlen. Diesen Mann hatte ich auf dem Gewissen!
Mrs O'Blablabla wandte sich von mir ab und an einen der Sanitäter. Ich blieb in der Tür stehen und schaute zu, wie die Trage hinten in den Krankenwagen geschoben wurde. Mrs O' stand direkt daneben.
»Nein, so etwas … Ach, das ist ja entsetzlich … Lieber Gott … Ja, selbstverständlich, wird gemacht … Vielen Dank … Alles Gute!«
Der Krankenwagen schoss davon. Mrs O' und ich warteten kurz, dann gingen wir zurück ins Haus, sie schloss die Tür und presste die Faust zwischen die Zähne, während sie mit der anderen Hand ihre Strickjacke zusammenhielt.
»Wie geht es ihm?«
»Er ist immer noch ohnmächtig.«
»Mein Gott, das ist ja furchtbar. Kommt er durch?«
»Er ist auf die Leiter geklettert, um eine Glühbirne auszuwechseln – und peng. Herrje, es kann so schnell gehen, man weiß nie, wo das Unglück lauert.«
Mit einem tiefen Seufzer stieg sie die Treppen hinauf.
Meine Schuld, alles meine Schuld … Wieder in der Wohnung, kippte ich schnell den Rest Rotwein hinunter. Dann fing ich wieder mit dem Beten an.

LIEBER GOTT,

Sieht so aus, als hätte ich, ohne es zu wollen, meinem Nachbarn den Tod an den Hals gewünscht. Jetzt kämpft er um sein Leben. Ich schwöre, so habe ich es nicht gemeint, das heißt, im ersten Moment vielleicht schon, aber ich habe inzwischen begriffen, dass das ein Fehler war. Deshalb wollte ich dich fragen, ob wir vielleicht einen Deal machen könnten. Sagen wir: Ich habe nichts dagegen, meinen Job zu verlieren – oder vielleicht reicht es ja auch, wenn diese blöde Bob-Sache herauskommt, aber bitte, bitte, lieber Gott, könntest du dafür sorgen, dass dieser Typ nicht stirbt? Ich glaube, das könnte ich nicht aushalten. Vielen Dank.
Deine treue Freundin Issy
P. S. Ich werde mich bemühen, von jetzt an ein noch besserer Mensch zu werden.

GESCHWISTERLIEBE

Die Tage zogen sich wie Gummi. An Max lag es nicht, wir spielten eigentlich die ganze Zeit. Nein, mir fehlte einfach der Kontakt zur Erwachsenenwelt. Freddie kam vorbei, um seinen Beziehungsfrust bei mir abzuladen, beziehungsweise seinen Frust darüber, dass er keine Beziehung hatte. Ich meinerseits war sauer, weil er nicht schon früher gekommen war, obwohl ich so viele Nachrichten aufgesprochen hatte.
Er war viel zu dünn, und seine Haut hatte eine komische Farbe.

»Nimmst du zu viele Drogen?«
»Issy, du klingst ja schon wie unsere Mutter.«
»Ich bin schließlich auch eine Mutter. Ich finde, du siehst so orange aus.«
»Was redest du für einen Quatsch?«
Aber es stimmte. Max, Freddie und ich verglichen unsere Hautfarbe.
»Siehst du? Du bist orange. Was nimmst du für Zeug?«
Freddie, ein fanatischer Fitnessjünger, wollte unbedingt ein Muskelprotz werden und pumpte sich im Namen von Adonis mit Chemikalien voll.
Ich machte ihm was zu essen: Er wollte Thunfisch aus der Dose, weil er gerade nur Proteine zu sich nahm. Seufzend murmelte ich. »Kein Wunder, dass du keinen findest, wenn du so krank aussiehst.«
Jetzt nachträglich finde ich das auch nicht so besonders taktvoll von mir, weil für Freddie ja nur das Äußere zählt. Er fing sofort an, mich zu beschimpfen, und schoss ätzende Pfeile auf mich ab, wie nur Geschwister es können.
Ich zahlte es ihm mit gleicher Münze heim, und während der nächsten halben Stunde stritten wir schweigend weiter, bis Max sich meldete: »Sieh mal, Mum, Freddie weint. Gib ihm einen Kuss.«
Und so kam es, dass er sich entschuldigte und dass ich mich entschuldigte und dass sogar Max sich entschuldigte.
Da packte Freddie endlich aus. Er habe die Schnauze voll von diesen Gelegenheitsbeziehungen, sagte er, er sei frustriert und sehne sich nach der großen Liebe, jeden Tag träume er davon, endlich dem Richtigen zu begegnen – ach, wie schön es doch wäre, wenn alles passen würde und er nicht mehr suchen müsste.

»Es gibt jemanden, der alle Bedingungen erfüllt.«
»Aber?«
»Ich stehe nicht auf ihn, jedenfalls nicht hundert Pro. Er ist total nett, ich mag ihn, und er steht auf mich.«
»Das sind mir zu viele Informationen auf einmal», sagte ich, weil vor meinem geistigen Auge befremdliche Bilder auftauchten.
»Jedenfalls will er eine ernsthafte Beziehung, und ich will das auch.«
»Aber nicht mit ihm?«
»Wenn wir es miteinander versuchen würden, könnten wir vielleicht glücklich werden, wer weiß.«
»Ich finde, das klingt eher wie ein Wunschtraum.«
»Kein Wunder, dass dein Unternehmen damals gescheitert ist. Du hast ja nie an dein eigenes WunschRaum-Produkt geglaubt.«
»Es funktioniert nicht, wenn man nicht mit dem Herzen dabei ist. Nimm die Honigfalle – die könnte genauso gut ein Club der einsamen Herzen sein –, die Frauen wissen sich nicht zu helfen und sind total verunsichert, die enttäuschten Männer ziehen abends los, weil es überall besser ist als zu Hause. Verdammt nochmal – diese Leute sind total einsam, und was noch schlimmer ist, sie dachten, es ist alles gebongt, als sie den Ehevertrag unterschrieben haben.«
»Du bist so was von zynisch.«
»Nein, ich bin Realistin.«
»Okay, Issy – was willst du mir sagen? Stell dir vor, es kommt ein Typ daher und sagt, er will mit dir und Max zusammenleben. Würdest du nicht zugreifen, wenn er die wichtigsten Bedingungen erfüllt – selbst wenn er nicht deine erste Wahl wäre?«

»Ich würde ihn nur nehmen, wenn ich ihn lieben würde.«
»Ach, Unsinn.«
»Hey, ich würde mich wahnsinnig gern verlieben, aber ich will keine faulen Kompromisse! Ich komme auch allein zurecht, ohne den ganzen Affentanz. Das Leben ist nicht perfekt, aber Max und mir geht es gut.«
»Was heißt das für mich?«
»Such weiter.«
»Ich will nicht mehr allein sein.«
»Klar – aber es kommt bestimmt, glaub mir.«
Hört, hört – Ms Unabhängig! Theoretisch glaubte ich ja an meine Sprüche. Im wirklichen Leben war der Zufall allerdings selten großzügig. Zum Beispiel hatte ich den gut aussehenden Amerikaner nicht wieder zu Gesicht bekommen und verlor allmählich den Glauben an meine kühne Prophezeiung, dass der Finger uns zusammengeführt hatte. Andererseits war ich Mrs O'Blablabla begegnet und hatte endlich ihren Namen erfahren sowie die neuesten Nachrichten über meinen halbtoten Nachbarn. Es war im Treppenhaus. Sie wollte gerade los.
»Ach, dem geht es blendend. Bald ist er wieder fit wie ein Turnschuh, obwohl er sich ganz schön wehgetan hat. Ich glaube, er wird demnächst entlassen. Ich werde ihm ausrichten, dass Sie nach ihm gefragt haben.«
»Ach ... okay.«
»Äh – und ich hoffe, Sie nehmen es mir nicht übel – aber wie war doch gleich Ihr Name?«
Da sieht man's wieder: Jede Medaille hat zwei Seiten.
Also stellten wir uns gegenseitig vor und luden uns ein, doch mal vorbeizuschauen.
»Ich sehe Sie oft mit Ihrem Sohn im Garten spielen. Er

macht Ihnen sicher viel Freude. So ein fröhlicher kleiner Junge.«
So sprach Mrs Lynch und eilte ins Krankenhaus, eine Tüte Trauben in der Hand.
Ich schaute ihr nach und dachte, ich sollte mich wirklich ein bisschen mehr um meine Nachbarn bemühen. Sie waren gar nicht so übel.

BOB IST DEIN ONKEL

Maria stand vor der Tür, einen nagelneuen Fahrradhelm auf dem Kopf. Es war der Abend des Gigs. Nadia hatte den ganzen Tag unter Adrenalinschüben gelitten, und als ich in den Pub kam, sah sie noch besser aus als sonst.
»Nads, du siehst aus wie ein Star.«
Sie glitzerte und funkelte in ihrem Silbertop und den Silberhotpants. Auch ich hatte mich in Schale geworfen: tiefes Dekolleté und Wonderbra. Immerhin musste ich heute Abend Trixi spielen!
Daran hatte Trisha mich freundlicherweise erinnert und mich außerdem darauf hingewiesen, dass ich Mrs Finkelstein noch nicht zurückgerufen hatte. Das hatte ich total vergessen.
»Könntest du das bitte bald erledigen – vorher zahlt die Dame nämlich keinen Penny.«
Trisha hatte Bob wegen der Verabredung noch eine E-Mail geschickt. Seine Antwort: Er könne es kaum erwarten. Ich für meinen Teil sah das etwas anders. Den ganzen Tag verbrachte ich damit, eine Taktik auszutüfteln. Mein erster Ausflug in die Erwachsenenwelt, seit Max die Wind-

pocken bekommen hatte, und dann gleich einem One-Night-Stand wieder begegnen.

Ich kam um acht, pünktlich wie die Maurer, und stellte mich an die Bar, das heißt, ich postierte mich deutlich sichtbar. Um neun hüpften die »Silver Rider« auf die Bühne (keine Ahnung, wie sie zu dem Namen kamen – Nads hat's wäre viel besser gewesen) und legten los. Nadia klang wie eine Mischung aus Stina Nordenstam und P. J. Harvey. Das heißt, verblüffend gut. Ehrlich, sie könnte es schaffen. Meine Freundin Nadia, mein bester Kumpel – sie hatte das Zeug zum Star. Ich war fassungslos.

Nicht nur ihretwegen.

Bob kam nicht. Ich passte den ganzen Abend auf wie ein Schießhund. Keine Spur von Bob.

In einer Ecke lümmelten ein paar Jugendliche herum, deuteten immer wieder auf mich und kicherten.

Einer von ihnen, ein rothaariger Kotzbrocken, wagte es schließlich, mich anzulabern: »Wissen Sie, mein Kumpel da drüben, also, der findet Sie supergeil und –«

»Und?«

»Er wollte wissen, ob Sie mit ihm rausgehen würden.«

»Verpiss dich.«

Als die Musik zu Ende war, wollte ich backstage mit Nadia reden, aber sie war von ihrer ganzen Familie umringt. Ich fühlte mich ausgeschlossen, die Außenseiterin, und meine Stimmung sank ins Bodenlose. Warum hatte Bob mich versetzt? So was Blödes! Es hätte mir ja egal sein können, aber es war mir nicht egal. Und die Tatsache, dass Nadia da oben auf der Bühne so eine Supershow abgezogen hatte und jetzt mit so viel Liebe und Bewunderung überschüttet wurde, verstärkte noch das Gefühl, dass bei mir alles stagnierte.

Nieder mit dem Ego

Wie man blitzschnell unglücklich, depressiv und schlecht gelaunt wird. Absolut idiotensichere Methode. Erfolg garantiert.

Man nehme:
Ein wackeliges Selbstwertgefühl
Ein Adressbuch mit Nummern ehemaliger Verehrer
Ein Telefon
Eine romantische CD (fakultativ)
Und eine Packung Taschentücher.

Die Vorgehensweise:
Blättern Sie das Adressbuch durch und suchen Sie sich eine Nummer aus (funktioniert am besten, wenn Sie nervös und ängstlich sind). Wählen Sie die Nummer und … tja, hier folgt ein Gespräch, das wir vor der Sendung aufgenommen haben.

»Hi, Finn. Ich bin's, Issy.
»Hi, Issy.«
»Ich bin zufällig auf deine Nummer gestoßen, und da hab ich gedacht, ich ruf dich mal an.«
»Schön – wie geht's denn deinem niedlichen Sohn?«
»Bestens, er hat gerade die Windpocken hinter sich.«
»Ach, der Ärmste. Ich wusste gar nicht, dass er krank war.«
»Na ja, halb so schlimm. Und was machst du so?«
»Ich hab im Moment leider viel zu tun. Kann ich, ähm, kann ich dich später zurückrufen?«
»Kein Problem – ich will nicht stören.«

»Was gibt's denn Neues?«
»Ja, also, ich wollte … ich wollte dich fragen, ob du nicht Lust hättest, mal auf einen Drink vorbeizukommen.«
»Äh … wahrscheinlich hätte ich es dir gleich sagen sollen … ich heirate nächsten Monat.«
»Ach … oh … herzlichen Glückwunsch.«
»Danke.«
»……«
»Issy, ist alles in Ordnung?«
Meine Stimme ging eine Oktave nach oben, und mit größter Mühe stieß ich Folgendes hervor:
»Ja, klar … also dann, bis bald. Tschüs!«

Lassen Sie den Hörer aus der Hand gleiten, der Schock und das Selbstmitleid tun das ihre, drehen Sie die Anlage auf und lassen Sie den Tränen freien Lauf.

BADE MICH IN SCHÖNHEIT

Am folgenden Morgen begegnete ich auf dem Heimweg vom Kindergarten einem gewissen Amerikaner, und schon hellte sich meine Stimmung auf.
Finn konnte mir gestohlen bleiben. Finn war Schnee von gestern.
Stephan wollte gerade in dem Haus verschwinden, in dem seine Mutter gewohnt hatte. »Hallo!«, rief ich munter.
Er starrte mich verständnislos an.
»Ich bin Issy. Sie waren etwa vor einer Woche mit dem Kommissar bei mir in der Wohnung.«

Offenbar hatte ich keinen bleibenden Eindruck hinterlassen.
»Issy – mit dem kleinen Jungen.«
Er stellte seine Einkaufstüten ab.
»Entschuldigen Sie – angezogen habe ich Sie gar nicht erkannt.«
»Ha, ha, ha.« Ich kicherte kokett.
»Wie geht es Ihrem Sohn?«
»Danke, besser – und was ist mit Ihrer Mutter – ich meine, mit den Ermittlungen?«
»Kommissar Bambuss hat alles unter Kontrolle, glaube ich.«
Er schwieg kurz, dann schlug er eine Tasse Kaffee vor.
Es war erst zehn Uhr – ein bisschen früh für »Kaffee», oder?
»Also, wie wär's?«
»Ein Tässchen Kaffee? … Aber klar!«

Ich sehe mich schrecklich gern in fremden Wohnungen um, Einblick ins Leben anderer Menschen … Sarah Bloch hatte im ersten Stock gewohnt; der Schnitt der Wohnung war ähnlich wie bei meiner. Im Wohnzimmer stand ein Flügel, und die Wände waren mit Fotos und Bildern bedeckt.
Stephan verschwand in der Küche, also hatte ich Gelegenheit, die Bilder zu betrachten. Das war also die Frau, deren Finger ich gefunden hatte. Es war mir unheimlich, ihr jetzt sozusagen von Angesicht zu Angesicht gegenüberzustehen. Sie war wirklich eine Schönheit, und wenn ich richtig lag, war sie Konzertpianistin. Zwischen den unzähligen Fotos entdeckte ich auch welche von Stephan als Kind, meist mit einem älteren Paar. Vermutlich seine Großeltern.

»Ihre Mutter muss eine tolle Frau gewesen sein.«

»Sie war eine erstklassige Pianistin. Hier stehen auch einige Konzertaufnahmen von ihr herum, wenn Sie Musik hören wollen», rief er aus der Küche.

»Ja, sehr gern.«

Er erschien mit einem Tablett: Kaffeekanne, Becher, Kekse.

»Sind Sie in London aufgewachsen?», erkundigte ich mich.

»Nein, bei meinen Großeltern. Sarah war häufig auf Tournee.«

»Und was war mit Ihrem Vater?«

»Sie hatte sich schon vor meiner Geburt von ihm getrennt.«

»Eine allein erziehende Mutter?«

»Könnte man sagen.«

»Genau wie ich.«

Gibt es nicht einen Spruch oder eine Binsenweisheit, dass die meisten Männer ihre Mütter heiraten? Möglicherweise hatte ich also eine Chance. Ich begann augenblicklich, die Haare zu schütteln.

Wir hakten die üblichen Themen ab. Ich erfuhr, dass Stephan der geschiedene Vater von zwei Kindern war, außerdem Rechtsanwalt, auf Filmrechte spezialisiert, wohnhaft in Palo Alto, Kalifornien. Er erzählte mir, er habe ein eher gespanntes Verhältnis zu seiner Mutter gehabt, obwohl sie sich in den letzten Jahren etwas näher gekommen seien. Sie stammte aus Wien. Vor Ausbruch des Krieges habe sie ein Musikstipendium an einem amerikanischen College bekommen, was ihr und ihrer Familie das Leben rettete. Sie war erfolgreich und spielte fast ihr ganzes Leben lang, bis sie Arthritis bekam und ihre Finger sie zwangen, den Beruf aufzugeben. Mit Anfang vierzig hatte sie sich in Eu-

ropa niedergelassen, nachdem sie einen Dirigenten geheiratet hatte. Dieser war vor zehn Jahren gestorben.
»Und was ist mit Ihnen?», fragte Stephan.
Da ich ihn nicht zu sehr beanspruchen wollte, schlug ich vor, darüber könnten wir uns ja ein andermal unterhalten. Raffiniert, was?
»Verdammt, ist es schon so spät? Ich muss los.«
»Tut mir Leid – ich wollte Sie nicht aufhalten.«
»Nein, nein, kein Problem. Rufen Sie mich doch einfach an, wenn Sie mal Zeit haben. Es wäre nett, noch ein bisschen zu plaudern.«
Wir tauschten Telefonnummern aus.
Ich hüpfte nach Hause, mein Herz hüpfte ebenfalls, und ich gratulierte mir, weil ich fand, dass ich mich ziemlich souverän verhalten hatte.

AUFSTIEG UND FALL

Nadia kam vorbei, weil sie mich um einen Gefallen bitten wollte. Sie war ganz überdreht vor Glück. Es ging nur noch aufwärts. Bei dem Gig im Pub war, ohne dass sie etwas davon geahnt hatte, ein Typ vom A & R-Label anwesend gewesen. Inkognito. Er hatte sich alles angehört und sie später angerufen, um sich mit ihr zu treffen.
Auf Knien flehte sie mich an: »Issy, kannst du heute Abend meine Schicht übernehmen, bitte, bitte.«
»Klar, kein Problem.« Aber unter einer Bedingung: Wenn sie richtig berühmt wurde, musste sie mich zu all den schnieken Partys mitnehmen.
»Auf jeden Fall.«

»Kann ich das bitte schriftlich haben?«
»Vertraust du mir nicht?«
»Tja – ich weiß nur, dass der Ruhm die Menschen verändert.«
»Was ist denn mit dir los?«
Ein Bündel aufgestauter Frustrationen – obwohl die süßen Gedanken an den Amerikaner mich schon etwas entspannten.
»Ich habe einen Mann kennen gelernt, Nadia.«
»Ehrlich?«
»Den Sohn der Frau mit dem Finger.«
»Taugt er was?«
»Traumhaft. Er ist intelligent, sieht klasse aus ...«
Doch als ich noch weiter ausholen und meinen neuesten Schwarm in den poetischsten Farben schildern wollte, unterbrach mich Nadia: »Da fällt mir ein – ich muss dir unbedingt noch etwas sagen.«
»Was?«
»Du weißt doch, dass Trisha sich in letzter Zeit irgendwie komisch benommen hat, stimmt's?«
»Ja, schon ... aber ich dachte, das hat mit mir zu tun.«
»Von wegen«
Als Nadia gerade ins Büro wollte, drangen laute Stimmen durch die Tür. Es waren Fiona und Trisha.
Trisha schrie: »Ich halte das nicht mehr aus. Es reicht.«
Und Fiona antwortete: »Nur noch eine Chance, bitte, eine allerletzte Chance.«
»Fiona, ich hab's versucht.«
»Bitte, Trisha ... wir können doch darüber reden.«
»Das ewige Gerede ödet mich an.«
Die Tür ging auf, und Trisha stand vor einer extrem verlegenen Nadia.

»Ach, du Scheiße – wie lang stehst du denn schon hier draußen rum?«
Aber ehe Nadia antworten konnte, war Trisha schon davongestürmt. Wie eine Furie.
»Fiona saß da und schniefte in ein Taschentuch. Ich wusste überhaupt nicht, was ich tun sollte.«
»Oh, mein Gott – meinst du, die beiden sind zusammen?«
»Sah ganz danach aus.«
Wir malten uns beide das Szenario aus und quiekten wie die Schulmädchen: »Krass! Total krass!«
Trisha und Fiona – wer hätte das gedacht? Ich hatte schon immer vermutet, dass Trisha lesbisch ist, aber Fiona saß doch zwischen allen Stühlen …
»Ich wüsste gern, wie lang das schon läuft.«
»Vielleicht schon eine halbe Ewigkeit.«
»Fiona könnte der Vater von Trishas Kindern sein.«
»Meinst du?«
»Warum nicht?«
»Irre.«
Ich weiß, manchen Frauen macht es Vergnügen, ihre Männer zu kastrieren – aber eine Geschlechtsumwandlung? Ich staune immer wieder, was die Menschen im Namen der Liebe alles unternehmen. Mrs Dodd zum Beispiel.

ZU SCHÖN, UM WAHR ZU SEIN

Es war einmal, vor nicht allzu langer Zeit, da beschloss eine Frau namens Betty, die Liebe ihres Ehemannes zu testen. Mit einundzwanzig hatte Betty ihren Schulfreund geheiratet, einen Lastwagenfahrer namens Ron, der ihr von Herzen treu war. Die beiden stritten sich selten, und wenn es doch einmal vorkam, versöhnten sie sich schnell. Er war zärtlich, einfühlsam, respektvoll, ein guter Ehemann und ein guter Vater ihrer drei Kinder.

Sie führten ein gesegnetes Leben, und Betty musste sich keine Sorgen machen. Doch als das jüngste Kind in die Schule kam, hatte Betty auf einmal viel Zeit. Um sich zu beschäftigen, widmete sie sich intensiv dem Garten.

Als sie eines Tages in ihrem kleinen Kräutergarten arbeitete, streckte ihre Nachbarin Vera, eine verbitterte, hinterhältige Frau, den Kopf über den Gartenzaun, wechselte ein paar Worte mit Betty und schenkte ihr ein Päckchen mit schnell wachsenden Samen, genannt Zwiefelus Furchticus. In Wirklichkeit vergiftete sie Bettys schlichtes Gehirn mit scheußlichen Gedanken von Falschheit und Betrug.

»Ein Lastwagenfahrer! Nun ja, du bist eine tapfere Frau», sagte Vera hämisch.

»Wieso?», fragte die naive Betty.

»Jede zweite Nacht nicht zu Hause – wer weiß, wo er seinen Laster parkt.«

Vera untermauerte ihre Aussage mit ungeheuerlichen Geschichten von treulosen, abtrünnigen Lastwagenfahrern und flatterhaften Damen.

Um alles noch zu verschlimmern, kam Vera am nächsten Morgen vorbei und überbrachte beunruhigende Neuigkeiten. Drei Häuser weiter war eine üppige, vampartige Frau eingezogen. Sie hatte rote Haare und vier Kinder von vier verschiedenen Vätern.

»Auf die muss man ein Auge haben», warnte Vera. »Ich ahne Böses.«

Keine drei Wochen waren vergangen, da bemerkte Betty,

als sie vom Metzger nach Hause ging, dass der Laster ihres Mannes vor dem Haus geparkt war.
»Seltsam – warum ist er schon so früh nach Hause gekommen?», wunderte sie sich, doch sie freute sich und malte sich aus, wie sie den Nachmittag gemeinsam verbringen würden.
Aber ihre Freude war nur von kurzer Dauer, denn sie sah ihn aus dem Haus der Nachbarin kommen, den Werkzeugkasten in der Hand.
»Was, in Gottes Namen, tust du hier?», wollte Betty wissen.
»Ich habe unserer neuen Nachbarin geholfen», antwortete Ron nüchtern.
»Wobei?«
»Die Wohnung stand unter Wasser, es sah aus wie nach der Sintflut, und die arme Frau war völlig außer sich.«
»Und du hast alles wieder in Ordnung gebracht?«
»Ja, klar.«
»Wie es sich für einen guten Nachbarn gehört.«
»Genau.«
Arme Betty – die Samen des Zweifels waren bereits aufgegangen und zerstörten das Gute in ihr. Die schrecklichen Gefühle nagten unerbittlich an ihrem Herzen, und ihre Freundin Vera putschte sie noch auf, also wandte sie sich an die Honigfalle, um die Treue ihres Ehemanns überprüfen zu lassen. Vera schlug ihrem Mann Phil vor, er solle Ron fragen, ob er nicht mit seinen Freunden ein paar Bier trinken und zu den Hunden gehen wolle.
Oder besser: vor die Hunde.
Ron, der sich nicht die Bohne für Hunderennen interessierte, erklärte sich nur zögernd bereit.
Vera und Betty wollten ihnen unbemerkt folgen.

DIE EIFERSUCHT IST EINE LEIDENSCHAFT

Sie war eifersüchtig, und ich war ihre Zielscheibe.
Der arme Ron, ich hatte ihn am Wickel, weil ich behauptet hatte, ich sei die Nichte seines alten Freundes Phil. Es war eine Falle – was soll ich sagen? Aus reiner Höflichkeit hörte sich Ron mein Geplapper an, bis Betty angeschossen kam, Sie war feuerrot vor Wut, kreischte, zeterte und spuckte, schubste Ron herum und schlug mir mit der Faust ins Gesicht.

BÖSE BETTY

»Ich bring sie um!», schimpfte ich.
Maria wickelte Eiswürfel in ein Küchenhandtuch, um sie mir aufs linke Auge zu drücken, das inzwischen in allen Regenbogenfarben leuchtete.
Wie gelähmt hatte ich dagestanden, als Bettys Hand sich in Zeitlupe meinem Gesicht näherte, ihre runden, knubbeligen Finger mit Ringen geschmückt. Ihr Mund war weit aufgerissen, ein Schwall von Beschimpfungen quoll heraus. Vera stand mit verschränkten Armen neben ihr und feuerte sie an.
Ron, die gute Seele, japste hilflos: »Nein, Betty, lass das!« Und gerade noch hatte er mir vorgeschwärmt, was für eine wunderbare Frau seine Betty sei.
Alles kam zum Stillstand, als wäre ich aus meinem Körper herausgetreten, als wäre mein Geist entwichen. Das

Nächste, woran ich mich erinnern kann, ist, dass ich im Taxi saß und nach Hause fuhr.
»Er war eigentlich Nadias Job«, wimmerte ich.
»Das wird schon wieder», beruhigte mich Maria.
Der Schock ließ langsam nach, und mir wurde so richtig bewusst, wie verletzlich ich war. Wenn mir etwas zustoßen sollte – wer würde sich um Max kümmern? Gedanken, die ich sonst immer ins Hinterzimmer meines Gehirns verbannte. Ich musste dringend ein Testament aufsetzen, mich für den Ernstfall versichern.
»Maria, ich versteh das nicht – alles geht schief.«
»Das wird schon wieder, mach dir keine Sorgen. Es ist nicht so schlimm, wie's aussieht.«
Was zum Teufel wollte sie damit sagen?
Schlimmer aussehen konnte es jedenfalls nicht.
Maria tupfte mir das Auge, und da merkte ich auf einmal, dass sie sich verändert hatte.
»Maria, hast du Lippenstift aufgetragen?«
»Sieht gut aus, nicht wahr?«

VON MONSTER ZU MONSTER

Zwei Monster an einem windigen Morgen.
Monster Nr. eins: Was ist denn mit Ihnen passiert?
Monster Nr. zwei: Wonach sieht es aus? (*Pause, dann ohne jeden Ausdruck*) Ich war in eine Schlägerei verwickelt.
Monster eins: Und? Gewonnen?
Monster zwei: Nein.
Monster eins: Na, dann wünsch ich viel Glück für die nächste Runde.

Monster zwei: Danke. Und wie ist die Gehirnoperation verlaufen?
Monster eins: Welche Gehirnoperation?
Monster zwei: Sie waren doch wegen einer Gehirnblutung im Krankenhaus, oder? (*Guter Gott, der Arme hat das Kurzzeitgedächtnis verloren.*)
Monster eins: Sie dachten, ich hätte –
Monster zwei: Ja, wegen der ständigen Migräneanfälle.
Monster eins: Nein, nein, ich bin nur von der Leiter gefallen. Ich wollte eine Glühbirne auswechseln und habe einen Schlag bekommen. Da habe ich das Gleichgewicht verloren und bin zwei Meter gestürzt. Dabei hab ich mir den Schädel gebrochen.
Monster zwei: Da bin ich aber froh. Ich dachte, Sie wären fast gestorben.
Monster eins: Ich bin fast gestorben.
(*Monster eins reibt sich den Kopfverband, während Monster zwei vorsichtig sein Veilchen betastet. Monster zwei steckt den Schlüssel ins Loch.*)
Monster zwei: Also dann … gute Besserung.
Monster eins: Danke … gleichfalls.

MEIN BESCHÜTZER

»Was ist passiert, Mummy?», fragte Max und drückte auf die geschwollene Stelle. »Du siehst furchtbar aus.«
»Es war ein Unfall. Ich war zur falschen Zeit am falschen Ort.«
»Wer war das, Mum? Erzähl mir's – ich verspreche auch, dass ich nicht schimpfe.«

Genau das hatte ich gesagt, als er mit einem zerkratzten Gesicht und lauter blauen Flecken am Arm aus dem Kindergarten kam.
»Eine Frau hat mich geschlagen. Es war ein Irrtum.«
»Das ist aber nicht nett.« Und dann fragte er mit honigsüßer Stimme: »Möchtest du, dass ich sie umbringe?«
Mein kleiner Beschützer, der Jäger, der immer vor mir herrennt und der alles spannend findet, dessen Neugier keine Grenzen kennt. Kaum konnte Max laufen, da sammelte er auch schon Stöcke auf, um vor den Passanten damit herumzufuchteln. Vorrangig jagte er allerdings Vögel und Eichhörnchen.

WIE ICH DIE SACHE SEHE

Jetzt sah ich die Welt also nur noch mit einem Auge und kam mir vor wie eine geschlagene Frau. In diesem Zustand wurde mir mehr Aufmerksamkeit geschenkt als seit langem. Ich erläuterte Trisha, was ich dachte.
»Ich finde, wir müssen die alte Hexe anzeigen.«
Trisha rieb sich das Kinn.
»Wär schön, wenn das so einfach ginge. Ich habe heute ein Fax von Bettys Anwalt bekommen, und da droht er damit, dass sie *uns* anzeigen werden.«
Ich starrte sie ungläubig an.
»Das kann doch nicht wahr sein! Die Frau ist auf mich losgegangen. Haben die den Verstand verloren?«
»Offenbar gibt es irgendein altmodisches Gesetz, das wir möglicherweise nicht beachtet haben.«
»Wie bitte?«

Trisha las mir das Fax vor.
»›Der Ehemann meiner Mandantin wurde auf unlautere Weise in Versuchung geführt, da die betreffende Frau als zu attraktiv betrachtet wird und die meisten heterosexuellen Männer es daher schwierig fänden, derartige Annährungsversuche abzuwehren.‹«
»Das ist absurd. Und außerdem ist es totaler Unsinn.«
»Ich weiß.«
(Auf Trishas unterschwellige Beleidigung ging ich lieber nicht ein.)
»Aber wenn der Fall vor Gericht kommt, kann es sein, dass wir den Laden zumachen müssen.«
»Und was ist mit unseren zufriedenen Kunden?«
»Die sind alle in teure Scheidungsprozesse verwickelt und wollen sich nicht einmischen.«
»Das heißt, ich kriege kein Schmerzensgeld.«
»Issy, hast du überhaupt gehört, was ich gerade gesagt habe? Es könnte sein, dass wir schließen müssen!«
»Aber dafür kannst du doch nicht mir die Schuld in die Schuhe schieben!«
»Das hatte ich auch gar nicht vor.«
»Sehr nett, zur Abwechslung.«
Jetzt stand es unentschieden zwischen mir und Trisha.
»Issy, weil du nicht arbeiten kannst, bis dein Auge wieder in Ordnung ist, haben Fiona und ich uns überlegt, du könntest es ja durch Büroarbeit ausgleichen. Ein gründlicher Frühjahrsputz würde nichts schaden. Im Gegenteil.«
»Und ich hatte mir gedacht, ich dürfte krank feiern.«
»Berufsrisiko, fürchte ich.«
»Steht das im Kleingedruckten?« Diese Frau brachte mich noch zur Weißglut. »Weißt du was, Trisha? Vielleicht solltest du dir einen Anwalt nehmen.«

»Ist das eine Drohung?«
»Was hast du für ein Problem?«
»Und noch etwas: Hast du Mrs Finkelstein schon angerufen?«
Ich antwortete mit unmissverständlichen Würgegesten. Dann ertönte Gladys' Stimme über Lautsprecher, damit die große Despotin Trisha mithören konnte.
»Hallo, hier sind die Finkelsteins. Leider können wir nicht ans Telefon kommen. Während der nächsten beiden Monate sind wir in Florida …« Ihr Tonfall veränderte sich plötzlich, und sie schnauzte: »Was ist, Joel?« Die Botschaft wurde durch Hintergrundgebrummel unterbrochen, und dann: »Was meinst du mit Datum?« Wieder Gebrummel. »Du willst es selbst machen? Bitte, meinetwegen … wenn du so …« Piiiiiiiep.
Na, prosit! Ich hinterließ folgende Mitteilung:
»Hallo, Gladys, hier ist Issy von der Honigfalle. Ich würde mich über einen raschen Rückruf freuen. Danke!«

Die eisige Stille zwischen Trisha und mir erinnerte an den Kalten Krieg. Sie dauerte, bis etwa eine Stunde später Nadia ins Büro getänzelt kam und mich gebührend bemitleidete.
»Ohgottogott! Du siehst ja wild aus, Issy!«
Ich erzählte ihr die Geschichte meines Veilchens, bis ins letzte Gruseldetail, schmückte die Wirklichkeit aber noch etwas aus, indem ich Haareziehen hinzufügte. Diese haarstäubende Geschichte beendete ich mit der Bemerkung: »Aber offenbar fällt das alles unter die Kategorie Berufsrisiko.«
»Nur gut, dass mir das nicht passiert ist!», ächzte Nadia. »Du wirst nicht glauben, was es Neues gibt.«

»Was?«
»Wir haben noch einen Gig und dürfen ins Studio.«

ÜBERRASCHUNG!

Max bastelte eine Gute-Besserung-Karte für mich. Er kann schon erkennbar ein Gesicht zeichnen, einen großen, eiförmigen Kreis, darin zwei Kreise für die Augen und ein Kreis für die Nase sowie eine schiefe Linie für den Mund. Ziemlich treffend, angesichts meines gegenwärtigen Zustands.
Zu Hause erwarteten mich noch weitere angenehme Überraschungen: Der Anrufbeantworter blinkte, was zur Zeit eher selten vorkommt. Drückte auf *Play* und wurde von einer lieblichen Stimme davongetragen: Stephan wollte wissen, ob ich am Freitag Zeit hätte, mit ihm Essen zu gehen.

Eine Verabredung
Hab ich Zeit?
Ja, ja, ja
Massenhaft
Aber
Mist
Das blöde, blöde Auge
Ein andermal.

Ich rief ihn gleich an.
»Ich fliege Samstag in die USA. Keine Sorge, wenn es nicht geht, dann geht es eben nicht.«

»Ich würde sehr gern, aber …«
Ich erzählte ihm die Geschichte von meinem Auge.
»Also sollte ich am besten ein schummriges Restaurant aussuchen.«
»Perfekt.«
Sein Humor gefiel mir. Ha, ha, ha.
»Ich hole Sie um acht ab?«
»Wunderbar.«

Lieber, allmächtiger Gott,
ich bin's schon wieder. Als Erstes will ich sagen, dass ich wirklich staune, was du in letzter Zeit für mich getan hast. Ich habe meinen Job noch, und mein Nachbar ist noch am Leben. Ganz herzlichen Dank, das ist wirklich lieb. Ich habe mich auch bemüht, ein besserer Mensch zu werden, und vor ein paar Tagen habe ich meiner Freundin tatsächlich einen großen Gefallen getan und ihre Schicht übernommen, allerdings mit dem Ergebnis, dass ich jetzt ein blaues Auge habe. Ich weiß, angesichts der Ewigkeit ist das keine große Katastrophe, aber ich habe am Freitag eine Verabredung. Meine erste richtige Verabredung seit tausend Jahren – peinlich! Also, was ich sagen wollte – lieber Gott, meinst du, du könntest das für mich richten? Bitte!? Klar, ich weiß, Schönheit ist nicht alles und kommt außerdem von innen, aber es ist eine Verabredung mit einem Mann. Das heißt, wir müssen realistisch sein. Lieber Gott, mach, dass mein Auge schnell wieder gut wird.
Danke fürs Zuhören.
Issy

ABGELENKT DURCH GEDANKEN AN STEPHAN, DÄUMCHEN DREHEN (OH, JA, BABY – GENAU SO) UND MÄNNER AUF ABWEGEN (FESTER, FESTER ...)

Um eine Sache von vornherein klarzustellen: Ich hasse Ablage. (Stephan presst seine heißen Lippen auf meine, drückt mich leidenschaftlich an sich.) Unser Verwaltungssystem steht kurz vor dem GAU. Mit den besten Absichten holte ich die ganzen Unterlagen, wühlte kräftig darin herum (mmmmmmm ...), und als Höhepunkt (ich sitze rittlings auf ihm, seine Hände umschließen meine Brüste, und ich ...) legte ich alles wieder so ab, wie es vorher war.

Trisha schien ehrlich beeindruckt von meiner Sorgfalt. Wir redeten wieder miteinander, allerdings waren unsere Gespräche recht einsilbig, bis eine hysterische (aaah, das tut gut ...) Mrs Bob Thornton anrief und sagte (nein, warte noch ... wir wechseln die Stellung), sie stehe kurz vor einem Nervenzusammenbruch, weil sie schon wieder eine E-Mail entdeckt habe (er hebt mich hoch, küsst mich, senkt sich dann mit seinem ganzen Gewicht auf mich – und im gleichen Rhythmus ...), allerdings im Papierkorb, das heißt, sie war nicht abgeschickt worden.

Trisha beruhigte sie und sagte, sie solle die Mail trotzdem an uns weiterleiten. Da stand (zärtliches Gewisper nach dem Sex): »Trixi, du Luder, ich hasse dich, nach allem, was passiert ist. Du bist nichts als eine billige Schlampe.«

»Also war Bob doch bei Nadias Gig?«

Schon wieder legte sich Bob mir wie eine Schlinge um den Hals – und dann noch mein Auge, das bevorstehende Date, die Gefühle, die sich langsam hochschaukelten – ich drehte durch. Wieder mal am Rand des Nervenzusammenbruchs. Genau wie Mrs Bob.
Ich schrie: »Er war nicht da, Trisha! Er war nicht da. Du kannst alle fragen. Frag Nadia!«
»Okay, okay.«
»Eigentlich war es doch sowieso dein Fall. Ich sollte nur einspringen!«
»Okay, ist schon gut, ich regle das. Okay?«
»Okay.«
Ich war schockiert, dass sie mir entgegenkam. Und dass ich so ausrastete. Früher oder später war das ja zu erwarten gewesen. Die Wahrheit würde an den Tag kommen, und ich würde meinen Job verlieren, aber wenn wir den Laden womöglich dichtmachen mussten, wollte ich wenigstens noch so lang durchhalten, bis ich eine anständige Abfindung bekam.

NENN MICH RELLA, CINDE RELLA

Ein verträumter Stephan saß mir gegenüber am Ecktisch. Gedämpfte Beleuchtung. Die Schwellung war zurückgegangen, aber die bunte Färbung nicht. Ich hatte sie unter mehreren Make-up-Schichten einigermaßen verborgen. Wenigstens musste ich die Hoffnung nicht ganz aufgeben. Nadia passte auf Maxy auf – als Dank, weil ich ihr ausgeholfen hatte –, und ich hatte bis ein Uhr nachts, um diesen Mann zu verführen.

Wir waren in einem Restaurant in Primrose Hill, das Essen war schon im Gang, und er fand meinen Job sehr amüsant. War ich cool, entspannt? Weit gefehlt. Mein Magen revoltierte, mein figurformender Slip zwickte, ich schwitzte wie ein Schwein und trank so viel Rotwein wie möglich. Außerdem hatte ich den fatalen Fehler begangen, mir eine Vorspeise mit massenhaft Knoblauch zu bestellen.

Ich hatte Angst, mein Veilchenauge könnte ihn abstoßen, also versuchte ich die ganze Zeit, meine linke Gesichtshälfte mit der linken Hand zu verdecken. Mannomann, ich war total aus der Übung: Verabredungen mit Klienten waren ein Kinderspiel im Vergleich!

Stephan trug ein frisch gebügeltes weißes Hemd und Jeans. Seinen schwarzen Pullover hatte er gerade ausgezogen. Ich atmete zwischendurch immer wieder einen Hauch seines Deodorants ein, und außerdem stellte ich mir seine breite Brust unterm Hemd vor, ach, wie gern ich sie mit meiner Zunge bearbeiten würde …

»Entschuldigung – was sagten Sie gerade?«

»Ich muss Sarahs persönliche Dinge durchgehen.«

»Oh, Gott, sagen Sie jetzt nur nicht, Sie haben einen Vibrator gefunden.«

»Wie bitte?«

»Ach, nichts.«

»Sollte das ein Witz sein?«

»Ja – ist ein bisschen missglückt.«

Schluck.

»Tja, ich muss mir überlegen, was ich mit den ganzen Sachen anfangen soll.«

»Sie könnten sie irgendeinem Wohltätigkeitsverein stiften, würde ich denken.«

»Es ist zu viel – ich bin überfordert.«
»Ich kann Ihnen helfen, wenn Sie wollen.«
»Wirklich?«
»Ja, klar.«
Der Kellner kam mit den Hauptgerichten, und während wir losmampften, redete Stephan weiter über das Thema.
»Es gibt so viel zu organisieren. Was soll zum Beispiel aus dem Flügel werden?«
»Sie könnten ihn einer Musikschule anbieten. Oder irgendeiner anderen Schule.«
»Gute Idee. Ich habe die Wohnung heute zum Verkauf freigegeben. Aber ich muss auf jeden Fall nochmal herkommen, um alles abzuwickeln.«
Ooohhhh … er kommt wieder!
Es bestand also durchaus die Möglichkeit einer Fernbeziehung. Wie romantisch. Ich konnte kaum an mich halten, entschuldigte mich und ging aufs Klo.
Es war halb zwölf, als wir mit dem Kaffee fertig waren. Ich war beschwipst und fröhlich, mein Selbstbewusstsein durch den Alkohol gesteigert. Wir passten zusammen. Ich spürte es an der ganzen Atmosphäre. Draußen hakten wir uns unter und gingen im Zickzack Richtung Heimat.
Sein Haus kam zuerst. Wir blieben stehen.
Ich übernahm die Männerrolle.
»Kann ich dich zur Tür begleiten?«
Und noch weiter … wenn ich alles richtig mache.
»Du bist lustig«, sagte er und zog mich an sich.
»Komisch lustig oder lustig seltsam?«
»Von beidem etwas. Möchtest du mit reinkommen?«
»Ich dachte schon, du würdest nie fragen.«
Wir schwangen auf derselben Wellenlänge.

DAS RESULTAT

Wir knutschten. Es war Viertel vor eins, und er trödelte noch herum. Wir hatten uns von ein, zwei Gläsern Whisky ablenken lassen – was sich im Nachhinein als Fehler herausstellte. Mir blieben jetzt nur noch zehn Minuten, um die Ziellinie zu erreichen – dann musste ich Nadia erlösen. Ah, die nächste Etappe. Ich wollte ihn haben, unbedingt, ich verdrehte die Augen, die Finger auf seinem Reißverschluss. Komm schon, komm raus! Wo steckst du? Ah, jetzt hab ich dich. Ich tat, was ich konnte, um ihn aufzurichten, und dann schlug die Uhr eins, und ich rief laut: »Mensch, mach schon, ich hab nicht die ganze Nacht Zeit!«

Okay, das war natürlich das Allerfalscheste. Konkret: Stephan reagierte nicht sehr souverän auf Stress.

DIE LUFT IST RAUS

So was kann nur mir passieren. Da saßen wir und starben fast vor Verlegenheit. Die Wirklichkeit kann den Träumen nie das Wasser reichen.

Ich war sauer und zog mich wieder an.

»Na, super!«

»Ich schwöre, das ist noch nie passiert.«

»Natürlich nicht – und jetzt schiebst du wahrscheinlich alles auf mein scheußliches Auge.«

»Wenn ich mir's recht überlege – das war schon ziemlich abtörnend.«

»Stephan, ich muss los.«
»Wir können doch beide zu dir gehen.«
»Max ist da, und irgendwann platzt er mit Sicherheit herein …
»Und ich muss um fünf aufstehen. Mein Flugzeug geht in aller Frühe.«
Er versuchte, die Situation zu entschärfen, was zu sofortiger Nüchternheit führte, und auf einmal wurde uns bewusst, dass wir einander kaum kannten.
Höflichkeit hieß die Parole.
»Na, vielleicht klappt's ja nächstes Mal, was?«
Er brachte mich nach unten.
»Danke für den schönen Abend, Stephan. Schade, dass er ein so abruptes Ende nehmen musste.«
»In einem Monat bin ich wieder da.«
Ein kurzer Kuss, eine letzte, schnelle Umarmung, und dann winkte er mir nach, während ich mich mit einem schmerzlichen Ziehen im Bauch nach Hause schleppte.

Natürlich fand Nadia die Geschichte eher komisch.
»Warum hast du nicht angerufen – meinetwegen hättest du ruhig noch eine Weile wegbleiben können. Im Fernsehen läuft ein guter Film.«
Was? Aber! Wimmer, jaul.
Ich konnte unmöglich zurück, um einen zweiten Versuch zu machen – das ging nicht. Selbst ich habe meine Grenzen.
Nadia holte die Notration aus dem Kühlschrank: einen Becher Schokoladeneis pro Person, die Superkalorienbombe. Ich drehte uns einen Joint.
Wir stopften uns voll, wir rauchten, sie verabschiedete sich, ich ging ins Bett.

Tja, manchmal muss man eben alles selbst machen.
Ich hatte es so satt, selbst aktiv zu werden und dann, mittendrin, hörte ich das vertraute Tapptapp – Max auf seiner nächtlichen Wanderung zu mir. Ich genieße diese Besuche. Er wächst sowieso viel zu schnell, und bald findet er es bestimmt stinkeblöd, mit seiner Mum zu schmusen. So ist das Leben, denke ich, und bald sind meine Haare grau und mein Hintern schlaff.
Bei diesen Gedanken kamen mir die Tränen, und ich schluchzte in mein Kissen.
Die »Mir-geht's-so-schlecht«-Schleusen öffneten sich.
Vielleicht wär's besser, ich würde wieder eine Therapie anfangen.

ZUCKERWATTE

Dann hörte ich eine leise Stimme in der Dunkelheit. Sie flüsterte:
»Was ist los, Mum?«
»Ich bin ein bisschen traurig.«
»Warum?«
»Manchmal sind die Menschen eben traurig.«
»Warum?«
»Man kann nicht die ganze Zeit glücklich sein.«
»Warum?«
»Es klappt nicht immer alles so, wie man es sich vorstellt. So wie damals, als wir auf den Spielplatz im Park wollten, und kaum waren wir da, kam eine Frau und hat ihn abgeschlossen, und du warst ganz wütend.«
»Warum?«

»Es war mitten im Winter, und da werden die Spielplätze früher geschlossen. Also konnten wir nicht richtig spielen.«
»Mum, konntest du auch nicht richtig spielen?«
»Schon lang nicht mehr.«
»Soll ich dich in den Arm nehmen?«
Mein Herz schmolz dahin, und ich will das Muttersein ja nicht romantisieren, aber manchmal überkommen einen so berauschende Glücksgefühle, eine tiefe, tiefe Liebe, so bedingungslos, so elementar.
Kurz gesagt: Das ist die Antwort auf die Frage *Warum?*

DAS LEBEN IST BESCHISSEN

Wieder ein typischer Montagabend in der Honigfalle. Fiona erwischte mich, wie ich gähnend die Füße auf den Schreibtisch legte und mir im Radio eine Soap anhörte.
»Sieht aus, als wärst du sehr fleißig.«
Was konnte ich anderes erwidern als: »Ich bin mit der Ablage schon fertig.«
Sie deutete auf einen Stapel Post, den ich ignoriert hatte. Sofort legte ich los. Im Briefumschläge-aufreißen bin ich echt gut. Ich hatte Fiona länger nicht gesehen – eigentlich nicht mehr seit der Sache mit Bob. Sie hatte leicht zugenommen. So langsam wurde die männliche Kantigkeit durch Rundungen ersetzt.
Tote Hose – keine neuen Aufträge, keine Kandidaten, die bearbeitet werden mussten, nicht mal eine Mail von Bob. Also übergab mir Fiona netterweise eine Liste mit lästigen, überflüssigen Drecksarbeiten. Unter anderem sollte

ich ihr Adressbuch auf den neuesten Stand bringen, die Klamotten im Notschrank sortieren und die Papiervorräte inventarisieren.

Ich arbeitete, sie schaute zu. Als ihr das zu langweilig wurde, legte sie ihre CD »Wie Melanie spricht« auf. Anleitungen zum Erlernen weiblicher Sprachmuster.

»Ein Wort, das Männer sehr viel häufiger verwenden als Frauen, ist ›wollen‹. Männer ›wollen‹. Frauen ›wollen‹ nicht, sondern ›hätten gern‹.«

»Fiona – sag bitte nicht, dass du das alles glaubst!« Ich grinste ungläubig.

»Halt den Mund, es interessiert mich.«

»Ein Mann geht in ein Fastfood-Restaurant und sagt: ›Ich will einen Big Mac.‹ Eine Frau hingegen bestellt: ›Ich hätte gern einen kleinen Salat, bitte.‹«

»Fiona – das ist doch absoluter Quatsch!«

Der Mann in ihr führte immer noch Regie. Sie drehte einfach die Lautstärke auf und ignorierte mich.

»Frauen haben Launen ...«

»Okay, das stimmt.«

»Aber sie haben keine Meinung. Ein Mann sagt: ›Ich mache jetzt dies oder jenes‹, während eine Frau verkündet: ›Ich habe mir überlegt, ob ich vielleicht mal dies oder jenes tun sollte‹, was so viel heißt wie ›Ich tendiere in diese Richtung, aber wenn du etwas dagegen hast, bin ich gern bereit, es noch einmal zu überdenken.‹ Um Ihre Sprechweise femininer zu gestalten, sollten Sie von klaren Äußerungen Abstand nehmen und Wörter wie ›irgendwie‹, ›eine Art von‹ oder ›eher‹ einstreuen.«

»Na, so was!», stöhnte ich. Solche absurden Stereotype konnte ich nicht ausstehen!

Fiona stellte den Apparat ab.

»Okay, das reicht. Issy, willst du einen Kaffee?«
»Hm – ich hätte gern eine Tasse Tee.«
»Trink doch einen Kaffee, stell dich nicht so an.«
»Okay, einverstanden.«
»Ha – reingefallen!«
Fiona zeigte mit dem Finger auf mich und lachte affektiert.
Ich schnitt ihr eine Grimasse. Zum Glück blinkte in dem Moment das grüne Licht. Ich griff sofort zum Hörer.
»Hallo, hier Honigfalle, was kann ich für Sie tun?«
»Oh, äh – hallo.«
Meine Anruferin klang aufgeregt und ängstlich. Das heißt, normal.
»Ämmmm ... machen Sie ... testen Sie ... ich meine, können Sie herausfinden, ob ...«
»Ja, genau, Madam. Möchten Sie gern unsere Dienste in Anspruch nehmen?«
»Mein Mann und ich ... wir sind seit fünfzehn Jahren verheiratet, und ich habe das Gefühl, also manchmal, wenn ich es mir richtig überlege, kommt es mir so vor –«
»Sie haben den Eindruck, er würde sich mit jemandem treffen?«
»Ja, das stimmt, aber was die Sache noch komplizierter macht – ich glaube, er ist schwul.«
»Ach ...«
»Deshalb wollte ich fragen, ob Sie auch männliche Lockvögel haben?«
»Einen Moment bitte.«
Das war eine Premiere.
Ich legte sie auf die Warteschleife und signalisierte Fiona, sie solle den Anruf übernehmen. Ich weiß nicht, was schlimmer ist auf der Skala der Zurückweisungen: Wenn

eine Frau entdeckt, dass ihr Mann schwul ist, oder wenn sie erfährt, dass er eine Affäre mit einer anderen Frau hat. Sehr verwirrend – manchmal denke ich, über kurz oder lang werden wir uns zu autarken Hermaphroditen entwickeln. Entweder das, oder wir klonen uns selbst als das andere Geschlecht.

Fiona griff zum Hörer.

»Im Moment können wir Ihnen leider nicht helfen, aber wir haben vor zu expandieren, um auch auf solche Bedürfnisse eingehen zu können. Darf ich Ihre Nummer notieren?«

Die Honigfalle lehnte einen Auftrag ab? Was war mit Fiona los? Irgendetwas stimmte nicht. Sie reichte mir meinen Kaffee.

»Demnächst geht's los, Issy. Der entscheidende Schnitt. Ich habe einen Termin», sagte sie, während sie die Briefe durchblätterte.

»Ja, mir ist schon aufgefallen, dass deine Haare ziemlich lang geworden sind.«

»Kommt alles ab.«

»Aber ist das nicht zu maskulin? Ich finde, die Länge jetzt steht dir gut.«

»Ich rede von meiner Operation.«

»Was? Von deiner Operation?«

»Ja, in Kürze sehe ich endlich so aus, wie es die Natur geplant hatte.«

»Stellst du die Realität nicht etwas auf den Kopf?«

»Genau.«

»Bist du nervös?«

»Issy – riechst du das?«

»Was?«

Ich schnupperte, konnte aber nichts feststellen.

»Ich habe das Gefühl, mich verfolgt schon den ganzen Tag ein ekelhafter Geruch. Erst dachte ich, das kommt von den Hormonen, die ich einnehme. Sie verändern den Körpergeruch.« Sie schnupperte an ihren Achselhöhlen. »Aber ich bin's nicht. Ich weiß genau, ich hab's drüben bei der Küche gerochen.«

»Ich seh mal nach.«

Ich stand auf und steckte den Kopf in die Küche.

»Stimmt, jetzt rieche ich es auch. Aber ich finde, der Gestank kommt von da drüben.«

Das ungewöhnliche Aroma kam von der Tür. Aber nicht aus dem Treppenhaus. Blieb nur noch die Garderobe.

Mit bebenden Nüstern folgte ich der Spur.

Am Haken hing nur Fionas wunderschöner Mantel.

Und eben dieser wunderschöne Mantel verströmte einen grauenhaften Gestank.

Genauer gesagt: der Saum des Mantels.

Ach, lieber Herr Jesus.

Da ich nirgendwo getrocknete Scheiße entdecken konnte, tastete ich ihn ab und…

Der Finger! Er musste durch ein Loch im Futter gerutscht sein und …

»Fiona, ich glaube, ich weiß, was es ist.«

»Was?«

»Ich glaube, dass etwas in deinem Mantelfutter verwest.«

»Wie meinst du das?«

»Wann hast du den Mantel das letzte Mal getragen?«

»Schon länger nicht mehr – erst heute wieder.«

»Heißt ›schon länger‹ seit dem Abend, an dem du ihn mir geborgt hast?«

»Ja, genau, an dem Abend, als ich im Kühlschrank den Fing –«

Wir schauten uns an. Wir schauten den Mantel an.
Fiona fing an zu schreien.
»Issy – schaff sofort diesen gottverdammten Mantel hier weg!«
»Was soll ich damit machen?«
»Raus hier!« Es würgte sie. »Wenn ich mir vorstelle, dass ich heute Morgen mit einem verwesenden menschlichen Finger im Mantel herumgelaufen bin! Ich fass es nicht!«

Nachdem ich den Finger entfernt hatte, ließ ich den Mantel selbstverständlich reinigen.
Fiona wollte ihn nicht wieder haben. Schon bei seinem Anblick wurde ihr kotzübel.
Und so kam ich in den Besitz eines wunderschönen schwarzen Mantels.

DER ZWEITE VERSUCH

Dass ich den verwesten Finger wieder gefunden hatte, stimmte mich zuversichtlich. Eigentlich komisch, aber er brachte verschiedene Dinge wieder ins Lot: Ich brauchte kein schlechtes Gewissen mehr zu haben, weil ich ihn verloren hatte. Und Sarah – na ja, Sarah konnte endlich in Frieden ruhen. Vollständig. Für die Ermittlungen war er ein wichtiges Beweisstück. Und außerdem, das muss ich gestehen, würde er mir vielleicht helfen, Mr America zu erobern. Jetzt konnte ich nämlich Stephan anrufen und triumphierend verkünden: »Ich habe ihn gefunden, den Finger deiner Mutter!«, und er würde sofort angereist kommen. Das abrupte Ende unserer letzten Begegnung wäre vergessen, vergeben, getilgt; wir würden loslegen wie wild gewordene Karnickel. Ach, ja, und danach – fast hätte ich's vergessen – würde er mir ewige Liebe schwören, und es gäbe ein glorioses Happy End.

So malte ich mir meine Zukunft aus. Ich unterschied mich kaum von Max, der fest daran glaubt, dass er eigentlich schon vier ist, und um seine Theorie zu unterstreichen, streckt er die Arme über den Kopf.

»Nein, Max, du bist fast vier.«

»Ich bin vier.«

»Fast vier.«

»Drei und vier.«

»Man kann nicht beides sein.«

»Doch, kann man», erklärte er trotzig. »Ich bin drei und vier.« Dann stürmte er aus der Küche ins Wohnzimmer, um sich seinem neuesten Hobby zu widmen, den Bey Blades, diesen genialen Hightechkreiseln.

Tja, die Sache mit Stephan ließ mich nicht los, und ich nahm – typisch Frau – sein Versagen persönlich. Wie oft war ich die Ereignisse im Geist noch einmal durchgegangen! Hatte mein Auge ihn so gestört? Hatte ich ihn zu sehr bedrängt? Sollte ich meine Verführungstechnik etwas aufpolieren? (Im Nachhinein glaube ich jetzt auch, dass »Zeig's mir, Big Boy« nicht gerade der zärtlichste Lockruf ist.) Vielleicht hätte ich die Mädchenkarte spielen sollen? Ich malte mir bezaubernde Szenen aus, aber das Ende sah immer gleich aus: Bruchlandung.

Manchmal frage ich mich, ob ich vielleicht mit meinen Neurosen meinen Lebensunterhalt verdienen könnte. Wäre das nicht die perfekte Lösung? Ich könnte einfach alle meine Ängste und Zwangsvorstellungen in ein Bün-

del packen und sie auf eine finanziell lohnende Art feilbieten.
»Mum, hörst du mir überhaupt zu?«
Am Telefon, bei unserem rituellen Was-gibt's-Neues-Gespräch. Ich legte meine Seele bloß, und ihr fiel nichts Besseres ein, als sich über meine Höllenqualen lustig zu machen.
»Mutter, kannst du nicht mal ernst sein?«
»Issy, keine Ahnung … vielleicht könntest du eine Theaterperformance daraus machen oder so was.«
»Wie bitte? Ich soll meinen schwarzen Gymnastikbody und schwarze Strumpfhosen anziehen und meinen Gefühlen durch Bewegung Ausdruck verleihen?«
Meine Mutter und ich sahen vor unserem geistigen Auge dasselbe Bild. Ja, wir erinnerten uns beide sehr genau an diesen scheußlichen Moment. Ich war zwölf, pummelig und an der Schwelle zur Pubertät – und ich glaube, ich werde ihr nie verzeihen, dass sie zugelassen hat, dass ich mich so unwiderruflich zum Affen gemacht habe. Es war bei der Schulweihnachtsfeier. In meiner grenzenlosen Naivität begab ich mich auf die Bühne und tanzte, oder besser, ich agierte meine Gefühle aus, zu … jawohl, zu »Bohemian Rhapsody« von Queen. Das Publikum lachte. Aber es war nicht komisch gemeint! Ich schwöre, das war der demütigendste Augenblick in meinem Leben. Unter Schock floh ich von der Bühne, wurde aber sofort wieder hinausgezerrt. Tosender Beifall schlug mir entgegen. Später tröstete mich meine Mutter und sagte, bestimmt hätten es alle schon am nächsten Tag wieder vergessen.
Meine gesamte Schullaufbahn wurde von diesem Auftritt überschattet.
»Was ist aus dem Finger geworden?«

»Dieser blöde Kommissar! Man sollte doch denken, er wäre wenigstens dankbar.«
Nachdem Fiona mich aus dem Büro geworfen hatte, rannte ich sofort aufs Revier, um den Finger dort abzugeben. Bambuss war nicht da, also überließ ich ihn dem Dienst habenden Beamten, und dabei blieb's. Kein Anruf, kein Dankeschön, nichts. So wird man also behandelt, wenn man seine Bürgerpflicht erfüllt und Verantwortungsbewusstsein zeigt, seine Steuern bezahlt und nicht vom rechten Weg abweicht.
»Ach, da fällt mir ein – Freddie lässt dich und Max herzlich grüßen.«
»Wie bitte?«
»Er ist zurzeit hier.«
»Mein Gott – das hätte er ja auch mal sagen können! Wie lang ist er schon da?«
Ich hörte meinen Bruder im Hintergrund murren, als wäre er ich.
»Er ist gestern Abend gekommen, es war ein spontaner Entschluss, und sei nicht so böse zu ihm.« (Wer? Ich?) »Er ist ein bisschen deprimiert.«
»Ach, das arme kleine Schäfchen, mir kommen die Tränen.«
»Issy!«
»Na ja, sorg wenigstens dafür, dass er mir und Maxy tolle Geschenke mitbringt.«
Mist, ich würde auch gern mal nach New Mexico abhauen, nur weil's mir gerade so einfällt.

Ist das der Lohn?

Lieber Gott,
ich muss mich beschweren. Ich tue mein Bestes, und ich gestehe, dass ich eine gewisse persönliche Befriedigung empfunden habe, als ich den Finger fand – das Gefühl, etwas geleistet zu haben. Andererseits bin ich immer noch nicht mit meinem Schicksal zufrieden. Jetzt ist es raus. Ich finde, dass ich dauernd zu kurz komme. Was mir alles entgeht! Zum Beispiel hätte ich gern mehr Spaß im Leben. Okay, ich werde versuchen, mich etwas genauer auszudrücken. Ich hätte gern die Fähigkeit, mich ganz auf den Moment einzulassen, ohne zu wissen, was als Nächstes kommt. Die Freiheit genießen – soweit es die Grenzen des Mutterseins eben erlauben. Aber ständig diese Routine, dieser Alltag – manchmal kommt es mir vor, als würde ich mich nur noch dahinschleppen. Ach, und außerdem habe ich seit Ewigkeiten keinen Flugtraum mehr geträumt.
Bist du sicher, dass du nach mir schaust, von da oben?
Issy

Unter Aufsicht

So unwahrscheinlich es klingt, aber die glamouröse Welt der Honigfalle ist nicht immer so spannend, wie man denken würde. Viele der Kandidaten, mit denen ich zu tun habe, sind dröge, und natürlich geht es nicht immer nur um Bars, Bistros und Alkohol. Wir verbringen viel Zeit damit zu warten, wofür ich nicht besonders begabt bin.

Mein nächster Auftrag sollte meine Kapazitäten in puncto Langeweile auf eine harte Probe stellen. Die bessere Hälfte des Kandidaten nahm unsere Dienste in Anspruch, weil sie sich Sorgen machte (nur gut, dass es nicht nur mir so geht!). Irgendetwas stimmte nicht, vielleicht nicht unbedingt eine Affäre, aber dass etwas nicht in Ordnung war, schien klar.

Sie sagte: »Jonathan gehört zu einer Generation, in der es als unmännlich gilt, Gefühle zu zeigen und sich zu öffnen.«

»Okay, das heißt, Alter irgendwo zwischen zwanzig und achtzig.«

Tja, er war dreiundfünfzig, Anwalt, freundlich, erfolgreich – ein Gentleman. Meine Mission bestand darin, ihn ein paar Tage zu beschatten. Er hatte in letzter Zeit häufig Überstunden gemacht. Die alte Geschichte – aber man kann nie sicher sein. Diese Lektion hatte ich schon bei einem meiner ersten Fälle gelernt.

RÜCKBLENDE: WENN DER ERSTE EINDRUCK NICHT ZÄHLT

Ich hielt den Fall für gelöst, nachdem ich mitgekriegt hatte, wie mein Kandidat verbal eine andere Frau abgeknutscht hatte. Nennen wir ihn D. An seinen Namen kann ich mich nämlich nicht mehr erinnern. Er hatte einen Job, für den man einen Anzug tragen muss, und ich lungerte immer draußen vor seinem Büro herum. Sobald er auftauchte, folgte ich ihm auf Schritt und Tritt, wie ein Schatten.

Eines Abends schlenderte er, nachdem er sein Büro im Finanzdistrikt verlassen hatte, gemächlich die Fenchurch Street hinunter und über den Fluss zur Waterloo Station, gut drei Kilometer. Dort verschwand er im Goose and Fox, einem unspektakulären Arbeiterpub. Er hatte mich nicht bemerkt – schließlich trug ich Schwarz (mamma mia, mamma mia!). Bevor ich eintrat, wartete ich eine Weile vor der Tür. Er saß mit einer jungen Frau an einem Ecktisch und unterhielt sich mit ihr. Es handelte sich ohne Zweifel um ein verabredetes Treffen. Ich sah, wie er ihre Hand berührte, wie er sich vorbeugte, um jedes Wort mitzubekommen. Sie spielte mit den Haaren und schaute ihm direkt in die Augen: Zwischen den beiden war etwas.

Garantiert war sie seine junge Geliebte! Ich war so begeistert von meiner detektivischen Begabung, dass ich den Fall für gelöst hielt.

Am nächsten Tag kam die Frau von D. in unser Büro, und ich versuchte, ihr so schonend wie möglich zu verklickern, was ich beobachtet hatte.

»Ist sie hübsch?« Sie schniefte traurig.

»Kein Mauerblümchen, aber ein Fotomodell wird sie vermutlich auch nie werden.«

»Und schlank?«

»Nicht dick, so Größe 36/38.«

Unglücklicherweise trug die Ehefrau mindestens Größe 48.

»Und … wie alt?«

»Viel jünger als Sie. Fünfundzwanzig oder so.«

Sie begann herzergreifend zu schluchzen.

Ich hatte schreckliches Mitleid mit ihr und bat Trisha, den Fall zu übernehmen. Trisha ist in Sachen Einfühlungsver-

mögen und Teilnahme viel besser als ich. Vielleicht, weil sie geschieden ist und sich besser in die Lage hineinversetzen kann.
Am Schluss stellte sich heraus, dass ich das Szenario völlig falsch gedeutet hatte. Die junge Frau war seine Tochter, das Ergebnis einer flüchtigen Affäre mit seiner Vermieterin, etwa ein Jahr, ehe er seine jetzige Frau kennen gelernt hatte. Er hatte nichts von dieser Tochter gewusst, war aber bereit, sie in sein Leben zu integrieren – was durchaus für ihn sprach. Seine Frau reagierte genauso. Ende gut, alles gut. Das war einer der seltenen Fälle bei der Honigfalle, der einem Mut machte.
Diese Erfahrung hatte mich also gelehrt, nie aufgrund vorgefasster Meinungen zu schnellen Schlussfolgerungen zu kommen. Die Wirklichkeit folgt nicht immer den Kriterien rationaler Logik. Wir alle neigen zu Vorurteilen. Das Leben einer allein erziehenden Mutter ist dafür ein gutes Beispiel. Als ich schwanger war, dachte ich, wie cool, was für ein Abenteuer. Ich hatte keine Angst davor, das Kind allein zu schaukeln. Es war ein ziemlicher Schock für mich, einsehen zu müssen, dass man als allein erziehende Mutter nicht gerade mit gesellschaftlichen Lorbeeren überhäuft wird. Die Leute haben ein fertiges Bild im Kopf: junge Frau, knapp bei Kasse, Sozialhilfeempfängerin, lockere Moral, schlecht ausgebildet, sitzt ständig vor der Glotze und träumt nur davon, in billigen Talkshows auftreten zu können.

IMMER NOCH IN WARTESTELLUNG

Die letzten beiden Stunden hatte ich vor der Dreifaltigkeitskirche in Brompton verbracht. Nicht meinem Seelenheil zuliebe, möchte ich gleich hinzufügen. Es war eine Auftragsarbeit. Jonathan Taylors abendliche Ausflüge beschränkten sich darauf, dass er mit zügigen Schritten zum nächsten Gotteshaus in der Brompton Road strebte. Dort nahm er am Abendgottesdienst teil. Extrem langweilig. Ich wartete draußen auf den Stufen, als rumänische Zigeunerin verkleidet. Das funktionierte bestens, ich fiel auf, ohne aufzufallen, und verdiente nebenbei noch ein bisschen Geld. Aber als die eigentliche Dame auftauchte, musste ich meinen Posten räumen. Nachdem ich mir also den Hintern abgefroren hatte, fuhr ich mit der U-Bahn nach Hause, und dort –

SANTA MARIA – GOTT STEH MIR BEI

Vor dem Haus blieb ich abrupt stehen und rieb mir ungläubig die Augen.

Da saßen, für alle Welt sichtbar (ich war noch nicht dazu gekommen, die Gardinen zu ersetzen – obwohl das seit ein paar Wochen ganz oben auf meiner Liste stand) – Maria und Bambuss. Nicht zu fassen! Ja, die Babysitterin und der Kommissar hatten es sich auf meinem Sofa bequem gemacht, und er, unser Taschenformat-Columbo, küsste ihr hingebungsvoll die Fingerspitzen. Die Fingerspitzen!

Die Weinflasche auf dem Couchtischchen entging mir selbstverständlich auch nicht.
Sehe ich richtig?
Dazu liefen die verdammten Fugees – wie lang habe ich die CD schon nicht mehr gehört? – und dann ging Bambuss zum Angriff über.
Auf die Plätze …
Das kann doch nicht wahr sein! Kann ich das dulden?
Fertig …
Ach, du lieber Gott.
Wer hätte das gedacht?
Ihre Lippen sind nur noch ein paar Millimeter voneinander entfernt.
Ich verfolgte die intime Szene voller Spannung. Einerseits war ich empört, aber andererseits kam ich nicht gegen meine voyeuristischen Neigungen an. Ich legte die Hände an die Augen, wie Ferngläser, um besser sehen zu können, und presste die Nase gegen die Scheibe, der Kies knirschte, die Blätter raschelten – und dann Marias Sirenenschrei, als sie mich entdeckte. Sofort rasselte sie eine endlose Liste von Heiligennamen herunter, die ich noch nie gehört hatte, und Bambuss sprang auf, als wollte er mir, um der Symmetrie willen, ein zweites Veilchen verpassen.
»Ich bin's!», jaulte ich.
»Issy! Was machst du da?«
Wie bitte? Die Frage hätte ich stellen sollen!
Drei rotierende Augenpaare. Ich wusste nicht, wo ich hinschauen sollte, wusste nicht, was sagen.
Maria schluckte und rief: »Du hast uns einen ganz schönen Schrecken eingejagt!«
Danke, gleichfalls.

»Der Kommissar und ich ... wir wollten gerade ...«
Ich hob begütigend die Hand. Schließlich waren wir alle einigermaßen erwachsen, oder?
»Issy, warum bist du schon so früh wieder da? Ich habe dich noch nicht erwartet.« Maria japste immer noch.
»Das habe ich gemerkt», entgegnete ich.
Sie schüttelte die Kissen auf, während Bambuss seinen marineblauen Zweireiher zurechtzupfte. Dann besaß er die Dreistigkeit zu sagen: »Haben Sie gebettelt, Ms Brodsky? Dafür könnte ich Sie festnehmen.«
Sehr witzig, ich muss schon sagen. Ich warf ihm einen vernichtenden Blick zu. Außerdem war ich echt angepisst, weil ich als Einzige auf meinem eigenen Sofa noch nichts erlebt hatte. Ich meine – warum, zum Teufel, hielt er sich überhaupt in meiner Wohnung auf? Dabei hatte ich Maria mehr als deutlich zu verstehen gegeben, dass Liebhaber unerwünscht waren.
Er verabschiedete sich wenig später, bedankte sich aber wenigstens noch bei mir für den wieder gefundenen Finger. Besser spät als nie.
»Und wie laufen die Ermittlungen? Haben Sie die Täter schon gefasst?», erkundigte ich mich angelegentlich.
»Na, sagen wir mal, wie verfolgen einige viel versprechende Spuren.«
»Hmmm – bitte, halten Sie mich auf dem Laufenden. Es wäre heutzutage doch überraschend, wenn die Gerechtigkeit siegen würde.«

DER KLEINE CASANOVA

Maria stellte Teewasser auf, und wir nahmen Platz zum Verhör.
Mit verschränkten Armen und hochgezogenen Augenbrauen verlangte ich lückenlose Aufklärung.
Sie gehorchte brav.
»Er hat geklopft, ich sage, du arbeitest. Er fragt, ob ich Gesellschaft haben will.« (Geschickt stellt er das an, unser Mr Bambuss!) »Issy, entschuldige, es tut mir Leid, wenn du enttäuscht über mich bist.«
Enttäuscht? Ich war neidisch!
»Maria, sag mir, wie lang läuft das schon?«
»Nichts läuft!«
»Das sah aus meiner Perspektive anders aus.«
»Ich schwöre, es war das erste Mal. Ich hatte so viele Schmetterlinge im Bauch, ich dachte schon, ich rülpse einen heraus.«
»Oh, mein Gott – erzähl mir alles, ich möchte jede Einzelheit wissen.«
»Issy, wir reden über alles, über alles, und dann sagt er …«
»Was?«
»Er sagt: Du bist schön.«
»Wer? Ich?«
»Nein, ich.«
»Wie romantisch!«
Dabei fiel mir ein, dass Stephan nichts Derartiges zu mir gesagt hatte. Sehr befremdlich.
»Und dann nimmt er meine Hand und …«
Ich sah Maria die ganze Zeit unverwandt an und dachte,

dass Max mit seiner Alterstheorie irgendwie Recht hatte, denn Maria war im Moment siebzehn und fünfzig.

UND ICH? MINDESTENS NEUNZIG

Ich schaute Maria nach, wie sie in der Nacht verschwand. Ihr inneres Leuchten überstrahlte den Reflektorgürtel. Da wusste ich: Alles war möglich. Ich meine, Maria und Bambuss – na ja, sie waren noch nicht ganz scheintot, aber ihren Zenit hatten sie doch schon überschritten, und ich? Ich stand in der Blüte meiner Jahre, oder?

Also, eine gute Gelegenheit, um Stephan anzurufen. Nutze die Zeit und so weiter. Bisher hatte ich nämlich gekniffen und immer nur auf den richtigen Moment gewartet, die richtige Stimmung, die richtige astrologische Konstellation. Dabei musste ich ihn dringend an meine Existenz erinnern.

»Ja, genau, Stephan Bloch.«

»Bitte, gedulden Sie sich einen Augenblick.«

Dideldum, didelei.

»Es tut mir Leid, Ms Brodsky, aber sein Anschluss ist gerade belegt.«

Mist. Und das war mein fünfter Anlauf, nach zwei Glas Wein.

»Hören Sie – ich muss unbedingt mit ihm sprechen – hat er Voicemail?«

»Möchten Sie, dass ich Sie zu seiner persönlichen Assistentin durchstelle?«

Jetzt bietet sie mir schon seine persönliche Assistentin an. Verkaufe ich etwa schalldichte Doppelfenster oder was?

»Hier spricht Stacy. Was kann ich für Sie tun?«
Seine Assistentin klang supereffizient und superbeschäftigt. Das machte mich sofort rappelig.
»Oh, hallo … Ich bin Issy Brodsky, eine Freundin von Stephan. Ich rufe aus London an und wollte fragen, ob Sie mich vielleicht zu ihm durchstellen könnten.«
»Stephan ist leider nicht im Haus. Möchten Sie eine Nachricht hinterlassen?«
»Ja, also – es ist ziemlich wichtig. Eine persönliche Angelegenheit. Ich müsste direkt mit ihm sprechen.«
»Möchten Sie eine Nachricht hinterlassen oder nicht?«
»Okay … könnten Sie ihm ausrichten, dass ich wichtige Neuigkeiten habe, was den Finger seiner Mutter betrifft, und ob er mich bitte anrufen kann, sobald er diese Nachricht erhält.«
»Wie lautet Ihre Telefonnummer?«
»Er hat sie.«
»Für den Fall, dass er sie doch nicht hat.«
Ganz schön schnippisch, die Kleine, so direkt und unverblümt, dass ich ihr lieber nicht über den Weg laufen würde! Sie gab mir das Gefühl, als würde ich ihr wertvolle Minuten stehlen.
»Sie müssen auf jeden Fall erwähnen, dass es extrem wichtig ist!«
»Ja, selbstverständlich.«
»Das dürfen Sie nicht vergessen.«
»Vielen Dank für Ihren Anruf.«
»Tja, also, dann –«
Und während ich noch nach Worten kramte, hatte sie schon aufgelegt.

UND WAS IST MIT MIR?

Total verunsichert – und wenn ich etwas nicht leiden kann, dann sind das Leute, die versprechen, sie rufen an, und dann tun sie es nicht. Noch schlimmer ist es allerdings, wenn man weiß, der Anruf kommt garantiert nicht, aber man klammert sich trotzdem an jeden Strohhalm. Ich hasse Strohhalme, sie sind so dünn, so brüchig.

Extrem brüchig.

Stephan rief nicht zurück, und nach achtundvierzig Stunden rotierte ich nur noch. Ich hatte den Verdacht, dass Stacy meine Nachricht nicht weitergeleitet hatte. Wahrscheinlich war sie selbst scharf auf ihn. Mein Gott, vielleicht hatten die beiden ja eine Affäre, vielleicht hatten sie es gerade auf dem Schreibtisch miteinander getrieben, als ich anrief.

Ich sorgte dafür, dass ich immer etwas zu tun hatte, um mich abzulenken. Ich stürzte mich in den längst überfälligen Frühjahrsputz. Ich ging die Garderobe des jungen Mannes durch, mit dem ich zusammenlebe, und füllte jede Menge Säcke für die Kleidersammlung. Ach, die süßen Kleinen, wie schnell sie wachsen! Ich ging seine Schublade mit Unterwäsche durch: Bob, der Baumeister war out, jetzt musste Spiderman her. Er war so begeistert von seinen neuen Unterhosen, dass er gleich vier auf einmal anzog.

Fiona Apple klagte laut durch die Wohnung. Mir war im Moment sehr nach weiblichem Weltüberdruss zu Mute. Max' Babysachen hatte ich größtenteils schon verschenkt, Kinderbett, Kinderwagen, Babywanne, Wiege. Es war ein trauriger Augenblick gewesen, als ich mir eingestehen musste, dass ich aller Wahrscheinlichkeit nach in nächster Zukunft kein zweites Kind bekommen würde. Ich hatte eine Phase durchgemacht, in der ich mich fragte, warum sich Frauen überhaupt bereit erklärten, Kinder zu bekommen, wo sie dann notgedrungen so viele Opfer bringen mussten. Ich glaube nämlich nicht, dass Frauen alles haben können: Mann, Karriere, Kinder. Irgendwo müssen sie Abstriche machen. Außer sie sind reich und können sich Ganztagskindermädchen leisten.

Als Agentin zu arbeiten und Max zu versorgen – wie sollte ich da noch Zeit für eine sinnvolle Beziehung finden?

Ja, klar. Wem lüge ich eigentlich in die Tasche?

Und wie ist das mit dem zweiten Kind?

Tatsache ist: Die Natur zerrt ziemlich an mir. Ich schwöre, das ist ein ganz elementares Bedürfnis. Die innere Eieruhr läuft. Ich habe schon in mein Tagebuch geschrieben, dass ich mit sechsunddreißig ein paar Eizellen einfrieren lassen werde. Als Max zwei wurde, war ich so weit, die nächste Runde einzuläuten. In der Mitte des Zyklus brach jedes Mal die Hölle los – es war, als würde mein Bauch rebellieren, weil ich ihm nicht zukommen ließ, was er brauchte. Okay, ich bin nicht gerade der Typ Urmutter, aber ich muss zugeben, dass es Zeiten gibt, da würde ich so schrecklich gern noch so ein kleines Wesen versorgen. Diese Momente gehen allerdings vorbei. Der Gedanke, die ganze Babychose nochmal durchmachen zu müssen, lockt mich nicht. Die ganze selbstlose Hingeberei hat meinen Fürsorgefaktor stark heruntergesetzt. Wenn ich irgendwo ein Neugeborenes erblicke, neige ich eher zu »Iiihhhhh!« als zu »Ooooohhhh …«

Verdammt, warum hatte Stephan nicht zurückgerufen?

Am liebsten hätte ich aufgehört zu putzen und zu räumen

und nochmal seine Nummer gewählt, aber ich beherrschte mich.
Ich wollte mich rar machen.
Außerdem war es in Amiland mitten in der Nacht, wie mir der Mann von der Security freundlich mitteilte.
Da kam ich mir doppelt doof vor.
Also doch die coole Nummer. Aber dafür musste ich mich noch mehr zusammenreißen.
Es fiel mir zunehmend schwer, mich abzulenken. Himmelherrgott, warum klingelte das Telefon nicht?
Genau in dem Moment gab es ein Schrillen von sich.
Die Macht des positiven Denkens, hey – aber da hatte ich mich gewaltig getäuscht.
»Guten Tag, ich möchte gern mit Issy Brodsky sprechen.«
»Am Apparat.«
»Ja, hier spricht Julia vom Kindergarten. Es ist nichts Schlimmes passiert, keine Sorge, aber Max hatte einen Unfall.«
»Oh Gott. Ist alles in Ordnung?«
»Ja, es geht ihm gut, aber –«
»Was ist passiert?«
»Wie gesagt, nichts Ernsteres.«
Der Anruf, vor dem jede Mutter zittert. Die Vorstellung, meinem kleinen Jungen könnte etwas zugestoßen sein – das wäre das Ende.
Julia fuhr mit ihrer Singsangstimme fort.
»Es sieht so aus, als würde …«
(Ich hasse solche Einleitungen, dieses Herumgerede um den heißen Brei.)
»… anscheinend hat er mit einem anderen Kind gespielt, und dann hat es Streit gegeben, wegen eines Balls, und das

andere Kind hat Max ins Gesicht geschlagen. Er bekam Nasenbluten, und weil er jetzt schon eine Weile blutet, sind wir etwas besorgt und dachten, vielleicht sollten Sie mit ihm zur Notaufnahme gehen.«

»Wie bitte? Wer war das?«

»Eins der anderen Kinder.«

Das Kindergartenpersonal rückt nie die Namen irgendwelcher Übeltäter heraus, weil befürchtet wird, die aufgebrachten Mütter könnten sich rächen.

»Womit wurde er geschlagen?«

»Mit einem kleinen Holzauto.«

»Du liebe Zeit … ich bin sofort da.«

Der arme Maxy! Ich rannte los, so schnell mich die Füße trugen. Schon meldete sich mein schlechtes Gewissen. Wie konnte ich ihn nur mit den durchgedrehten Kindern anderer Leute zusammenstecken? Jetzt musste er leiden, weil ein Kind psychische Probleme hatte. Noch schlimmer war allerdings, dass ich wusste, wer das Kind war. In letzter Zeit war Max nämlich oft mit blauen Flecken heimgekommen. Oder jemand hatte ihn gebissen. Da tut man, was man kann, um den Kindern Selbstvertrauen einzuimpfen, und dann kommt so ein kleiner Satansbraten daher und schlägt alles kaputt. Ich weiß ja, wie es auf der Welt zugeht, aber trotzdem …

GESTÄNDNIS

Ich bin das Opfer einer Beißerin. Ja, wirklich. Ich habe überlebt, aber trotzdem. Ich kann mich genau erinnern, auch nach über fünfundzwanzig Jahren noch, wie mich ein Mädchen aufs Klo führte und ich ihr erlaubt habe, auf meinem vierjährigen Arm herumzukauen. Das kam nicht nur einmal vor, nein, es wurde ein regelrechtes Ritual. Ich kann mich nicht erinnern, wann und wie es aufhörte – wahrscheinlich fiel das Ende des Rituals zeitlich damit zusammen, dass ich Warzen in der Ellbeuge bekam. Im Rückblick erscheint das einleuchtend. Meine Güte, und wenn ich's mir richtig überlege, habe ich diese Warzen sicher nur wegen des Mädchens bekommen.

»Max!«

Er hockte mit einem Buch in der Ecke.

»Max! Was ist passiert?«

Als er mich sah, begann er sofort zu weinen. Ich hob ihn hoch und küsste ihn ab.

»Ist alles in Ordnung?«

Seine Nase war geschwollen, und auf der Wange hatte er eine Kratzwunde.

»Was ist passiert, Max?«

Die Erzieherin betrachtete mich mitleidig, drückte mir ein Formular in die Hand und begann, von dem Zwischenfall mit dem »anderen Kind« zu berichten. Max unterbrach sie.

»Ich hab mit dem Ball gespielt, und dann wollte David (aha! ich hatte richtig vermutet) ihn auch haben. Ich hab gesagt, nein, und da hat er gesagt, ich bin ein blöder Idiot, und hat mich mit dem Auto gehauen.«

Ich sah David in der anderen Ecke sitzen und wäre am liebsten auf ihn losgegangen, aber …

»Das ist nicht nett. Hat er gesagt, dass es ihm Leid tut?«

»Ja, aber jetzt ist er nicht mehr mein Freund.«

Wer solche Freunde hat, braucht keine Feinde. Aber das Schlimmste war: Max regte sich mehr darüber auf, dass

David nicht mehr sein Freund war, als über die Prügelei.
»Solche Dinge passieren manchmal«, verkündete die Erzieherin. Hatte sie vielleicht noch mehr Plattitüden auf Lager?
»Ja … klar«, murmelte ich.
Wir brachten die Notaufnahme hinter uns: Nichts gebrochen, also konnten wir wieder gehen, aber ich war verärgert und strich David im Geist von der Einladungsliste für Max' nächste Geburtstagsparty.

DAS WIEDERERWACHEN

Endlich Frühling. Die ersten Blumen lugten scheu aus dem harten Boden, ehe sie von Max erbarmungslos gepflückt wurden. Ein allgemeiner Seufzer der Erleichterung schien durch die Stadt zu gehen, als die Nachmittage heller und die Tage länger wurden. Die graue Kulisse der Häuser verwandelte sich in Hellgrau, und alle Leute wirkten besser gelaunt. Alle außer Mrs Taylor.
Nachdem ich Jonathan (den frommen Fanatiker) zwei Wochen lang beschattet hatte, war ich zu dem Schluss gekommen, dass er sich mit niemandem traf, sondern eine persönliche Krise oder eine spirituelle Wandlung durchmachte.
»Das glaube ich nicht«, seufzte seine Frau mit verkniffenem Mund.
»Ich kann Ihnen versichern, dass er jeden Abend tief versunken betet, Mrs Taylor. Ich habe es mit eigenen Augen gesehen.«

»Aber hören Sie, Magdalena« (den Namen hatte ich passenderweise für diesen Auftrag gewählt), »weshalb hat er mich dann um die Scheidung gebeten?«
Ich musste gestehen, dass ich dafür keine Erklärung hatte.
»Magdalena – er liebt jemand anderes.«
»Gott!«
Ich schüttelte ungläubig den Kopf.
»Ihr dahergeplappertes Mitleid können Sie sich sparen.«
»Nein – ich meinte, er liebt Gott. Also liegt Ihr Vorteil darin, dass Sie existieren – ich meine, körperlich.«
»Magdalena!« Sie musterte mich geringschätzig. »Nein, nein, wissen Sie – er hat eine Affäre mit seiner Teilhaberin.«
Es stellte sich heraus, dass die beiden tatsächlich seit drei Jahren eine Beziehung hatten. Die Teilhaberin war ebenfalls verheiratet, was bedeutete, dass sich ihre Begegnungen auf die Zeit zwischen neun und fünf Uhr beschränkten. (Puh, zum Glück hatte ich nichts versäumt.)
»Jonathan hat gesagt, er könne mit sich selbst nicht leben – und mit mir könne er erst recht nicht leben. Und jetzt will er sie heiraten.«
»Ich bin schockiert. Wie haben Sie das erfahren?«
»Er hat es mir gestanden.«
Daher die inneren Kämpfe. Immerhin war meine Arbeit nicht völlig umsonst gewesen. Ich sah, wie Mrs Taylor die Tränen in die Augen stiegen, und winkte Trisha herbei, damit sie mich erlöste.

Es ärgerte mich, dass ich immer an solche Luschen geriet. Meine Bewertung an der Tafel rutschte ins Minus, und Nadia gewann wieder den Monatsbonus. Ich beschloss,

Trisha direkt darauf anzusprechen und zu fragen, ob sich alle gegen mich verschworen hätten.
»Nein.«
Diese knappe Antwort klang in meinen Ohren nicht sehr glaubwürdig. Außerdem lächelte sie sarkastisch.
»Aber ich weiß doch, wie im Büro hinter dem Rücken anderer geredet wird.«
»Issy, manchmal tust du mir einfach nur Leid«, erwiderte sie schnippisch.
»Danke!«, sagte ich, denn das schien sie ehrlich zu meinen.

UND NUN DIE GUTE NACHRICHT ...

Stephan rief an. Mr America machte alles wieder gut. Woran ich nie gezweifelt hatte. Wahrscheinlich hatte er sich nur rar gemacht, damit ich nicht dachte, er sei leicht zu haben.
»Issy, störe ich – oder passt es dir gerade?«
Es war nach Mitternacht. Das Klingeln hatte mich aufgeweckt.
»Stephan?«
»Entschuldige – ich weiß, es ist spät.«
Ich gähnte laut.
»Soll ich morgen wieder anrufen?«
»Nein, nein, kein Problem.«
Jetzt war ich sowieso wach.
»Ich habe deine Nachrichten bekommen.«
Man beachte den Plural!
»Ich habe nicht aus persönlichen Gründen angerufen«,

warf ich ein, damit er nicht glaubte, ich würde ihm nachlaufen.
»Ach, wie schade. Ich denke nämlich oft an dich.«
»Und was denkst du dann?«
Okay, vielleicht lief ich ihm doch nach.
»Möchtest du die Wahrheit hören?«
»Ja, klar, kann ich verkraften.«
»Also gut. Ich habe gedacht, dass du sehr nett bist.«
Was zum Teufel soll das heißen? Nett – wie in »langweilig«? Wie in »kleine Schwester«? Wie in »ja, sie ist wirklich sehr nett, aber ich würde nie eine Beziehung mit ihr anfangen«?
»Ist das ein Kompliment?«
»Selbstverständlich.«
»Ich mag Komplimente.«
»Möchtest du mir vielleicht auch eins machen?«
Ach, wenn ich doch hätte sagen können: Du bist ein Ass im Bett. Aber das war ja leider nicht möglich. Also entschied ich mich für das Zweitbeste und erwiderte sein »nett«:
»Du wirst es nicht glauben – gerade habe ich gedacht, was für ein sympathischer Mensch du doch bist.«
»Sympathisch?«
»Nett?«
Wir waren quitt. Dann sagte er: »Was war denn so dringend, dass du zehn Mal anrufen musstest?«
»Neun Mal. Ich zeig dir gern meine Telefonrechung, wenn du das nächste Mal hier bist.«
»Meine Assistentin sagte, es sei wichtig.«
»Ich habe den Finger deiner Mutter gefunden.«
»Ich weiß.«
»Wie – du weißt es?«

»Tja. Der dicke Kommissar hat es mir erzählt. Issy, ich würde dich gern um einen Gefallen bitten.«

»Schieß los.«

Wie immer, war ich offen für neue Ideen.

»Du hast doch gesagt, du würdest mir mit Sarahs Sachen helfen, stimmt's?«

»Hab ich das gesagt?«

Worauf wollte er hinaus?

»Also, ich dachte, ob du für mich ein Auge auf die Wohnung haben könntest. Ich wäre dir sehr dankbar, wenn du vielleicht ein paar frische Blumen hinstellen würdest. Gut durchlüften und so weiter. Ich kann dir Geld dafür schicken.«

Wie bitte?

»Das wäre mir eine große Hilfe. Ich hoffe ja, dass sich bald ein Käufer findet.«

»Oh.«

»Würdest du das für mich tun? Und wenn du in der Wohnung irgendetwas siehst, was dir gefällt, kannst du es ruhig mitnehmen.«

»Zum Beispiel den Flügel?«

»Na ja, nicht unbedingt – aber Bücher, Kleider, Platten. Oder so. Aber fühl dich nicht verpflichtet.«

»Äh … okay.«

»Danke, Issy. Du bist ein Engel. Ich rufe den Makler an, er soll dir den Schlüssel geben.«

Bestimmt fiel es unter »gute Tat«, wenn ich Stephan half? Außerdem würde es dem Allmächtigen zeigen, dass ich mir ernsthaft Mühe gab, ein besserer Mensch zu werden, großzügig, freigebig – eine Frau, die es verdiente, einen Partner zu finden.

Stephan und Issy.
Das muss ja mal gesagt werden – unsere Namen passten gut zusammen. Ich fragte mich zwar, warum ich mir ausgerechnet jemanden ausgesucht hatte, der auf der anderen Seite des Atlantiks lebte und mit dem mich bisher nur eine recht enttäuschende Begegnung verband. Sah ich darin eine besondere Herausforderung? Weil es höchstwahrscheinlich nicht klappen würde? Weil er unerreichbar war? Nein, nichts dergleichen, um gleich mit dieser Illustriertenpsychologie aufzuhören. Schuld war der bedauerliche Mangel an Alternativen – und weil das Leben viel erträglicher war, wenn man irgendwelchen Tagträumen nachhängen konnte.

WENN DIE REVOLUTION KOMMT

Ich wäre sofort zur Tür hinaus – das ist meine feige Seite. Seit Max da ist, hatte ich immer nur kurze Techtelmechtel, nie eine ernsthafte Beziehung. Während der ersten beiden Jahre stand das ohnehin nicht zur Debatte, aber jetzt ist Max nicht mehr ganz so abhängig von mir, also hätte ich Zeit. Die Arbeit bei der Honigfalle hat meinen Enthusiasmus allerdings nicht gerade beflügelt. Ich sehe immer nur beschissene Beziehungen. Diese Unsicherheit allenthalben, diese Ungleichheit! Lauter Beziehungen, in denen, ehrlich gesagt, die Frauen die Verliererinnen sind. Der Gedanke, meine Unabhängigkeit gegen ein Leben aus Kompromissen einzutauschen, gefällt mir nicht. Trotzdem, was würde ich für ein bisschen Herzklopfen geben, für ein bisschen …

PLONG

Peter Branson goss mir ein Glas Rotwein ein. Ja, richtig – wieder bei der Arbeit, gemeinsam mit Nads. Peter war Finanzmanager bei einer Werbeagentur, also gehörte es zu seinem Job, sich mit vielen Leuten zu treffen. Soho House war das Terrain. Peter war leicht zu erkennen, denn er war einsneunzig groß und hatte eine schicke Haartolle.

Wir fanden ihn im obersten Stockwerk, wo er mit seinen Klienten herumhing. Lauter Männer. Es war nicht weiter schwierig, sich an die Gruppe heranzupirschen. Nads und ich setzten uns ein Stück von ihnen entfernt und verbrachten eine halbe Stunde damit, Blicke zu wechseln, bis wir gebeten wurden, uns zu ihnen an den Tisch zu setzen. Einer der Typen begann sofort, Nadia anzubaggern, ein sehr charmanter Franzose, den ich – unter anderen Bedingungen, versteht sich – auch nicht von der Bettkante gestoßen hätte.

Meine Aufgabe war es, Peter ins Visier zu nehmen. Anfang dreißig, erfolgreich, erwähnte in jedem zweiten Satz seine Frau, was ich als klares Signal deutete, dass ich die Finger von ihm lassen sollte. Ein anständiger Mann. Familienvater. Wir unterhielten uns schließlich über unsere Kinder, und man merkte gleich, dass er in seine ganz vernarrt war.

Als ich erwähnte, ich würde Max allein erziehen, reagierte er mit verständnisvoller Bewunderung.

»Sie sind sehr tapfer. Es ist schon schwer genug für zwei.«

»Wie findet es Ihre Frau?«

»Ach, die Ärmste, sie leidet an postnatalen Depressionen.«

Gutes Stichwort! Jetzt konnte das Gespräch in Gang kommen. Nadia trat in den Vordergrund, die Männer erkundigten sich nach ihrer Band, was mir so ein Aschenputtelgefühl gab, deshalb gab ich meinen blöden Witz über den Bandnamen zum Besten. Er ging in die Hose, ha, ha, und ich musste schließlich zugeben, dass er nicht besonders originell war. Peter hob leicht die Oberlippe, aber nur, um einen kräftigen Rülpser abzulassen.
Bei der dritten Flasche Sekt drehte sich alles nur noch um Bäuche und Popstars. Ja, Nads stand immer noch im Rampenlicht und führte ihren flachen Bauch vor. Die Typen wollten alle an ihrem Piercing zupfen. Schade, dass ich nicht mithalten konnte: Mein Bauch wölbte sich über den Bund meiner schwarzen Jeans. Ich musste entweder auf Diät gehen oder mir eingestehen, dass ich demnächst Größe 40 brauchte.
Der Abend zog sich in die Länge, bis Nads vom Klo zurückkam und verkündete, wir müssten jetzt gehen. Schon wegen der Babysitter. Peter schlug vor, wir könnten gemeinsam ein Taxi rufen, weil ich in der gleichen Richtung wohnte wie er. Wie aufmerksam von ihm, dachte ich, und schon saßen wir zusammen in einem schwarzen Taxi. Das Gespräch drehte sich wieder um den heimischen Herd, wie wichtig es doch ist, eine Familie zu haben und so weiter. Der ideale Ehemann saß da neben mir, nur war es bedauerlicherweise nicht meiner.
»Peter, falls du dich je scheiden lassen solltest …«, sagte ich im Spaß.
Wieder konnte ich mit meinem Scherz nicht landen. Er schaute mich entsetzt an.
Dann machte ich etwas, was ich nicht hätte tun sollen. Es schien mir sonnenklar, dass er hundertprozentig treu war,

und weil ich irgendwie mein Gesicht retten wollte, erläuterte ich ihm die Situation.
»Weißt du – deine Frau braucht Bestätigung, sonst hätte sie uns nicht angerufen.«
Er war sprachlos.
»Wie bitte?«
Dann schüttelte er angewidert den Kopf.
»Moment … heißt das, Nadia und du … Willst du sagen, das war alles arrangiert?«
»Keine Sorge – du hast den Test mit Bravour bestanden.«
»Diese verdammte Zicke.«
Ich nahm an, er meinte seine Frau.
»Na ja – sie hat Depressionen.«
»Was?«
»Deine Frau – du hast doch gesagt, sie leidet an Depressionen.«
Wir schwiegen beide, bis das Taxi vor meinem Haus hielt.
Ich hatte das ungute Gefühl, dass ich mich wieder einmal in die Scheiße geritten hatte. Die Situation offen zu legen, war genauso ein Tabu wie Sex mit einem Klienten. Wenn man einen Kandidaten in eine unangenehme Situation bringt, wird er sauer und weigert sich, die Rechnung zu bezahlen – und ich gefährde wieder meinen Job. Ganz was Neues.
Werde ich je lernen, dass ich erst nachdenken sollte, ehe ich den Mund aufmache?
»Weißt du, Peter, ich hätte das eigentlich gar nicht erwähnen dürfen.«
Er legte den Finger an die Lippen und sagte mit einem Grinsen: »Ich werde nichts verraten, solange ihr den Mund haltet, du und deine ›Freundin‹ Nadia.«

Ich kletterte aus dem Taxi und verabschiedete mich mit einem matten Winken.

Mist, Mist, Mist!

Kaum hatte ich Maria von meinem bequemen Sofa vertrieben und in die dunkle Nacht hinausgeschickt, rief ich Nadia an.

»Nads, ich glaube, ich habe schon wieder Scheiße gebaut.«

»Was meinst du mit ›schon wieder‹?«

Stimmt – sie wusste ja gar nichts von Bob! Das hatte ich ganz vergessen.

»Nichts, ich wollte nur sagen – ich habe ausgeplaudert, dass es ein Arrangement war.«

»Das kann nicht wahr sein!«

»Doch. Es ist mir irgendwie rausgerutscht. Das heißt, er hat es geraten.«

»Was heißt das, er hat es geraten?«

»Okay – also, ich fand ihn so nett, so ehrlich. Ich glaube, er liebt seine Frau tatsächlich.«

»Issy, der Typ ist total der geile Bock. Er hatte die ganze Zeit die Hand auf meinem Knie.«

»Nein!«

»Doch, und hast du nicht gesehen, wie er seinen kleinen Finger in meinen Bauchnabel gebohrt hat? Und dann hat er mir auch noch seine Visitenkarte gegeben und hinten drauf gekritzelt ›Treffen wir uns mal zum Lunch? Kiss, kiss.‹«

»Aber im Club war er –«

»Issy, er hat mich pausenlos angeglotzt. Ist dir das gar nicht aufgefallen?«

»Nadia, was soll ich denn jetzt machen? Wir können es unmöglich seiner Frau sagen!«

»Wieso nicht?«
»Ich hab sozusagen ein Abkommen mit ihm geschlossen. Er verpetzt uns nicht – er sagt ihr nicht, dass er weiß, dass alles abgesprochen war, und ich teile ihr offiziell mit, dass er ein makelloser Ehemann ist. Bis gerade eben habe ich das ja auch geglaubt.«
»Issy, willst du von mir verlangen, dass ich bei diesem Quatsch mitmache?«
»Ja, genau, darum würde ich dich bitten. Ich brauche meinen Job!«
»Was ist mit seiner Frau?«
»Sie hat Depressionen. Noch ein Tiefschlag, und sie springt aus dem Fenster.«
»Issy – sie hat Depressionen, weil sie denkt, ihr Mann betrügt sie.«
»Interpretationssache. Ach, Nadia! Ich hab einen Fehler gemacht. Er wollte so eindeutig nichts von mir, und da habe ich gedacht –«
»Dass er von keiner Frau etwas will?«
Au, das tat weh.
»Es ist nur – ich habe mir große Mühe gegeben, ihn zu beeindrucken.«
»Und ich habe gedacht, das ist ein schlauer Schachzug von dir, dass du die leidende Alleinstehende spielst, damit er sein Augenmerk auf mich richtet.«
Meinte sie wirklich leidend?
Ich hatte mich cool gefunden.
»Nein … ich …«
»Du hast dir gar nichts gedacht. Ach, Scheiße, Issy – lass uns morgen weiterreden.«
Mein wackeliges Ego war ziemlich erschüttert. Zwei Schritte vor, ein Schritt zurück – so rutsche ich auf hei-

ßen Kohlen vorwärts. Ein Richtungswechsel schien angebracht.
Egal, wie sehr ich mich anstrengte, um mein Leben in den Griff zu bekommen – es lief einfach nicht nach Plan.

WIE RETTET MAN SEINEN ARSCH

Indem man sich vorbeugt und den Kopf in den Sand steckt, die berühmte Vogel-Strauß-Politik. Genauer gesagt: Ich vergrub mich in Sarah Blochs Wohnung, weg vom Telefon, das Handy abgestellt. Ich tauchte in ein fremdes Leben ein, neugierig wie eine Katze, und schnüffelte mich durch ihre Garderobe. Ein bisschen wie als Kind vor Mamas Kleiderschrank. Ich sah mich wieder im Hochzeitskleid meiner Mutter, wie ich in ihren Stöckelschuhen durch die Wohnung klapperte. Und dann diese albernen Hippieröcke mit den winzig kleinen Glöckchen dran!
Ich verbrachte den ganzen Morgen damit, mich zu verkleiden. Es war hauptsächlich Zeug für ältere Damen, Twinsets und so weiter, aber ich entdeckte auch eine ganze Ladung Kaschmirpullis und ein paar altmodische Ballkleider. Wahrscheinlich hatte Sarah Bloch sie als Erinnerung an frühere Zeiten aufbewahrt. Eines stammte eindeutig aus den siebziger Jahren, rückenfreies Oberteil mit Neckholder, leicht ausgestellt, wunderschön verrucht, mit einem abwärts strebenden Wellenmuster. Total retro! Das riss ich mir sofort unter den Nagel. Das andere war ein Chiffontraum, sehr *Pan's People*-mäßig. Ich horchte die ganze Zeit, damit der Makler nicht plötzlich unangekün-

digt hereinkam und mich in der Unterwäsche erwischte. Oder schlimmer noch, ohne alles.
Ich sortierte noch ein paar Kleider aus, dann machte ich mich über die Schuhe her. Sarah hatte Schuhe offenbar geliebt: Silber, Gold, Pantoletten, Pumps, Keilabsätze, Riemchensandalen, Ballerinas, Stiefel, zu manchen Paaren die passenden Handtaschen und Gürtel. Ich öffnete die Taschen und entdeckte uralte eingerissene Eintrittskarten für Oper, Ballett, Konzert und Tanzveranstaltungen, Busfahrscheine, Zettel mit Nummern, Handschuhe, Bonbons (schmeckten gut, fand ich), Münzen, Haarspangen, Streichholzschachteln aus verschiedenen Restaurants.
Auf Knien tastete ich mich mit meinen gierigen kleinen Pfoten immer tiefer in den Kleiderschrank vor, an den Pelzmänteln vorbei – ich kam mir vor, als suchte ich das Zauberland *Narnia* von C. S. Lewis. Und schließlich stieß ich auf einen Gegenstand mit harten Kanten. Eine Kiste. Ach, was haben wir denn da? Einen verborgenen Schatz, verstaubt, geheimnisvoll. Ich zog ihn ans Licht. Eine mysteriöse Truhe, Mahagoni, mit Intarsien aus anderem Holz. Ahorn? Da war ich mir nicht ganz sicher. Ich stellte die Kiste aufs Bett und hob den Deckel. Tausend Geheimnisse lagen hier verborgen. Okay, ich übertreibe, aber unzählige Fotos und Briefe waren es, und ganz unten versteckte sich ein Mädchentagebuch. Es gestattete ungehinderten Zugang zu den intimsten Gedanken eines jungen Mädchens aus Wien. Ich konnte es übersetzen lassen, jedenfalls die ersten paar Seiten. Das war ein Projekt, in das ich mich verlieben, äh, vertiefen könnte.

RUHIGE FAHRT

Die nächsten paar Wochen vergingen ereignislos: keine größeren Desaster. Die Arbeit war erträglich, keine verrückten Klienten, nur ein durchschnittlicher Vertreter seiner Gattung, dessen Frau uns bat, sein schwindendes Selbstvertrauen aufzupeppen. Freddie kam von seiner Vergnügungsreise zurück, sichtlich erholt und mit tausend Geschenken bepackt. Max war begeistert von seiner Tüte mit dem neuesten Disneyspielzeug, und ich freute mich über die DKNY-T-Shirts, die Prada-Bluse und die Seven-Jeans. Mein Bruder ist der einzige Mensch, der für mich Klamotten kaufen darf. Er hatte seine Sache gut gemacht, und dann lud er uns noch ins Wagamama's zum Mittagessen ein.

Er hatte immer noch niemanden gefunden. Jetzt beschwerte er sich darüber, dass er seit drei Wochen keinen Sex mehr gehabt habe.

»Ich werde total fickerig, es bringt mich um. Ich glaube, lang halte ich das nicht mehr aus!«

»Spiel dich nicht so auf. Drei Wochen sind gar nichts.«

»Was redest du da? Im Schwulenkalender sind das drei Jahre.«

»Komm mal wieder runter, Freddie.«

»Mach dich nicht über mich lustig, Issy. Findest du, ich habe zugenommen?«

»Nein.«

Manchmal frage ich mich, ob er überhaupt merkt, wie sehr er mich anödet. Mein Bruder hat den perfekten Körper, sieht fantastisch aus, ist intelligent, auch wenn er seinen Grips nicht oft genug einsetzt, und er besitzt die

unfehlbare Gabe, mir vor Augen zu führen, wie langweilig mein Leben ist.
»Aber du hast ein paar Kilo zugelegt!«
»Vielen Dank, Brüderchen.«
»Ich habe über Fettabsaugungen nachgedacht. Vielleicht können wir ja einen Familienrabatt bekommen. Was hältst du davon?«
»Gar nichts. Ich halte es für überflüssig. Wenn jemand dich liebt, dann liebt er dich, so wie du bist, samt deinen Schönheitsfehlern.«
Das wollte er nicht hören. Schon das Wort »Schönheitsfehler« empfand er als persönliche Kränkung.
»Du bist gemein«, fauchte er und fächelte sich mit der Speisekarte Luft zu. Und an Max gewandt fügte er hinzu: »Ich weiß nicht, wie du es mit ihr aushältst.«
Seine eingeschnappte Laune verflog augenblicklich, als ein supersüßer Kellner an unseren Tisch kam. Als bewährter Charmeur legte Freddie den Hebel um und schaltete auf Jagdmodus. Noch ehe die Mahlzeit zu Ende war, hatten die beiden Telefonnummern ausgetauscht.
Dieser alte Ganove.
Nach dem ersten Date rief Freddie mich an, um mir mitzuteilen, der Knabe sei ein Knaller.
Ganove, Gauner, Gangster!
Und nach der dritten Verabredung verkündete er, jetzt sei er verliebt.

UND STEPHAN?

Ich musste oft an ihn denken. Im Grund träumte ich davon, wie es hätte sein können, wenn unsere erste Begegnung nicht so doof verlaufen wäre. Er rief ein paar Mal an, wir redeten lang, aber die Gespräche führten nirgends hin. Ich erzählte ihm von der Kiste und dass ich massenhaft Babyfotos von ihm gesehen hätte.
»Ausgesprochen niedlich, Stephan.«
»Waren auch Fotos von meinem Vater dabei?«
»Kann sein.«
Ich versprach, nochmal nachzusehen.
Der Immobilienmarkt war gerade zäh, niemand machte ein Angebot, und Stephan sagte, erst dann lohne es sich für ihn, nach London zu kommen. Ich lockte immerhin ein männliches Wesen über meine Türschwelle, aber da es sich um einen Zeugen Jehovahs handelte, zählt es eigentlich nicht. Aber er war lieb, enthusiastisch und spirituell anregend.
Als er wieder ging, wandte ich mich mal wieder an den lieben Gott. Diesmal mit der ganz konkreten Bitte, mir einen Mann zu schicken, und zwar umgehend.

He, Gott,
hast du mich verlassen in der Stunde der Not? Oder bist du nur ein großer Quälgeist? Aber jetzt mal im Ernst – ich bin bereit, und na ja, die Sache ist die, Gottvater, das Wetter wird immer besser, und ich sehne mich nach ein bisschen …

SCHNIPP SCHNAPP

Einer weniger.

Fiona hatte den entscheidenden Schnitt vornehmen lassen und war nun eine Frau. Mein Gott, hoffentlich war ihr klar, worauf sie sich da eingelassen hatte. Ich hatte sie gewarnt und ihr gesagt, es gehe nicht nur um Lippenstift und Stilettos. Andererseits blieb ihr einiges erspart – sie würde nicht unter den monatlichen Zyklen leiden, sie brauchte keine Angst vor einer Schwangerschaft zu haben, einem sehr zentralen Aspekt im Leben einer Frau, wie wir wissen. Aber ich fand, dass sie in ihrem Bemühen, weiblich zu wirken, immer einen Schritt zu weit ging. Ihr Frauenbild ging auf die männliche Perspektive zurück und wirkte wie eine Inszenierung, das heißt, es pendelte ewig zwischen Vamp und Mutti, nur normal war es nie.

Man ist, wer man ist, egal, ob man ein Bein verliert oder sich kosmetisch durch die Mangel drehen lässt. Die Psyche verändert sich nicht. Obwohl das womöglich der nächste große wissenschaftliche Durchbruch ist. Dann können sich die Leute für eine Persönlichkeitsoptimierung entscheiden und jede Art von Psychotherapie zugunsten von Gehirnoperationen aufgeben: Komm, wir verbinden die Synapsen ein bisschen besser. Kriminelle werden als Erste aufs Korn genommen und dazu verurteilt, lebenslänglich brave Engelchen zu sein. Wir Übrigen werden uns langsam daran gewöhnen und unsere Schädeldecken darbieten, in der Hoffnung, neu programmiert zu werden: Schluss mit den negativen Gedanken, Schluss mit Ängsten, Unsicherheit und Depressionen, Schluss mit der Dummheit. Im

Angebot A-, B- und C-Persönlichkeiten. (Jawoll, Doc, geben Sie mir bitte Ehrgeiz mit einem hohen IQ und eine positive, selbstbewusste Einstellung zum Leben!)
Fiona erzählte mir einmal, sie fühle sich im falschen Körper gefangen. Das konnte ich irgendwie verstehen. Es gab Zeiten, in denen ich mir vorkam, als wäre ich im falschen Leben gefangen, aber ich hatte nicht vor, mir die Pulsadern aufzuschlitzen. Da hätte ich mir ja ins eigene Fleisch geschnitten …
Ich besuchte Fiona im Krankenhaus. Unzählige Kissen im Rücken, saß sie im Bett und schaute sich einen alten Schwarzweißfilm mit Bette Davis an. Ich hatte mich gerade mit Nadia gestritten, die sich immer noch wegen Peter aufregte. Im Weggehen hatte ich gesagt, sie solle es sich nochmal überlegen. Ich hatte zugegeben, dass ich Mist gebaut hatte, und sie gebeten, mich nicht zu verpetzen. Wenn sie etwas verriet, würde ich meinen Job verlieren – konnte sie das mit ihrem Gewissen vereinbaren? Vor allem angesichts der Tatsache, dass sie selbst eine viel versprechende zweite Karriere hatte, während ich als dreißigjährige Versagerin enden würde, die in einem blöden Café in der Nachbarschaft blöden Latte servierte.
Ein bisschen emotionale Erpressung wirkt immer. Na ja, in neunzig Prozent der Fälle.
»Wie fühlst du dich, Fiona?«
»Gut. In ein paar Tagen wird der Verband abgenommen – ich kann es kaum erwarten, endlich hinfassen zu können.«
»Ääähhh … so genau wollte ich's nicht wissen.«
»Na ja, du hast gefragt.«
»Und wie pinkelst du?«
»Ich hab 'nen Katheter.«

»Ah – ich hatte auch einen, bei Max' Geburt. Komisches Gefühl, stimmt's?«
Mein ganzer Unterleib war durch eine Periduralanästhesie gelähmt gewesen – komisches Gefühl. Oder besser, komisches Nicht-Gefühl.
»Tut es weh?«
Sie nickte.
»Ein bisschen – am Anfang war's schlimmer.«
»Klingt wie bei einer Geburt – nur dass du dich selbst neu geboren hast.«
Als Kind hatte mir ein Junge verschwörerisch ins Ohr geflüstert, eine Möse sei nichts anderes als ein umgestülpter Pimmel. Und das hatte ich viele Jahre lang geglaubt.
»Gefällt mir«, sagte Fiona grinsend.
»Und fühlst du dich irgendwie anders?«
»Als wäre ich endlich heimgekommen.«

AUF DER STANGE

Kikeriki, Ostern steht vor der Tür, und mein Küken flatterte kreuz und quer durch den Hühnerschlag, das heißt, Max sauste mit seinem neuen Roller den Flur auf und ab. Grandpa war eine Woche zu Besuch, was mich ganz schön auf Trab brachte. Ja, dieser alte Kindheitswunsch, die Eltern zu beeindrucken und ihnen zu beweisen, dass man mit allem mühelos fertig wird, meldete sich sofort. Er seinerseits wurde mit überhaupt nichts fertig. Die vorübergehende Trennung von seiner zweiten Frau lief offenbar auf eine Scheidung hinaus. Malika hatte einen Neuen kennen gelernt, und mein Vater erlebte zum ersten Mal,

was es heißt, betrogen zu werden. Dass der Erwählte einer seiner Angestellten und wesentlich jünger war, machte die Sache auch nicht besser.
Max war glückselig und genoss die männliche Zuwendung. Er wollte seinen Großvater allen Kindergartenfreunden vorführen und verlangte, dass mein Vater ihn brachte und abholte. Natürlich fand ich das wunderbar, aber es warf ein grelles Licht auf die klaffende Lücke in Max' Leben, wo eine konstante männliche Bezugsperson stehen müsste. Die Folge: heftige Schuldgefühle meinerseits. Heraus mit der neunschwänzigen Katze, die Geißelung kann beginnen.
Mein Vater meinte, ich solle einfach so tun, als wäre er gar nicht da.

DAS WÖRTCHEN WENN

Mein Vater wollte sich nützlich machen, ohne mir dabei in die Quere zu kommen, aber natürlich tat er genau das. Wenn er aufräumte, fand ich nichts wieder, weil er im Endeffekt alles versteckte. Und wenn er das Geschirr wegräumte, warf er alles weg, was irgendwie angeknackst war, besaß aber immerhin die Güte, die Sachen zu ersetzen. Am schlimmsten waren allerdings seine teilnehmenden Fragen, die immer wie Vorwürfe klangen.
Zum Beispiel:
»Hast du irgendjemanden kennen gelernt, Issy?«
»Nein, noch nicht.«
»Das ist nicht normal. Versuch's doch mit einer Anzeige.«
»So verzweifelt bin ich noch nicht.«

»Wie alt bist du inzwischen?«
»Bitte, lass das, Dad.«
»Und dein Job – wie sind da die Aussichten?«
»Dad!«
»Hast du schon eine Schule für Max ausgesucht?«
»Bitte, Dad, was soll … wo sind Max' Stöcke?«
»Ich habe sie weggeworfen.«
»Du hast sie weggeworfen?«
Ich kochte vor Wut, als ich in Max' Zimmer schaute und feststellte, dass tatsächlich die ganze Stocksammlung verschwunden war.
»Issy, das war doch ein Abfallhaufen.«
Max war ein großer Stöckesammler. Er fing an zu sammeln, als er noch ganz klein war. Ein Ausflug in den Park war nur vollständig, wenn man ein paar Zweige mit nach Hause nahm. Mein Sohn liebte Stöcke, er brauchte sie zum Leben, sie waren sein Ein und Alles. Was soll ich sagen – er hatte mindestens zweihundert Stöcke vor dem Kamin in seinem Zimmer gestapelt. Viele hatte ich sogar mit einem Etikett versehen, auf dem Fundort, Datum und Zweck notiert waren.
»Max dreht durch!«
»Issy, ich finde, du übertreibst.«
»Wir werden ja sehen.«
Am späteren Nachmittag holte mein Vater Max vom Kindergarten ab, während ich unruhig in der Wohnung auf und ab ging und horchte, ob ich schon das wütende Geschrei vom anderen Ende der Straße hören konnte.
Aber nein, hereingehüpft kam ein atemloser kleiner Junge, fröhlich, das Gesicht mit Schokoladeneis verschmiert.
»Mum, Mum, Grandpa wohnt noch ganz lang bei uns!«
»Wie meinst du das?«

Entsetzt schaute ich meinen Vater an. Dafür musste er mir eine Erklärung liefern.

»Wenn du nichts dagegen hast, würde ich gern noch eine Woche bleiben oder so.«

»Bitte, Mum, bitte, bitte!«

Lieber Gott, ich habe gesagt, schick mir einen Mann, nicht meinen Dad!

Aber …

Wie konnte ich meinem Kind die wertvolle Zeit mit seinem Großvater verwehren?

Ich schaute Max in die Augen.

»Max, Grandpa hat alle deine Stöcke weggeworfen.«

»Ach, das war ein Versehen.«

»Max!« Ich deutete mit dem Finger auf meinen Vater. »Dieser Mann hat deine gesamte Sammlung vernichtet!«

»Ist nicht so schlimm, Mum.«

Meine Lage war aussichtslos. Ich konnte nicht gewinnen.

»Okay, meinetwegen«, brummelte ich. »Grandpa kann bleiben.«

DAS LEBEN MIT MEINEM DAD, VON ISSY (30 EIN VIERTEL)

Mein Vater hatte beschlossen, freizunehmen, eine Art Sabbatjahr, ein »Ich komme im Moment nicht mehr mit der Welt zurecht«. Ich gab ihm etwas zu tun, indem ich ihn mit meinem Garten bekannt machte, der dringend Pflege brauchte. Dad nahm die Herausforderung an und engagierte eine Gärtnerin. So hatte ich mir das eigentlich nicht vorgestellt, aber die Frau gestaltete den begrenzten Raum

äußerst kreativ, und so hatte ich schließlich ein paar hübsche Blumenbeete und einen Kräutergarten.
Der eigentliche Vorteil seines Besuchs war allerdings, dass ich permanent einen kostenlosen Babysitter zur Verfügung hatte. Darauf war ich nicht vorbereitet, und ich wusste zuerst gar nicht, wie ich die freie Zeit sinnvoll nutzen sollte. Ich war hauptsächlich mit anderen Müttern befreundet, und es zeigte sich, dass sie meine Vorschläge, loszuziehen und vielleicht mit jemandem in der Kiste zu landen, nicht besonders begeistert begrüßten, weil sie alle in einer Beziehung lebten. Nads war ausgebucht, entweder mit Proben oder mit der Arbeit, Fiona konnte noch nicht wieder um die Häuser ziehen, Maria war verliebt, und Trisha behauptete, sie habe zu viel zu tun. Freddie ließ sich dazu herab, mit mir in ein paar Clubs zu gehen, aber das stellte sich als Missgriff heraus, weil seine Abende erst nach Mitternacht beginnen und er sich zudröhnt, was für eine gute Mutter nicht passt. Ich verdoppelte schließlich meine Stundenzahl, und wie das Schicksal es wollte, lernte ich Joe Jones kennen.

STICHWORT JOE – EIN KRACHER

Vielleicht lag es auch daran, wie er die Sachen vortrug. Tagsüber arbeitete er als Finanzanalyst, aber abends mauserte er sich zum viel versprechenden Comedian. Dina, seine Frau, wollte nicht glauben, dass er ein komisches Genie war, und ich hätte ihr, ehrlich gesagt, zugestimmt, aber seine Versuche waren unwiderstehlich – zehn von zehn Punkten. Mein Auftrag lautete, dass ich seine Auftrit-

te besuchte und entschied, ob er begabt war oder ob die Comedy nur ein Vorwand für eine schnelle Affäre war.
Und so fand ich mich in den zahlreichen Kneipen mit offenem Mikrophon wieder, quer durch London: Purple Turtle in Camden, King's Head in Crouch End, Mirth Control in Islington und Fitzroy in Soho. Ich hatte gar nicht gewusst, dass so viele solcher Clubs existierten, aber darin liegt ja der Zauber Londons, dass es immer etwas gibt, wo man noch nicht war oder was man noch nicht ausprobiert hat. Während ich den aufstrebenden Komikern zuschaute, gingen mir zwei Dinge durch den Kopf. Erstens: Viele waren Neurotiker, die unbedingt Aufmerksamkeit brauchten. Und zweitens: Vielleicht könnte ich das auch mal probieren.
Es passiert selten, dass man in eine fremde Umgebung kommt und sich sofort zu Hause fühlt. Aber so war's bei mir in diesem Fall. Humor ist mindestens so ansteckend wie eine Erkältung. Mitzuerleben, wie ein ganzer Raum bei einer guten Pointe Tränen lachte, war sehr spannend, um nicht zu sagen, entspannend. Meine Güte, ich habe Monate von angestautem Stress abgebaut.
Ich gab mich als mögliche Kandidatin aus, saß nach den Vorstellungen immer noch mit den anderen herum und ging Joe um den Bart, um herauszufinden, was seine wahren Motive waren. Selbstverständlich gefielen ihm meine Schmeicheleien, wie jedem Mann, aber er biss nicht an.
Dina war erleichtert. Aber weil sie mit dem ersten Kind schwanger war, fühlte sie sich emotional unsicher und fragte, ob ich etwas dagegen hätte, weiter auf ihren Mann »aufzupassen«. Zur Abwechslung ließ ich mich gern darauf ein.

EINES SCHÖNEN MORGENS

Mrs O'Blablabla begrüßte mich wie immer in strahlender Laune.
»Ach, es ist schrecklich, schrecklich«, klagte sie.
»Guten Morgen, Mrs O' –«
»Es ist eine Tragödie, man kann nicht anders sagen. Haben Sie's schon gehört?«
»Oh, Gott, ich hoffe doch nicht, dass unser Nachbar von oben einen Rückfall erlitten hat?«
»Wie bitte? Ach, nein, dem geht es blendend, da gibt's keine Probleme.«
»Puh. Aber ich muss leider los, ich habe einen Zahnarzttermin, wir unterhalten uns später, einverstanden?«

Mein jährlicher Besuch beim Zahnarzt. Während ich im Wartezimmer saß, studierte ich die Kleinanzeigen, und eine fiel mir gleich ins Auge: »Verführen und zerstören: Die Honigfalle sucht neue Rekrutinnen im Krieg gegen die Untreue. Sind Sie diskret, charmant, attraktiv, neugierig? Dann melden Sie sich bei Trisha unter ...«
Man darf mich ruhig paranoid nennen, aber mir hatte niemand erzählt, dass frisches Blut gesucht wurde. Dabei hätte niemand behauptet, dass wir uns über zu viele Aufträge beklagen konnten. Ich lag bei der monatlichen Bewertung weit hinten, also wenn ich zwei und zwei zusammenzählte, landete ich zwangsläufig bei meiner Stelle.

DER SHOWDOWN

Ich stürmte ins Büro und knallte Trisha die Zeitung auf den Schreibtisch. Sie zupfte gerade ihre Augenbrauen, weil sie den hohen Bogen anstrebte. Die gezupften Härchen pustete sie durch die Luft. Hände in die Hüften gestemmt, verlangte ich eine Antwort.

»Äh, also, äh – Trisha, ich habe gelesen, ihr sucht neue Mitarbeiterinnen!«, stotterte ich.

»Ja, stimmt.«

»Ah. Okay.«

Ich müsste wirklich etwas mehr Durchsetzungsvermögen an den Tag legen, etwas mehr … na ja, einfach mehr.

»Wärst du so nett und würdest uns eine Tasse Tee machen, Issy?«

»Okay.«

Vom Küchenkabuff aus brachte ich endlich den Mut auf, ganz beiläufig zu fragen: »Und weshalb sucht ihr neue Leute?«

Meine Stimme zitterte etwas, aber ich glaube, das fiel nicht weiter auf.

Sie antwortete nicht, sondern schrie plötzlich auf. »Ich glaub's nicht!«

»Was?«

Hoffentlich hatte sie eine Lücke in den Brauenbogen gerupft.

»Es war die Sozialarbeiterin, wusstest du das? Die Pflegerin!«

»Wovon redest du?«

Ich reichte ihr einen Teebecher mit Tee, und sie schob mir das *Camden New Journal* hin. Ach, du guter Gott. Auf Seite drei war ein Foto von Bambuss, unter der Überschrift: »Schlimmer Finger«. Diese Bezeichnung hatte der Kommissar denn doch nicht verdient. Andererseits waren dem »tapferen Bambuss« drei ganze Spalten gewidmet. Drei Spalten … und kein Wort über mich.

In einem Fall, der großes Interesse erregte, verkündete Kommissar Christopher Bambuss gestern, dass eine offizielle Festnahme erfolgt sei. Sarah Bloch, 79, die bekannte Konzertpianistin, seit fünfundzwanzig Jahren wohnhaft in Belsize Park, wurde nur Stunden nach ihrem Tod ausgeraubt. Die Diebe, nicht zufrieden mit einer Schmuckbeute im Wert von 50 000 Pfund, hatten dem Opfer außerdem einen Finger abgehackt, um an einen wertvollen Brillantring zu kommen.

Den Rest überflog ich nur.

Das Täterpaar: ein gewisser Mark Sawyer, 23, arbeitslos, und Bernadette Quinn, 45, Pflegerin.

»Die Pflegerin. Man glaubt es nicht.« Trisha widmete sich jetzt den unerwünschten Härchen am Kinn. »Du hast nicht viel Wirbel darum gemacht, Issy.«
»Die Pflegerin«, wiederholte ich. Ansonsten war ich sprachlos.

ER WECKT MICH UND ERWECKT MICH

Verdammt, es gibt einfach zu viele Spinner in dieser Stadt. Man fasst Vertrauen zu jemandem, nur um nachher bitter enttäuscht zu werden.

»Die Sozialarbeiterin und ihr Freund, der Junkie.«

Stephan hatte mich wieder einmal aufgeweckt. Ich sagte ihm, so langsam werde es eine schlechte Angewohnheit.

»Wie lang weißt du das denn schon?«

Ich spielte die beleidigte Freundin.

»Eine ganze Weile. Ich dachte, du wüsstest auch Bescheid.«

»Ich kann es nicht glauben, dass du mir nichts gesagt hast«, maulte ich.

Ach ja, diese Nörgelrolle fiel mir aber erschreckend leicht.

»Wie ist es möglich, dass du nicht informiert worden bist?«

»Tja, du hättest es mir ja sagen können. Hm.« (Pause für einen Seufzer.) »Kommst du jetzt nach London?«

»Bald. Anscheinend gibt es endlich Interessenten für die Wohnung. Nächste Woche kommen ein paar Leute. Wenn du Lust hast, kannst du sie für mich antesten, sozusagen als meine Spionin.«

»Warum sollte ich das tun?«

»Dann könntest du entscheiden, wen du als Nachbarn möchtest.«

»Ach so.«

Diesen Aspekt hatte ich noch gar nicht bedacht.

DIE BEWERBER

Es war nur recht und billig, dass ich im Namen des Verkäufers ausspionierte, was für ein Typ der potenzielle Käufer war. Mensch, war der süß! Er sah umwerfend aus und war geschieden. Hurra. Und er hatte ein Kind. (Was für eine rosige Zukunft ... Max und ich, jeder mit einem neuen Freund, das perfekte Szenario, dabei hatte der Herr gerade mal die Schwelle überschritten.) Sehr charmant. Jon, ohne h, Arzt – na, bitte! Es wäre praktisch, den Hausarzt immer greifbar zu haben – nein, kein Allgemeinmediziner, »Ich bin plastischer Chirurg«, ach, Verzeihung, das ist ja noch besser! (Und schon fühlte ich mich fünf Jahre jünger.)

Plapper, plapper und bitte, Daumen drücken, samt großem Zeh, bitte, bitte, kauf die Wohnung, und ich begann, die Vorzüge des Viertels aufzuzählen.

»Ja, ich habe großes Interesse« – oh! – »Vielen Dank für die Informationen, es war nett, Sie kennen zu lernen.«

Tschüs, war schön, Sie kennen zu lernen, und jetzt, Mr Makler, wer ist jetzt dran?

Ein älteres Ehepaar.

Die Türklingel schrillte, jemand hatte es eilig, und ich hörte eine keifige Stimme: »Hallo? Hallo? Ist niemand da?«

Komischerweise kam mir die Stimme bekannt vor.

Der Makler öffnete, und vor der Tür standen die Finkelsteins.

Gladys – die ich noch nie gesehen hatte – und Joel. Ich versuchte, übermenschliche Kräfte zu mobilisieren, um mich in Luft aufzulösen. Es gibt nichts Schlimmeres, als

einem Klienten in freier Wildbahn zu begegnen – zumal nach einem so peinlichen Treffen wie dem unseren.
Gladys Finkelstein, klein und mollig und mit rot gefärbten Haaren, trug einen Tracksuit à la Jennifer Lopez und Schuhe mit hohen Absätzen. Sie reichte mir die mit dicken Ringen geschmückte Hand und stellte sich vor.
»Isabel«, erwiderte ich und wandte mich dann ihrem Ehemann zu. »Guten Tag.«
Ich war mir nicht sicher, ob er sich überhaupt an unsere Begegnung erinnerte. Hoffentlich war ihm alles entfallen!
»Sind wir uns nicht schon einmal begegnet? Ich habe das Gefühl, ich kenne Sie«, sagte er.
»Nein, ich glaube nicht, dass wir uns kennen.«
»Doch. Gleich kommt's mir, gleich kommt's mir.« Und wie ein Echo witzelte Gladys: »Es kommt ihm immer gleich.«
»Sehr nett, Sie kennen gelernt zu haben, aber ich muss jetzt leider gehen.«
»Jetzt weiß ich's wieder!«
Joel Finkelstein deutete mit dem Finger anklagend auf mich.
»Sie sind die Frau aus Harry's Pub!«
Gladys Finkelstein deutete mit ihrem manikürten Finger auf mich.
»Sie ist die Frau aus Harry's Pub?«
Ich nickte.
»Ja, ich bin die Frau aus Harry's Pub.«
»Die Hostess.«
Der Makler hob irritiert die Augenbrauen.
»Ich bin keine Hostess.«
Lieber Gott, lass mich hier raus!

Letzten Endes verlief dann alles ganz harmonisch. Joel entschuldigte sich für sein unhöfliches Verhalten, Gladys entschuldigte sich dafür, dass sie mich angeheuert hatte, und ich sagte ihnen, die Wohnung sei in nicht besonders gutem Zustand und müsse vollständig renoviert werden.
»Und wissen Sie, was Mrs Bloch zugestoßen ist?«
Sie wussten es nicht, also schilderte ich ihnen in lebhaften Farben, was Sarah nach ihrem Tod widerfahren war, wobei ich die Fakten etwas ausschmückte.
»Die Polizei meint, es war ein Einbruch, aber wir vermuten alle, dass sie ermordet wurde – die Gegend hier ist ziemlich heruntergekommen. Mein Sohn hat den abgehackten Finger in unserem Garten gefunden.«
»Hören Sie auf, mir wird übel!«, ächzte Gladys.
»Aber ich finde schon, dass Sie Bescheid wissen müssen.«
So tat ich aus rein egoistischen Motiven mein Bestes, um sie vom Kauf der Wohnung abzubringen, aber nur, weil Bewerber Nr. 1 männlich und verfügbar war.

NACHBARN – JEDER BRAUCHT GUTE NACHBARN

Als ich abends zur Arbeit ging, begegnete ich meinem Nachbarn von oben.
»Hallo – Sie sehen gut aus«, sagte er und hielt die Tür für mich auf. »Ihr blaues Auge ist wieder ganz normal.«
»Danke – und ich finde, die Narbe steht Ihnen gut«, sagte ich, um das Kompliment zu erwidern. Bei seinem Sturz hatte er sich an der linken Schläfe eine Wunde zugezogen.

»Das sagen Sie nur so, oder?«
Ich war irgendwie gut drauf und konnte deshalb der Versuchung nicht widerstehen.
»Stimmt.«
Ich lachte.
»Wo geht's denn hin?«, fragte er mich.
»Zur Arbeit. Und selber?«
Ich meinte es eher spöttisch als kokett.
»Ich warte auf meine Freundin.«
»Ach, und ich dachte, Sie wären ein Kavalier und würden mir die Tür aufhalten.«
»Nein«, erwiderte er todernst.
Ein kurzes Hüsteln, ahem, ahem, unterbrach unser Geplänkel. Ich trat beiseite, um seine Freundin durchzulassen.
Sie schob sich an mir vorbei, mit einem blöden falschen Lächeln auf dem Gesicht, musterte mich von oben bis unten und sagte voll Verachtung: »Sie sind bestimmt die allein erziehende Mutter.«

DIE PHARISÄER

»Sie sind bestimmt die allein erziehende Mutter …« Und sie selbst ist Mitte zwanzig, super gepflegt, sagenhaft hübsch, tipptel, tippel in ihren hochhackigen Dingern und – es war die Art, wie sie es sagte, als wäre es ein Makel. Okay, vielleicht hat sie es nicht so gemeint, vielleicht kam es einfach nur falsch raus, aber ich war beleidigt.
Ziemlich aufgebracht kam ich im Büro an. Ich freute mich, dass Nads und Trisha da waren. Wenn jemand mei-

ne Gefühle verstehen konnte, dann die beiden, weil wir ja schließlich alle im gleichen Boot saßen.
»Und?«
»Ich finde, du nimmst das zu persönlich«, sagte Trisha mit einem Seufzer.
»Tu ich nicht.«
»Doch, tust du wohl – du machst aus allem immer eine Staatsaktion«, seufzte Nadia.
»Ich kann doch nichts dafür, dass ich so hypersensibel bin.«
Sie lachten laut los.
»Vielen Dank, ihr zwei. Sehr einfühlsam.«
Ehe ich weiterschimpfen konnte, brachte mich Trisha zum Schweigen, indem sie verkündete: »Ich gebe nächste Woche eine Party für Fiona. Nadia hat schon versprochen, dass sie singt. Und was ist mit dir?«

FIONAS WIEDERGEBURTSTAGSPARTY

Meine erste Party seit Ewigkeiten, und ich wollte feiern, als gäbe es kein Morgen. Wie gewünscht kam ich rechtzeitig, um noch mitzuhelfen. Gefeiert wurde bei Fiona zu Hause, in einer Maisonette im Stadtteil Chalk Farm.
Trisha wirbelte sehr effizient durch die Gegend, Nadia übte für ihren Auftritt, und ich – na ja, ich machte eigentlich nicht viel. Eigentlich kam ich den anderen nur in die Quere. Aber man braucht bei den Vorbereitungen für eine Festivität immer auch jemanden, der allen im Weg steht.
Es waren nur noch fünf Minuten bis zur Ankunft der Gäs-

te. Trisha ließ sich aufs Sofa sinken, um ihr Werk zu begutachten: Sie hatte Fionas Billigwohnung erfolgreich in eine Billigwohnung mit Deko verwandelt. Chinesische Lampions hingen im Garten, der teils aus einer Veranda bestand, teils aus Rasen. In allen Zimmern schwammen Kerzen in Wasserschüsseln, überall lagen große Kissen herum. Von einem befreundeten Barkeeper war ein spezieller Cocktail kreiert worden, und es gab ein glorioses Büffet: Auf einem langen Tisch standen lauter Platten mit fabelhaften Gerichten. Nicht wie sonst nur Dips, Oliven und Salate. Oh nein, es gab Panzerkrebse, Krabben, Garnelen, feinstes Rindfleisch und so weiter. Die Sachen stammten von einem Catering Service, ausgesprochen großzügig – für fast siebzig Leute, darunter eine lächerlich niedrige Quote heterosexueller Männer.

Ich mischte mich unter die Gäste und ließ mich nebenbei voll laufen. Da krallte mich Leanne, eine Schriftstellerin, und trug mir ihre Lebensgeschichte vor. Ich glaube, ehrlich gesagt, ihr Problem bestand vor allem darin, dass sie alles überanalysierte. Und sie langweilte mich zu Tode: Ich war in einem Einbahngespräch gefangen, es ging nur um sie und sonst um gar nichts.

Dann fing sie an, mir ihr neuestes Werk zu umreißen, das, soweit ich das beurteilen konnte, nur ein einziges Thema hatte. Ja, gut geraten: sie selbst.

»Faszinierend«, sagte ich mit einem unterdrückten Gähnen. »Ich glaube, du bist ein sehr tiefgründiger, komplexer Mensch.«

Ich entschuldigte mich und floh zu der improvisierten Bar im Wohnzimmer. Unglücklicherweise tat Leanne das Gleiche, also standen wir schweigend nebeneinander und warteten darauf, bedient zu werden.

Da erspähte ich Nadia. Sie hockte auf der Armlehne des Sofas und unterhielt sich mit einem hübschen Knaben. Natürlich hatte sie es geschafft, den einzigen passablen Hetero aufzuspüren. Zielstrebig steuerte ich auf die beiden zu.
»Mein Gott, Nads, ich habe gerade die egozentrischste Person des ganzen Universums kennen gelernt.«
»Hast du in den Spiegel geschaut?«
»Sie müssen meiner Freundin verzeihen. Sie leidet an einem Minderwertigkeitskomplex. Hallo, ich bin Issy.«
»Issy, das ist Mackie.«
»Mackie – wie Messer? Ich wette, das hat noch nie einer gesagt.«
Er grinste. Schiefe Zähne, rührend, aber auch abstoßend. Etwa so alt wie ich. Noch ein paar Gläser, und ich würde ihn für eine erwägenswerte Alternative halten.
»Issy arbeitet für die Honigfalle«, teilte Nadia dem jungen Mann netterweise mit, ehe sie sich aus dem Staub machte, um sich für ihren Auftritt bereit zu machen.
Mackie war Maler und hatte erst vor kurzem in seiner Bezirksstadtbücherei eine Ausstellung gemacht, mit dem Titel »Farb Bewusst«: eine Auseinandersetzung mit unserer multiethnischen Gesellschaft, erklärte er. Er bemalte verschieden große Leinwände mit verschiedenen Haut-Farben.
»Wie spannend. Ich habe auch schon öfter gedacht, dass ich gern künstlerisch tätig würde.«
»Tatsächlich?«
»Ja. Konzeptuelle Kunst. Meine Idee war, ich nehme eine Rolle Klopapier, und auf jedes Blatt schreibe ich den Namen einer Person, die ich geärgert habe. Ich würde es ›Alle, auf die ich je gepisst habe‹ nennen.«

Mackie fand meine Idee nicht überzeugend, er hielt sie für epigonal. Dann stand er auf, um sich mit Leanne zu unterhalten.

Also trank ich noch ein Glas. Und dann noch zwei. Die Cocktails waren tödlich, sie machten sich erst nach und nach bemerkbar und hauten dann rein wie ein Vorschlaghammer, sie trafen mich mit voller Wucht und zwangen mich, hinaus in den Garten zu gehen und ein bisschen frische Stadtluft zu schnappen.

Ich setzte mich auf den Rand der Veranda. Einerseits hätte ich mich am liebsten unsichtbar gemacht, andererseits hoffte ich, jemand würde über mich stolpern. Ganz in der Nähe stand Fiona und unterhielt sich mit ein paar Freunden. Sie war der allgemeine Mittelpunkt und sah hinreißend aus, wie eine dunkelhaarige Jerry Hall (okay, mein Blick war etwas getrübt vom Alkohol). Sie trug ein hautenges rotes Teil, das ihre neuen Kurven betonte und ihre schönen Beine hervorragend zur Geltung brachte.

Ich entdeckte Bambuss und Maria und winkte ihnen zu. Maria war richtig aufgebrezelt, mit schimmernden Wangen und riskantem Dekolleté. Bambuss hatte schützend den Arm um ihre Taille geschlungen. Auch er hatte sich um ein flottes Äußeres bemüht: die Haare mit Gel nach hinten geklatscht, doppelter Glanz, und lässiger als sonst gekleidet, das heißt, Jeans und einen weiten Pullover.

»Issy, du trinkst doch nicht zu viel?«

Maria beugte sich zu mir herunter, um mich auf die Wange zu küssen.

Was sollte ich darauf antworten? In meiner Ratlosigkeit beschloss ich, Bambuss zu seinem Fahndungserfolg und zu dem Artikel im *Journal* zu gratulieren.

»Gute Arbeit, guter Bericht, aber etwas hat gefehlt.«

Ich war giftig aufgelegt.
»Was meinen Sie?«
»Mein Name wurde nicht erwähnt.«
»Ach, Ms Brodsky, Sie haben Recht.« Er klopfte sich auf die linke Brust. »Ich glaube, die Redakteure haben die Passage rausgekürzt. Ich habe ihnen alles erzählt.«
»Kann ich mir vorstellen.«
Trisha, die die Honneurs machte, bat jetzt um Ruhe. Eine nervöse Fiona hielt eine Rede, in der sie allen dankte, die sie auf ihrer Reise ins Frauenleben unterstützt hatten.
Ich stimmte spontan »For She's a Jolly Good Fellow« an, aber niemand sang mit, und Fiona fuhr fort: »... und es gibt einen Menschen, bei dem ich mich ganz besonders bedanken möchte. Sie war und ist mein Anker und meine Stütze, meine Freundin und Partnerin, die ich von ganzem Herzen liebe ... Trisha, ich danke dir. Ohne dich hätte ich das alles nie geschafft.«
Nads und ich schauten uns an. War jetzt der Augenblick der großen Bekenntnisse gekommen? Waren Trisha und Fiona tatsächlich ein Paar?
Von Gefühlen überwältigt vergoss Trisha echte Tränen. Wow – Trisha hatte Gefühle!
Ach, hätte ich doch meine Kamera mitgebracht!
Die beiden umarmten sich, die Leute applaudierten, und Nadia begann, Lieder von unglücklicher Liebe vorzutragen.
»Issy, ist alles in Ordnung?«
Trisha setzte sich neben mich.
Betüdelt wie ich war, gluckste ich nur als Antwort.
»Meinst du, du musst dich übergeben?«
Ich zuckte die Schultern. Das konnte ich noch nicht abschätzen.

»Also, Trish … stimmt das, mit dir und Fiona?« (Zwinker, zwinker.)
»Was? Du bist eine Idiotin!«
»Und du ein blödes Biest.«
Ich war ganz schön blau. Mir war nicht zum Kotzen, aber ich war zum Kotzen. Ich befand mich in der Phase, in der man nicht mehr richtig kontrollieren kann, was man sagt, und der ganze Quark, den man sonst erfolgreich unterdrückt, kommt herausgequollen.
»Trisha, du hast echt ein Problem mit mir, stimmt's?«
»Ich glaube, du bist besoffen.«
Sie wollte aufstehen, aber ich packte sie am Arm.
»Komm schon. Machen wir klar Schiff. Du kannst mir alles ins Gesicht sagen.«
Ich meinerseits rülpste ihr ins Gesicht.
»Issy, wenn du's wirklich wissen willst – ich wollte mich bei dir entschuldigen.«
»Wofür?«
»Ich glaube, ich schulde dir eine Entschuldigung.«
»Wieso?«
»Ich glaube, ich habe bei der Sache mit Bob Thornton ein bisschen überreagiert.«
»Ach, du meinst doch nicht –«
»Doch, genau. Ich war extrem gestresst, verstehst du, und ich glaube, ich habe meinen Stress an dir ausgelassen. Das tut mir Leid.«
»Ach was!«
Da schlug die gefühlsduselige Phase des Betrunkenseins zu. Ich fiel ihr um den Hals und brabbelte: »Trisha, du bist einfach toll, ehrlich, das muss ich jetzt mal sagen, ich bewundere dich rauf und runter.«
Du gute Güte, mein Herz rappelte wie verrückt, ich war

knallrot im Gesicht, das Adrenalin rauschte nur so durch meine Adern. Die große Trisha hatte sich bei mir entschuldigt!

Das hatte es noch nie gegeben.

Unglaublich.

Sie war vermutlich genauso zugedröhnt wie ich.

Ich hatte es geschafft – endlich konnte ich die blöde Episode mit Bob vergessen.

Die Liebeslieder waren vorbei, jetzt legte der DJ auf, und der Garten wogte, weil alle aufsprangen und abtanzten.

Aber dann …

Zehn Minuten später. Nadia und ich gaben unser Bestes, wir hüpften wie wild. Das heißt, ich hampelte eher lahm herum, war aber bester Laune.

»Nads, kannst du dir das vorstellen – sie hat sich bei mir entschuldigt.«

»Ich hab's dir doch gesagt, sie ist gar nicht so übel.«

»Wegen Bob! Sie hat sich wegen Bob entschuldigt. Mann, bin ich erleichtert.«

Die Musik wummerte so laut, dass wir uns anschreien mussten.

»Super.«

Sie hielt die Daumen hoch.

»Ja, find ich auch.« Und dann musste ich es ihr einfach erzählen, ich konnte es nicht mehr für mich behalten. In meinem Suff beugte ich mich vor und rief: »Weißt du, die Sache ist die …«

»Du warst mit ihm in der Kiste!«, schrie Nadia.

Das wäre nicht weiter schlimm gewesen, wenn nicht zufällig im selben Moment die Musik plötzlich ausgesetzt hätte, während Trisha in Hörweite tanzte.

Nadia starrte mich entgeistert an.
Trisha warf mir einen vernichtenden Blick zu, dann entfernte sie sich langsam.
»Ach, du Scheiße«, ächzte Nadia. »Issy? Issy? Ist alles in Ordnung?«
In Ordnung?
Was für ein hübsches Understatement!
Nichts war in Ordnung, ganz im Gegenteil. Ich war …

IN EINEM ALBTRAUM GEFANGEN

Der Anruf kam um neun Uhr abends, eine Woche nach der Party. Big Boss Charlie war am Apparat und wollte mich sprechen – sofort. Ich sackte in mich zusammen, konnte kaum das Telefon halten. Mein Herz wummerte wie eine Urwaldtrommel, bumm, bumm, bumm. Ich hastete den langen Flur hinunter und murmelte rhythmisch vor mich hin »They're not gonna get us, they're not gonna get us.« Eigentlich müsste ich Tatu wegen Urheberrechtsverletzung anzeigen, dachte ich, denn dieser Satz, den die beiden süßen Mädels in ihrem Song verwendeten, war mein intellektuelles Eigentum – mich würde auch keiner kriegen!
Trisha wollte mich fertig machen. Bestimmt fühlte sie sich total bestätigt, weil sie mit ihrer Intuition von Anfang an richtig gelegen hatte. Ihre Nasenflügel waren feucht und bebten, wie bei einem Bluthund, ihr Gesicht leuchtete angriffslustig, und das Opfer, das jetzt in Stücke gerissen werden sollte, war ich. Betont langsam und voller Genuss würde sie ihre scharfen, vom Kieferorthopäden wunderbar korrigierten weißen Beißerchen in mein Fleisch gra-

ben und zuschnappen, mich aller Würde berauben und als die unverschämte Lügnerin entlarven, die ich war. Eine Hochstaplerin, ein Geschäftsrisiko, das schwächste Glied in der Kette.

»Also dann – tschüs.«

»Nein, Trisha … nein, du weißt doch gar nicht, was los war.«

Sie holte mich ab. Es war schon Nacht. Dann hatte sie mich plötzlich im Schwitzkasten und schleifte mich die Stufen hinauf, ins Büro.

»Ich hab's gewusst!«, schrie sie wie besessen. »Verräterin! Verräterin!«

»Trish, hör zu, ich hab einen Fehler gemacht, aber das war menschliches Versagen!«

»Meinst du, das hat Judas Ischariot zu Jesus gesagt?«

»Keine Ahnung. Wer weiß? Ich war nicht dabei.«

»Werd jetzt bloß nicht frech, junge Dame.«

»Aber vielleicht hat Jesus deswegen gesagt, man soll seinem Nächsten verzeihen und nicht mit Steinen werfen und so. Du musst mich korrigieren, falls ich mich irre, aber hat er nicht auch gesagt: ›Halte auch die andere Wange hin‹?«

Sie umklammerte mich immer noch, und als ich versuchte, den Kopf zu drehen, knackte ein Halswirbel. Womöglich hatte die ganze Aktion den angenehmen Nebeneffekt, dass Trisha aus Versehen meinen verdrehten Wirbel wieder eingerenkt hatte.

»Du blöde Ziege«, meckerte sie. (Ich weiß, ich weiß, kein besonders gutes Wortspiel.)

Die Tür zum Büro ging auf, und sie stieß mich in den finsteren Raum. Sapperlot – dieses Fitnesstraining wirkte Wunder!

Um mich herum nur schwarze Leere.

»Was kannst du zu deiner Verteidigung vorbringen, Brodsky?«
»Mummy, Mummy – ich will zu meiner Mummy!« Ja, man glaubt es nicht, aber das habe ich geantwortet.
Ich krabbelte auf allen vieren, sie packte mich am Genick, mit der Kraft des großen Hulk zog sie mich hoch und drückte mich auf einen Stuhl. Eine Schreibtischlampe mit zehntausend Watt wurde angeknipst und schien mir direkt ins Gesicht.
»Hör zu, Trish … Ich weiß, wir waren uns noch nie besonders grün, aber findest du nicht, dass du übertreibst?«
»Halt die Klappe. Strick, bitte.«
Aus dem Dunkel tauchte eine schattenhafte Gestalt auf, deren Silhouette mich an Nadia erinnerte. Verdammt, sogar in Schwarzweiß war sie superschön!
»*Et tu*, Nads? Du Wendehals!«
Und sie hatte sich immer als meine Freundin bezeichnet!
»Tut mir Leid, Issy, ich … sie hat mich gezwungen.«
»Du fieses, feiges Fensterbrett«, zischte ich.
Komisch, was für Ausdrücke man sich ausdenkt, wenn man unter extremem Druck steht.
»Halt die Klappe Brodsky. Nadia, fessle sie.«
»Trisha, ich schwöre dir, ich hab's nicht getan!« Das war mein letzter Versuch, alles zu leugnen.
»Du willst das Unschuldslamm spielen, was? Aber mir kannst du nichts mehr vormachen.«
Sie schlug mir mit voller Wucht ins Gesicht, was ich völlig unangebracht fand. Buchstäblich vor den Kopf geschlagen brachte ich kein Wort heraus – es fiel mir einfach keine treffende Antwort ein.
»Nadia, sorg dafür, dass sie nicht einschläft. Leuchte ihr ins Gesicht, bis sie gesteht.«

»Ha!«, schrie ich. »Ich bin Mutter, du dumme Kuh, deshalb bin ich völlig immun gegen jede Form von Folter. Vor allem gegen die berühmte Schlafentzugsfolter!«
»Stimmt, da hat sie Recht.«
Im Hintergrund hörte ich ein Tonband schnurren. Und dann eine Stimme: »Wir haben unsere Methoden, die Leute zum Sprechen zu bringen.«
Das klang wie Fiona. Irgendwie wie eine Frau, eindeutig wie ein Mann.
»Trisha, es war ein Fehler, klar, aber eigentlich war es eher so was wie gegenseitige Masturbation. Wir waren betrunken, es waren keine Gefühle im Spiel, ein Ausrutscher –«
»Zu spät für faule Ausreden, Issy.«
»Nein, bitte nicht!«
Himmelherrgott. Ich sah, wie sie sich in die Hosen fasste. Und was holte sie heraus?
»Oh, mein Gott, Trisha – bitte nicht!«
Einen Schwanz, wollte sagen, einen Penis, ein abgeschnittenes männliches Glied, und ich wurde feuerrot. Seit einer halben Ewigkeit hatte ich keinen mehr aus nächster Nähe gesehen.
Sie fuchtelte damit vor meinem Gesicht herum.
Und ich zwang mich, endlich aufzuwachen.
Mein Unterbewusstes hat seine Grenzen.

DER ABSTURZ – IM WIRKLICHEN LEBEN

Ja, ich wachte auf, und Max tätschelte mir auf die Wange. »Mum! Mummy, Zeit zum Aufstehen.«

Was? Was? Schon Morgen? Ein schneller Blick auf den Wecker teilte mir mit, dass ich verschlafen hatte.
Mein Vater steckte den Kopf zur Tür herein.
»Ich dachte, wir lassen dich schlafen, bis ich Max in den Kindergarten bringe.«
»Danke, Dad.«
Ich hatte ihm nichts von der drohenden Katastrophe erzählt. Der Gedanke an die unmittelbar bevorstehende Kündigung bedrückte mich sehr, und Dad spürte, dass etwas nicht stimmte. Meine Angst hatte das ganze Wochenende überschattet, und ich hatte Max immer wieder angeblafft, ohne jeden Grund. Aber als selbstbewusstes Kind steckte er das nicht einfach weg, sondern protestierte.
»Mum«, sagte er zu mir. »Ich bin fast vier, und du bist dreißig. Schrei mich nicht an.«
Er schaute zu mir hoch, und ich musste ihm irgendwie Recht geben.
»Du hast Recht, Maxy. Tut mir Leid.«
Gereizt und zum Warten verurteilt – ach, wie gern hätte ich das Unvermeidliche trotzdem noch hinausgezögert.
Ich krabbelte aus dem Bett und taumelte unter die Dusche. Ich ließ das Wasser auf mich niederprasseln, in der Hoffnung, es würde irgendwie durch die Haut dringen und meine Gedanken klären, doch dann klingelte es hartnäckig. Fluchend wickelte ich mich in ein Handtuch. Bestimmt hatte mein Vater mal wieder den Schlüssel vergessen.
»Meine Güte, Dad, wie oft habe ich dir schon gesagt …«
Überraschung!
Es war Fiona in einem neuen Burberry-Mantel, der ihr ausgezeichnet stand. Ich muss sagen, in puncto Kleidung hat sie einen bestechenden Geschmack.

»Hübscher Mantel. Ist der neu?«
»Brodsky, du und ich, wir müssen mal ein ernstes Wörtchen miteinander reden.«
»Ach, ehrlich?«
Sie nickte.
»Wir treffen uns in zwanzig Minuten im Café an der Ecke.«

DAS ENDE IST NAH

Ich gehorchte, und als ich zwanzig Minuten später ins Café kam, saß sie mit ihrem Laptop am Tisch und tippte irgendetwas.
»Hallo! War 'ne klasse Party neulich abends. Mein Gott, war ich zu!«
»Freut mich, dass es dir gefallen hat.«
»Ich hab nur leider viel zu viel getrunken – kann mich an nichts mehr erinnern.«
Mit einem Lächeln quittierte sie mein blödes Geplapper, während ich verzweifelt weiter die Grube schaufelte, in die ich gleich fallen würde.
»Tut mir Leid, dass ich so gebechert habe – ich rede dann immer großen Müll.«
In dem Moment erschien die recht missmutig dreinschauende Bedienung.
»Was darf ich den Damen bringen?«
Wir bestellten Kaffee und Kuchen. Und als ich gerade ansetzen wollte, meinen scheußlichen Traum zum Besten zu geben, hob Fiona die Hand, um mich zum Schweigen zu bringen. Sie öffnete ihre Aktentasche, griff mit ihrer

edel manikürten Hand hinein und beförderte eine Akte zutage. Oder besser gesagt, die –

AKTE VON BOB, DEM SARGNAGEL

Und was soll ich sagen?
Es war die netteste Kündigung, die man sich vorstellen kann.
Fiona hatte sich für die einfühlsame, mütterliche Methode entschieden.
»Issy, du bist komplett bescheuert.«
»Danke, Fiona – ganz meinerseits.«
»Was soll das heißen?«
»Finde ich auch.«
Sie musterte mich über den Tisch hinweg an, kippte in einem Zug ihren Espresso hinunter, streckte betont langsam die Hand aus und legte sie beruhigend auf meine. Dann sagte sie leise und mit einem spöttischen Grinsen: »Das war's für dich bei der Falle.«
»Du meinst –«
»Ja.«
Sie fügte noch hinzu, wenn ich wollte, könnte ich meine Situation auch so interpretieren, dass ich auf Dauer vom Dienst suspendiert sei. Ohne Bezahlung.
»Ich kann nicht behaupten, dass ich besonders überrascht bin.«
Das sagte ich zynisch und schüttelte ihre Hand ab. Das Letzte, was ich jetzt wollte, war geheucheltes Mitleid.
»Issy, ich finde, ich muss dir noch etwas sagen. Normalerweise neigen die Leute dazu, in solchen Situationen zu

sagen: Mach dir keine Gedanken, es geht nicht gegen dich, nimm es nicht persönlich.«

»Aber?«

»In deinem Fall ist das anders.«

»Wie bitte?«

»Es ist persönlich gemeint. Trisha hatte immer ihre Zweifel. Von Anfang an war sie dir gegenüber misstrauisch. Sie hat dich beobachtet wie ein Luchs –«

»Aber du bist der Boss, Fiona!«

»Trisha hat das Unternehmen gegründet. Vor ein paar Jahren wäre es fast abgesoffen, also habe ich ihr aus der Patsche geholfen. Wir sind gleichberechtigte Partner. Bei dir dachte sie jedenfalls, na ja, wie soll ich mich ausdrücken – sie dachte, du bist ein Geschäftsrisiko, weil du garantiert Mist baust. Sie hatte den Verdacht, dass du den Job dazu verwenden willst, dir ein Privatleben aufzubauen.«

Auweia, Mädel, jetzt wird's aber Zeit, ein bisschen dagegenzuhalten und mich als sechsjährige kleine Miss Neunmalklug aufzuspielen.

»Fiona, hast du überhaupt eine Ahnung davon, wie langweilig es ist, die ganze Zeit von diesen Klienten umschwänzelt zu werden? Nach einer Weile kotzt es einen richtig an, dauernd so viel männliche Aufmerksamkeit zu bekommen. Okay, ich gebe zu, zuerst hat es Spaß gemacht, Leute kennen zu lernen und auszugehen, vor allem in meiner Situation, aber, ehrlich gesagt –«

»Was?«

Meine Stimme rutschte eine Oktave nach oben, und um eine noch bessere Wirkung zu erzielen, baute ich ein affektiertes Lispeln ein.

»Tja, wenn du's unbedingt wissen willst – die letzten Monate fand ich absolut öde.«

»Öde?«
»Ja, öde. Weißt du, Fiona – ich möchte es zu etwas bringen im Leben, etwas Sinnvolles leisten, etwas tun, was sich lohnt. Ich will, dass Max stolz auf mich sein kann, er soll sich nicht schämen müssen, weil seine Mutter als Spionin arbeitet. Stell dir doch mal vor, wie er sich fühlen muss. Vor allem, wenn er nächstes Jahr in die Schule kommt.«
»Was quakst du da für einen Stuss? Für ein Kind gibt es doch nichts Spannenderes, als wenn die Mutter Spionin ist.«
»Na ja, vielleicht.«
Blöde Fiona. Ich hörte auf mit meinem Gequengel, es brachte nichts. Stattdessen entschied ich mich jetzt für die ganz banale Du-kannst-mich-mal-Nummer. Mit einem leicht moralinsauren Beigeschmack.
»Fiona, mir ist das egal, du kannst dir deinen widerlichen Job sonst wohin stecken. Ich meine, warum soll ich meine wertvolle Zeit bei einer halbseidenen Agentur vergeuden, die mit dem Leid anderer Leute Kohle macht? Das schafft doch nur neues Leid. Sind wir doch mal ehrlich – die meisten Typen sind doch fix und fertig, wenn sich mal eine interessante Frau mit ihnen unterhält, da braucht man sich gar nicht zu wundern, dass sie der Versuchung erliegen. Das ist, wie wenn du einem Kind einen Lutscher schenkst – da muss es einfach dran lecken! Es ist eine bewusste, bösartige Provokation.«
»Issy, du redest wie ein Mann. Und vielleicht darf ich dich darauf aufmerksam machen, dass an dir in den letzten paar Monaten keiner geleckt hat.«
»Ich hatte eine Pechsträhne, das weißt du genau. Ehrlich, Fiona, es gibt Abende, da kann ich nicht einschla-

fen, glaub mir, ich mache mir Vorwürfe, weil ich anderen Schmerz zufüge. Wir manipulieren diese Typen. Wenn es andersrum wäre, also, ich meine, wenn die Frauen so angebaggert würden, könnten sie garantiert auch nicht nein sagen.«

»Geschäft ist Geschäft …«

»Es ist moralisch verwerflich, und das weißt du. Es stinkt, es ist eine gesamtgesellschaftliche Heuchelei, man füttert uns ständig mit obszönen Sexbildern, ohne dass wir uns wehren können, und gleichzeitig sollen wir monogame Heilige sein. Das ist doch ein Riesenquatsch.«

»Wie meinst du das?«

»Ich meine, die Leute erwarten, dass es nach jeder Mahlzeit eine Nachspeise gibt.«

»Wie bitte?«

»Erwartungen, Erwartungen, nichts als Erwartungen.«

»Und?« Sie putzte den Rest ihres Mokka-Walnuss-Kuchens weg.

»Die Erwartungen sind unrealistisch! Man kann nicht alles haben.«

Genau in dem Moment brach im Café die Hölle los. Teller wurden mit lautem Geschepper auf den Boden geschleudert, und dann kam die Kellnerin aus der Küche gerannt. Gleich darauf erschien laut schimpfend Silvio, der Besitzer, ein kleiner, gedrungener Italiener. Gott weiß was er schrie (in meinen Ohren klang es wie Musik). Es folgte ein heftiger Wortwechsel, mit viel Gefuchtel und Geschrei, bis die Bedienung ihre Schürze herunterriss, auf den Boden pfefferte und davonrauschte. Silvio fluchte hinter ihr her und verkündete dann: »Ich habe genug von ihrer miesen Arbeitsmoral. Sie will nicht arbeiten, sie ist sich zu gut für so ein Café. Stimmt schon, was die Leute sagen. Wann ka-

piere ich das endlich? Man kann mit Tieren und Kindern nicht arbeiten. Meine eigene Tochter! Pah!«
Auf den Tresen gestützt wandte er sich flehentlich an den Allmächtigen.
»Und was mache ich jetzt, Herr im Himmel? Warum ist es bloß so schwer, anständiges Personal zu finden? Ehrlich, fleißig, umgänglich, nicht so kompliziert, hübsch, aber trotzdem gescheit – eine junge Frau hier aus dem Viertel. Flexible Arbeitszeit, Bezahlung gar nicht so schlecht. Wo? Wo finde ich dieses Wunderwesen?«

ER BETETE, ICH ANTWORTETE

Oder besser gesagt, Fiona zwang mich zu handeln, indem sie mir den Ellbogen in die Rippen rammte.
»Hey, hierher! Hier sitzt die ideale Kandidatin – sofort einsatzbereit.«
»Fiona, was soll das?«
»Ich helfe dir. Manche Sachen müssen gemacht werden.«
»Ich bin doch ein *special agent*!«
»Die Zeiten sind vorbei.«
»Das glaub ich einfach nicht.«
»ISSY, ES IST AUS!«
Silvio kam an unseren Tisch, und ich schenkte ihm ein strahlendes Lächeln.
»Tag, also ich – ich habe gezwungenermaßen mitgekriegt, was sich hier abgespielt hat, und weil ich gerade einen Job suche, wollte ich fragen –«
»Haben Sie Erfahrung?«
»Ein bisschen.«

Unterm Tisch trat mir Fiona mit der Stiefelspitze gegens Schienbein.
»Jede Menge«, verbesserte ich mich.
Ich hatte während des Studiums gelegentlich als Bedienung gearbeitet und mir geschworen, nie, nie wieder damit anzufangen.
»Können Sie zupacken?«
»Ich kann für Ms Brodsky bürgen. Als ihre bisherige Arbeitgeberin weiß ich, dass sie mit ganzem Einsatz arbeitet. Manchmal sogar mit zu viel Einsatz.«
Okay, ich war zwar überqualifiziert für diese Arbeit und empfand sie als Abstieg von den schwindelnden Höhen der Honigfalle, aber hatte ich, bei Licht betrachtet, eine andere Wahl? Ich redete mir gut zu: Es würde schon klappen. Nur für eine Weile. Eine temporäre Hilfsmaßnahme, um den finanziellen Ruin abzuwenden. Immerhin konnte ich mir auf diese Weise genug Luft verschaffen, um einen angemesseneren Job zu suchen. Silvio umarmte mich und wies mich sofort ein.
Das Gute an der Sache war, dass es nicht allzu lang dauern würde, bis ich die Kunst des Bedienens meistern würde – in einer Kneipe zu arbeiten ist nicht ganz dasselbe wie Herzchirurgie.

Mein Gott, aber man ahnt gar nicht, wie verdammt kompliziert eine Tasse Kaffee werden kann, wie pedantisch manche Gäste sind, wie anspruchsvoll, unhöflich und nervig sie sich aufführen!
»Hallo – kann ich eine Tasse Kaffee haben?«
»Wie soll er denn sein?«
»Hmmm, schwarz, das heißt, nein, lieber mit Milch.«
»Einen Latte?«

»Nein, einen Cappuccino, aber ohne Kakaopulver.«
»Sonst noch etwas?«
»Mit fettarmer Milch. Und ein Omelette.«
»Okay.«
»Aber ohne Dotter.«
»Brot dazu?«
»Welche Brotsorten haben Sie?«
»Weiß, Vollkorn, Grau, Baguette, Ciabatta, verschiedene Brötchen.«
»Kein Knäckebrot?«
»Himmelherrgott, Fiona, entscheide dich endlich.«
Fiona war meine Testkundin. Silvio wollte gern überprüfen, ob ich für den Job geeignet war.
Ich bestand das Examen mit knapper Not, aber das hatte ich nicht Fiona zu verdanken.

WO BIST DU, GUTE FEE?

Sie stand direkt vor mir, etwas kleiner als erwartet, aber eindeutig zur Familie der Feen gehörig, in ihrem rosaroten Tülltütü, mit den Engelsflügeln und dem Zauberstab. Bitte, zeige damit in meine Richtung! Stattdessen lachte sie frech, streckte ihr zartes Näschen in die Luft, hüpfte davon und wirbelte den Zauberstab durch die Luft. Im städtischen Elysium, auch bekannt als Spielplatz, saß ich und grübelte über mein Schicksal. Ich hatte Max vorhin im Kindergarten abgeholt, und wir waren nicht gleich nach Hause gegangen, sondern erst noch in den Park.
Ich beneide Kinder um ihre Lebenslust und ihre innere

Freiheit. Mit welch unbändiger Begeisterung sie auf Klettergerüste klettern, schaukeln, im Sandkasten buddeln! Diese kleinen Menschen lassen ihre Seelen tanzen, sie sind die Könige der Welt und noch zu jung für Komplexe. Auf diesen Inseln der Sicherheit kann ihnen nichts zustoßen, außer dass sie sich eine Beule holen oder sonstige kleine Kränkungen hinnehmen müssen, wenn ihnen zum Beispiel ein anderes Kind Sand in die Augen wirft, mit ihrem Dreirad davonsaust oder ihnen einen Tritt versetzt, wenn sie gerade nicht aufpassen, aber alles in allem herrscht hier Friede und Eintracht. Während wir, die Eltern, die Aufseher und Beschützer, am Rand hocken und auf den nächsten Sturz lauern oder dass wir gerufen werden, um die Schaukel anzustoßen, eine Sandburg zu bauen oder ein Eis zu kaufen.

Apropos Eis. Tobsuchtsanfall – Alarmstufe rot, Alarmstufe rot, und es war völlig unmöglich, ihn vom Zaun wegzuholen. Fanatisch klammerte sich Max an den Zaun, dort hinten, ganz am anderen Ende des Spielplatzes, wo die schützende Hecke eine Lücke hatte. Genau da war der Eiswagen vorgefahren, mit betörendem Geklingel, das allen Eltern durch Mark und Bein geht und bei dem man nur noch einen Gedanken denken kann: Hoffentlich habe ich genügend Kleingeld in der Tasche – sonst werd ich meines Lebens nicht mehr froh.

Natürlich war ich wieder mal die Mutter, die vergessen hatte, ihren Geldbeutel einzustecken. Deshalb blieb ich stur am Sandkasten sitzen und hoffte, dass niemand mit dem Finger auf mich zeigen würde. »Grausame Mutter ignoriert Flehen ihres weinenden Kindes.« Es war völlig undenkbar, Max zum großen Eisverzicht zu überreden, nur weil seine Mama kein Geld dabei hatte. Also beschloss

ich, gar nicht erst mit ihm zu verhandeln, sondern mich taub zu stellen.
Eigentlich hätte ich Anwältin für internationales Recht werden sollen, ich müsste längst ein Vermögen verdienen, verheiratet sein, zwei Kinder haben sowie ein Kindermädchen samt Geländewagen mit Allradantrieb. Ich könnte in Saus und Braus leben – bei meiner Ausbildung, meinem Hintergrund und den mir zur Verfügung stehenden Mitteln.
Irgendetwas war schief gelaufen.
Vielleicht hatte ich nicht genug gelitten?
Meine Güte, wie sehr ich mir wünsche, ich wäre ein Arbeiterkind oder würde wenigstens einer ethnischen Minderheit angehören. Ich habe keine glaubhafte Erklärung, keine Entschuldigung, und ich werfe meinen Eltern vor, dass sie mir das Leben zu leicht gemacht haben. Wo war der Kampf? Der lange Weg aus der Gosse? Ist doch kein Wunder, dass ich mir als Kind immer ausgemalt habe, ich wäre eine Waise.
Okay, ich könnte kleinlich sein und meine tausend Neurosen auf die Trennung meiner Eltern schieben, aber in Wirklichkeit sind meine Neurosen, glaube ich, eher eine Reaktion darauf, dass ich in einem entspannten, stabilen und »fortschrittlichen« Umfeld aufgewachsen bin. Ich habe nie eine Barbiepuppe bekommen oder ähnliches Mädchenspielzeug, sondern musste Latzhosen anziehen und auf Bäume klettern, weshalb ich bis heute an Höhenangst leide. Fairerweise muss ich sagen, meine Eltern haben zwar viele Fehler gemacht, aber mich im Ganzen immer unterstützt: Sie haben mir bei den Hausaufgaben geholfen, haben mich ermuntert, auf die Uni zu gehen, zu reisen, Drogen zu nehmen und herumzuvögeln.

Mein einziger Versuch, aufmüpfig zu sein, bestand darin, dass ich als Teenager plötzlich fromm wurde. Ich machte eine kurze Audrey-Hepburn-Phase durch und war in den Hauptdarsteller von *Jesus Christ Superstar* verliebt. Diese Episode dauerte drei Monate und fiel in dieselbe Zeit wie Ollie, der neu in unsere Klasse kam und mich dahinschmelzen ließ – jedes Mal, wenn ich ihn sah, wurde ich knallrot und kicherte hysterisch.
Er beachtete mich überhaupt nicht, sondern lief dem Mädchen mit dem größten Busen nach, das den Jungen fünfzig Pence abknöpfte, wenn sie in der Pause mehr sehen wollten. Jahre später bin ich ihm in der Oxford Street begegnet, wie er zwischen zwei Plakate geklemmt Werbezettel verteilte. Irgendwie erfüllte mich seine peinliche Lage mit einer gewissen Genugtuung – vor allem, weil er auch noch eine Glatze hatte. Aber wie ich das Leben kenne, ist er bestimmt mein erster richtiger Kunde im Café.
»Mummy! Mummyyyy!«
Max' Geschrei klang schon fast mechanisch. Wie lange konnte ich ihn noch ignorieren, bevor einer von uns durchdrehte?
Minuten? Sekunden?
Aber oha – was war das?
Plötzlich war alles mucksmäuschenstill!
Tja, das hatte ich dem Eismann zu verdanken.
Er hatte das Geschrei offensichtlich nicht mehr ertragen können und sich meines armen, vernachlässigten Kindes erbarmt.
Während ich mir den Sand aus den Kleidern klopfte, kam Max des Weges, an seiner Eistüte leckend. Er setzte sich auf das eine Ende der kleinen Wippe.
Ich ging zu ihm.

»Schönes Eis, Maxy.«
»Wo warst du?«
»Im Sandkasten. Krieg ich einen Kuss?«
»Nein! Geh weg!«
Er hat meine Kusstaktik leider durchschaut und weiß, dass ich unter dem Vorwand mütterlicher Zärtlichkeit ganz schnell an seinem Eis lecken würde.

»ISSY, WAS WILLST DU MIT DEINEM LEBEN ANFANGEN?«

Auf dem Weg nach Hause hörte ich im Kopf schon die Stimme meines Vaters, der mir eine Moralpredigt hielt.
In den entscheidenden Augenblicken meiner Jugend stand ich immer in seinem Arbeitszimmer, und er fragte: »Issy, was willst du mit deinem Leben anfangen?«
Und ich antwortete: »Tja, also … ich würde schrecklich gern eine Reise machen.« Was so viel hieß wie: »Kann ich ein bisschen Geld haben?«
Oder: »Also, ich habe mir Folgendes überlegt …« Was so viel hieß wie: »Kann ich ein bisschen Geld haben?«
Mein Vater dachte über meine Bitte nach, und ich versprach ihm mit großen Unschuldsaugen, dass ich diesmal den Kurs zu Ende machen oder den Job annehmen und überhaupt mein Leben in den Griff kriegen würde. Und er ließ sich dann darüber aus, wie maßlos verwöhnt ich sei. Ich appellierte an seine Schuldgefühle, indem ich andeutete, schließlich habe er uns verlassen und unser Leben zerstört … Wenn er dann geknickt himmelwärts blickte, nahm ich alles wieder zurück und sagte, es sei nur ein

Witz gewesen, lächelte ihm charmant zu, und zum guten Schluss stellte er mir einen Scheck aus.
Aber dann veränderte sich etwas. Ich machte meinen Uniabschluss, hatte einen Job oder eine Reihe von Jobs und mein Leben im Griff. Und dann bekam ich Max … und ich muss sagen, dass diese Erfahrung mich zwang, das Verhältnis zu meinen Eltern neu zu überdenken. Die Rolle der Großeltern ist enorm wichtig – und nicht nur als Babysitter. Ich flehte meine Eltern an, ob sie nicht nach London ziehen könnten. Sie lehnten beide ab.

»DAD, ICH MUSS DIR ETWAS SAGEN …«

»Es ist zum Kotzen, es macht mich krank. Wenn ich mir überlege – das ganze Geld für meine Ausbildung, die vielen Kurse – und dann das! Kellnerin! Eine miese, kleine Kellnerin.«
Ich redete mich so in Rage, dass ich gar nicht aufhören konnte.
»Kannst du dir vorstellen, wie ich mich fühle? Es tut richtig weh. Ja, ehrlich. Ich weiß, du erwartest mehr von mir, und ich erwarte auch mehr von mir, aber es ist gar nicht so einfach, und Max ist noch so klein und –«
Mein Vater legte die *Financial Times* weg, lugte über den Rand seiner Lesebrille und musterte mich etwas befremdet. »Issy, wovon redest du?«
»Ich habe heute meinen Job verloren und gleich einen neuen gefunden. Jetzt bin ich Kellnerin.«
»Und …?«

»Also ich finde es empörend, dass ich so tief gesunken bin.«
»Schätzchen, das ist doch kein Problem. Max ist und bleibt die oberste Priorität in deinem Leben.«
»Du verstehst mich nicht … wenn ich es wenigstens schwer gehabt hätte!«
»Ich bin heute deinem Nachbarn von oben begegnet. Sympathischer junger Mann.«
»Warum habt ihr es mir so leicht gemacht?«
»Er hat sich nach dir und Max erkundigt.«
»Du hörst mir überhaupt nicht zu –«
»Interessanter junger Mann.«
»Er hat eine Freundin. Okay? Weißt du, ich wollte immer irgendetwas leisten.«
»Aber das hast du doch. Max. Er ist großartig.«
»Mutter werden kann jede.«
»Issy, hör auf, dich selbst klein zu machen. Es ist doch egal, was du machst.«
»Wie bitte?«
»Ich will nur, dass du glücklich bist.«
»Ja, ich schätze, Kellnern kann Spaß machen. Immerhin lernt man scharenweise koffeinsüchtige Leute kennen. Und man kriegt Trinkgeld, wenn auch nicht viel. Silvio ist ziemlich unberechenbar. Was ist das da?«
»Blumen. Sie sind vor einer halben Stunde hier abgegeben worden.«
Ein üppiger Blumenstrauß fesselte meinen Blick, und wenn ich üppig sage, dann meine ich das auch. Mein Vater hatte ihn in die Spüle gestellt.
»Ich habe keine Vase gefunden.«
Der Hauptverdächtige war Stephan. Gab es irgendwo Zeichen seiner Begierde? Aha, da war eine Karte.

»GUTE BESSERUNG!«
Was hatte das zu bedeuten? Ich klappte die Karte auf, und da stand: »Alles Gute für deine neue Karriere. Trisha.«
»Dizzy Issy, crazy babe, how I miss you! Nads.«
Nadia machte zur Zeit aus jeder Zeile einen Song.
»Danke für deinen unermüdlichen Einsatz, Issy. Wir werden hier bei der Falle deinen skurrilen Humor vermissen. Pass gut auf dich auf – bis bald. Charlie/Fiona.«
»Meine Lieblingskunden bekommen Sondertarife. Gib Max einen dicken Kuss von mir! Maria. P.S. Meine Nummer hast du – mach Gebrauch von ihr.«
Das war's also. Schluss, aus, Ende.
»Dad, ich glaube, ich muss mich betrinken, in Selbstmitleid baden und mich dann weinend in eine Ecke verkriechen.«
»Okay, mein Herz. Ich kümmere mich um Maxy.«

TIEF IN DER SCHEISSE

Trostsuche bei einer Flasche Rotwein, die ich mit Nadia teilte. Als gute Freundin hatte Nadia meinen Hilferuf erhört und war ins Steele's geeilt, um mir beizustehen. Schon bald war ich wieder besserer Laune. Nadias Optimismus und ihre generelle Begeisterungsfähigkeit waren ansteckend.
»Nads, du bist meine beste Freundin.«
»Die beste und die einzige, wie's aussieht.«
»Ja.« Mein brodelndes Gehirn war kurz vor dem Gärungspunkt. »Na, du Superstar, wie läuft es mit dem Produzenten, dem alten Bock?«

»Es ist aus.«
Der Produzent, der von ihrer musikalischen Begabung so angetan gewesen war, hatte sich als Superarsch der ersten Garde entpuppt.
»Wie konnte ich nur so naiv sein?«
»Du bist zu vertrauensselig, das musst du kapieren. Sonst kriegen sie dich.«
»Was?«
»Die menschliche Natur ist komplex. Was ist passiert?«
Simon, der Schleimer, hatte genau die richtigen Sachen gesagt und ihr tausend Flöhe ins Ohr gesetzt. Ach, diese Versprechungen, die Verträge, die auf sie warteten, samt Geld und Ruhm, aber vorher sollten wir uns in mein Studio zurückziehen, schleimte er, das heißt, in sein Wohnstudio, und ein bisschen Kokain schnupfen und am Champagner nippen.
»Was ist mit dem Rest der Band?«, hatte Nadia ganz unschuldig nachgefragt.
»Du bist viel zu gut für sie. Ich sehe dich eher als Solistin.«
»Ehrlich?«
»Du hast das Zeug zur Diva. Eine Perle, die nur noch entdeckt werden muss.«
Sie war zwar nicht ganz überzeugt, aber ihr Erfolgswille war immens.
Und so lockte der Schleimer sie in seine Wohnung und überhäufte sie mit Komplimenten. Ach, je, so viel Talent! Hier, eine CD, nein, zwei oder drei!
»Da ist ein Stück, das ich dir vorspielen möchte. Das musst du dir unbedingt anhören.«
Gähn. Die Nummer kannte ich. Solche Lebensretter hatte ich auch schon erlebt, ich war ebenfalls auf Manipula-

teure dieser Art reingefallen. Aber wir waren keine zwanzig mehr. Leider.
»Nads, Nads, ich hätte wirklich gedacht, du durchschaust derartige Spielchen.«
»Wieso?«
Sie landete also in seiner Wohnung, und zuerst ging es tatsächlich um Musik.
»Klasse, klingt super, Babe.« Aber weil er völlig hin und weg war von ihrer jugendlichen Schönheit, fügte er hinzu: »Komm, wir trinken noch was.«
Klar, er wollte sie mit Alkohol abfüllen, um sie – und ihre Stimmbänder – zu lockern.
»Er hätte mich unter Drogen setzen können. Mir einfach irgendwas ins Glas tun.«
Das stimmte. Eigentlich hatte sie noch Glück gehabt. Man hört so viel von Vergewaltigungen bei Dates. Und wer würde schon merken, wie sich in einem sprudelnden Glas Champagner eine Pille auflöste?
Er hatte die Hand auf ihren Schenkel gelegt und sie langsam nach oben geschoben.
»Was soll das werden?«
»Ach, komm schon, Nadia. Ich habe doch genau gemerkt, wie du mich ansiehst.«
»Wie bitte?«
Nun hatte sich der gute Mann so bemüht und bekam trotzdem einen in die Fresse. Unsere Nadia verpasste ihm einen gezielten Kinnhaken. Habe ich etwa vergessen zu erwähnen, dass sie routinierte Kickboxerin ist?
»Ich lass mich von keinem verarschen. Von keinem!«, schrie eine betrunkene Nadia.
Ach, wenn ich doch auch so viel Mumm in den Knochen hätte! Wahrscheinlich wäre ich schwach geworden.

»Mann, das finde ich ja echt unglaublich. Was hat er gesagt?«
»Ich habe die Antwort nicht abgewartet.«
Wir näherten uns dem Ende der Flasche und bestellten eine zweite. Ja, mir ging es schon tausendmal besser.
»Nads, seit ich weiß, dass deine Gesangskarriere den Bach runter gegangen ist, fühle ich mich wesentlich wohler.«
»Issy, du bist fies. Aber ich weiß, was du meinst.«
Wir prosteten uns zu: auf unsere Fehlschläge und auf zukünftige Erfolge.

HA, HA UND NOCHMAL HA

Eine Woche später spielten Nads und ich dieselbe Szene ein zweites Mal durch, nur diesmal im Enterprise in Camden bei Whisky und Cola. Sie versuchte, Ordnung in mein Leben zu bringen.
»Issy, es tut sich bestimmt bald was, das ist immer so, es kann gar nicht anders sein. Glaub mir.«
Hokuspokusfidibus! Im rauchigen Dunst erschien Joe Jones, der Comedian.
»Hey!«
»Hallo!«
»Was geht?«
»Ach, nichts geht, aber im Moment bin ich dabei, mich voll laufen zu lassen. Und bei dir?«
»Ich sag den Auftritt heute Abend an.«
Joe versprach, unsere trübseligen Gesichter aufzuhellen.
»Für Frauen ist der Eintritt kostenlos, bis zu einer bestimmten Uhrzeit.«

Also folgten wir ihm in den Raum über der Bar, wo sich eine improvisierte Bühne befand. Außer uns waren noch sechs Leute da, und wir nahmen Platz.
»Heute Abend, meine Damen und Herrn, haben wir das Vergnügen, Ihnen eine große Sensation vorzustellen … Fanny Lipz – Sie werden sich biegen vor Lachen.«
Zögernder Applaus, dann ging der Scheinwerfer an, eine winzige Schottin kam auf die Bühne gehüpft und legte sich tapfer ins Zeug.
»Hi, ich bin Fanny Lipz, und ich werde euch gleich biegen vor Lachen.«
Leider war alles nur heiße Luft, und Nadia lallte: »Issy, das könntest du echt besser.«
»Meinst du?«
»Ja, klar, du hast doch schon für deine Zwischenrufe mehr Lacher gekriegt.«
»Open Mike, immer donnerstags«, erklärte Joe Jones und zwinkerte mir zu.

DER GEHEIMNISVOLLE MANN DA OBEN

Ich meine Unseren Herrn, nicht den Nachbarn über mir. Ersterer versetzt mich in Erstaunen, während Letzterer in den vergangenen Wochen zusammen mit seiner ätzenden Freundin Stammgast im Café geworden ist.
Nachdem ich wiederholt Botschaften himmelwärts geschickt hatte, entschloss sich der Allmächtige, Wunder über Wunder, huldvoll einzugreifen. Ja, unter der grauen Wolke meines Lebens erschien ein Silberstreif am Horizont.

Morgenschicht in Café. Silvio in der Küche, Max im Kindergarten, und mein Nachbar von oben war gerade gekommen, um wie immer seine Erdbeermilch und dann einen Latte zu trinken.

»Hallo, Scarface«, zwitscherte ich vergnügt. Ich war immer extra nett zu ihm, weil er viel Trinkgeld gab und ich außerdem seine Freundin ärgern wollte.

So eine blöde Jammersuse hatte ich noch nie erlebt. Sie nölte pausenlos und war außerdem von ihrem Aussehen besessen (sie sieht fantastisch aus, das muss man ihr lassen, allerdings schmiert sie sich auch jede Menge Farbe ins Gesicht). Was mich allerdings am meisten störte, war ihre Unhöflichkeit. Sie redete immer in einem total herablassenden Ton mit mir und guckte durch mich hindurch, als wäre ich so minderwertig, dass ich auf ihrer Werteskala der Menschheit gar nicht vorkomme. Klar, sie war vermutlich unsicher und empfand jede Frau als Bedrohung. Darauf stieg ich gern ein, ich übernahm sofort die Rolle der Provokateurin und flirtete mit meinem Nachbarn. Deshalb hatte ich ihm diesen Filmspitznamen gegeben, aber dafür musste ich es ertragen, Godzilla genannt zu werden. Die Flirterei war ihm peinlich, aber ich glaube, insgeheim machte es ihm Spaß. Ich verstand beim besten Willen nicht, was er an ihr fand, vom Offensichtlichen mal abgesehen. Aber, na ja, so sind die Männer nun mal.

Nachdem ich also inständig um männliche Interaktion gebetet hatte, schickte der liebe Gott den frechen Cherub. Als ich mich vorbeugte, um den Tisch meines Nachbarn abzuwischen, und dabei den Hintern in die Luft streckte, kam auf einmal sein Pfeil angeflogen – und traf.

Und ich schimpfte los: »Aua, das tut weh, verdammt nochmal! Was zum –«

Richtig: Jemand hatte mich in den Allerwertesten gekniffen. Ich wollte das Arschloch gerade mit nicht allzu feinen Worten zurechtweisen.
»Himmelherrgott, was soll der Sch– Stephan?«
Ja, genau der stand vor mir und grinste.
Stephan war wieder im Lande. Toll sah er aus, und mein Herz hüpfte los, pingpingping.
»Kriegt man hier einen anständigen Kaffee?«
Ach, diese Stimme. Unwiderstehlich.
»Kann schon sein. Aber es ist immer von Vorteil, wenn man sich mit der Bedienung gut stellt.«
»Tja, falls du nichts dagegen hast, muss ich dir als Erstes sagen, dass du toll aussiehst.« Er grinste. »Das Auge ist wieder total normal.«
»Danke – und womit kann ich sonst noch dienen, Cowboy?«
»Mit was richtig Englischem.«
Ach, der Subtext. Ich war aufgewühlt, als ich seine Bestellung entgegennahm, und musste den Stift mit beiden Händen halten, um leserlich schreiben zu können.
»Und einen frisch gepressten Orangensaft, wenn das nicht zu viel Mühe macht.«
»Es macht überhaupt keine Mühe, Sir.«
Ich lächelte mein bezauberndstes Lächeln.
»Schön, dass du wieder da bist.«
»Die Freude ist ganz meinerseits«, versicherte er. »Sag mal – kann es sein, dass du abgenommen hast?«
Ein positiver Nebeneffekt der Arbeit im Café ist, dass man abnimmt. Um die Mittagszeit kann man ganz schön ins Schwitzen kommen. Und die Kaffeemaschine trainiert den Bizeps. Ich passte wieder in meine Vorschwangerschaftskleider.

»Ein bisschen.«
Die Rückkehr meines Helden! Und an seinen Blicken merkte ich, dass mir glorreiche Zeiten bevorstanden.

WENIG SPÄTER

Ehe der Tag zu Ende ging, wälzte ich mich bereits in Stephans Bett.
Danke, lieber Gott, dass du mir einen wunderschönen Mann geschickt hast, der sich auch in Liebesdingen bestens auskennt.
Mein Körper erwachte aus einem endlosen Winterschlaf. Im Café hatten wir eine stillschweigende Übereinkunft getroffen über das, was später kommen sollte. Ich kam auf jeden Fall.
Die Gefühle schwemmten über mich hinweg, warfen mich um, zwangen mich in die Knie, und dann ging's los. Immer sachte, mein wilder Hengst. Stephan war fest entschlossen, als müsste er mir etwas beweisen. Was ja auch stimmte, wenn man an unsere letzte Begegnung dachte.
Zwei Stunden später genossen wir die unvermeidliche Nachbeischlafszigarette.
»Erstaunliches Standvermögen«, flötete ich verliebt.
»Issy, du bist so süß.«
»So süß wie Honig? Apropos – ich hab meinen Job bei der Honigfalle verloren.«
»Hab ich mir schon fast gedacht. Kann es sein – hast du tatsächlich mit einem Klienten geschlafen?«
»Ja, irgendwie schon.«

Ich entschuldigte mich und verschwand im Bad. War ich am Ziel meiner Träume angelangt? Wir könnten uns verlieben und eine Beziehung anfangen. Romantische Gedanken schwebten mir durch den Kopf, während ich zu pinkeln versuchte. Mein Körper war noch durcheinander und brauchte eine Weile, bis er die Funktionen umschalten konnte. Ich hatte auch schon einen Spitznamen für Stephan: mein Trojanisches Pferd. Wie passend, und mich schauderte fast beim Gedanken an die zweite Runde. Würde ich die überhaupt verkraften?
Aber verdammt nochmal, ich fühlte mich so unglaublich lebendig, so vital, und als ich in den Spiegel schaute, um zu kontrollieren, ob mein Make-up nicht total verschmiert war, fiel mein Blick auf eine Pillenpackung. Ich schaute sie mir näher an und –
Was haben wir denn da?
Ich blinzelte ungläubig. Was sahen meine müden Augen? Er wollte also tatsächlich etwas beweisen!
Viagra.
Lieber Gott, ich muss sagen, du hast einen eigenwilligen Humor. (Oder bin ich zu altmodisch, wenn ich lieber die Variante ohne Chemie hätte?)
Ich schlenderte provokativ zurück ins Schlafzimmer. Eigentlich war es doch sehr komisch, dass mein Superhengst gedopt war.
»Na, Süße – wie wär's mit 'nem Nachtisch?«
»Warum so eilig?«
Ich kletterte zu ihm ins Bett.
»Keine Eile, Babe.«
»Wie lang werde ich deine Gegenwart genießen können?«
»Etwa zwei Wochen.«

»Mmmm, vierzehn lange Nächte. Ich freue mich jetzt schon!«
»Ja, ich auch.«
Er hüstelte etwas verlegen.
»Aber – äh – ich muss dir etwas sagen. Katy kommt.«
Katy? Wer zum Teufel war Katy?
»Wie schön! Dann werde ich endlich eins deiner Kinder kennen lernen.«
»Nein. Katy ist meine Partnerin.«
»Muss sie hier einen Fall bearbeiten?«
Ich kapierte gar nichts.
»Nicht meine Arbeitspartnerin. Meine Freundin.«
Jetzt war alles klar.
»Ah, verstehe.«
Ich gähnte betont blasiert, als wäre es mir völlig egal, dass ich gerade von einem Kerl genagelt worden war, der eine chemische Stütze brauchte, um einen hoch zu kriegen. Dieser Blindgänger! Ich konnte es nicht fassen, dass ich auf ihn reingefallen war. Warum hatte ich es nicht gleich geahnt? Ich kam mir vor wie Nadia, das heißt, wie die letzte Idiotin.
»Ich glaube, ich muss los.«
Ich schlüpfte aus dem Bett und begann, meine verstreuten Kleidungsstücke einzusammeln.
»Bleib doch noch! Wir haben die ganze Nacht! Katy kommt sowieso erst nächste Woche.«
»Ich muss zu Max. Das Letzte, was er braucht, ist eine übernächtigte Mutter.«
»Bist du sauer auf mich?«
Hmmm. Kann schon sein.
»Stephan, warum machst du mit mir rum, wenn du in festen Händen bist?«

»Ich hätt's dir sagen sollen.«
Ich hatte keine Lust mehr, die Coole zu markieren und so zu tun, als wäre mir alles gleichgültig.
»Warum, Stephan? Brauchst du das für dein Ego? Kommst du dir dann vor wie ein toller Hecht oder was? Hast du keinen Respekt vor deiner Freundin?«
»Wir führen eine offene Beziehung.«
»Ja, aber was ist mit mir? Du hast genau gespürt, dass ich dich mag, du hättest nur zu sagen brauchen ... ach, was soll's.«
Statt etwas zu sagen, fing er an, mein Gesicht zu streicheln, während ich meine Jeans anzog. Am liebsten hätte ich losgekotzt.
»Danke für den Fick.«
So eine Scheiße. Auf dem Heimweg machte ich dem lieben Gott üble Vorwürfe.

ZWISCHENSPIEL AM VORMITTAG

Scarface: Ist was?
Godzilla: Nein, wieso?
Scarface: Du hast 'ne Sonnenbrille auf, im Café.
Godzilla: Und? Ist das verboten?
Scarface: Äh ... nein. Ich dachte nur, du hast dich vielleicht wieder geprügelt.
Godzilla: Nein. Aber – danke der Nachfrage.
Scarface: Und sonst? Du wirkst nicht besonders happy.
Godzilla: Wo steckt Caligula heute?
Scarface (*verschüttet fast seinen Kaffee*): Wer?
Godzilla (*beißt sich auf die Zunge*): Entschuldige, das hätte

ich nicht sagen sollen. Tut mir Leid – das Frühstück geht heute auf meine Kosten.

An diesem Tag stritt ich mich mit drei Gästen, gab zweien zu wenig Wechselgeld, zertrümmerte einen Teller und nahm fünf Bestellungen falsch auf.

DAS SAHNEHÄUBCHEN

All das fiel mit der Abreise meines Vaters zusammen. Er wollte zurück, er wollte sein Leben wieder in die Hand nehmen – dabei hatten wir uns gerade an ihn gewöhnt. Max würde seinen Großvater sehr vermissen, aber auch ich fürchtete mich vor einer Wohnung ohne einen anderen Erwachsenen, ganz zu schweigen davon, dass dann Schluss war mit dem kostenlosen Babysitter.

Am Abend vor seinem Aufbruch saßen wir am Küchentisch und tranken eine Flasche Rotwein. Wir waren beide ziemlich sentimental. Er spürte, dass zwischen mir und Stephan etwas vorgefallen war. Als er sich erkundigte, wie unser Rendezvous gelaufen sei, sagte ich nur: »Ging so.«

Ich war wütend und gekränkt und hatte nicht die geringste Lust, Stephan je wieder zu sehen. In genau dreizehn Tagen würde er ohnehin aus meinem Leben verschwinden. Meine Verbitterung war riesengroß. Was mich betraf, hatte der Herr aufgehört zu existieren.

»Max wird mir fehlen.«

»Du ihm auch.«

Mein Vater wollte Max den Abschied ein bisschen versüßen und hatte eine Tüte mit Geschenken ans Fußende seines Bettes gestellt. Jetzt erhob er sich langsam aus seinem Sessel, kam zu mir und küsste mich auf den Scheitel.

»Hör zu, Issy, ich weiß, dass es für dich nicht immer leicht ist … deshalb …«

Er fasste in die Tasche und reichte mir einen Umschlag.

»Danke, Dad. Das war aber nicht nötig.«

»Ich weiß. Aber ich wollte es.«

Als ich den Umschlag öffnete, rechnete ich eigentlich mit einem Scheck, aber mein Vater überraschte mich mit einem von Maria unterschriebenen Zettel: ein Gutschein für zwanzig Babysitterabende.

»Dad, das ist genial!«

Ich bekam ganz feuchte Augen. Etwas so Sinnvolles hatte sich mein Vater noch nie einfallen lassen.

»Wie geht's deiner Mum?« Er wechselte schnell das Thema, ehe wir beide im Meer der Gefühle ertrinken konnten.

»Gut.«

»Ist sie immer noch mit Randy zusammen?«

»Er heißt Wally.«

»Wally – hält er, was sein Name verspricht?«

»Dad! Komm bloß nicht auf die Idee, es nochmal mit Mum zu versuchen!«

»Issy – bitte!«

»Erinnerst du dich nicht an die ständigen Streitereien?«

»Welche Streitereien? Wir waren zu jung, um uns zu binden, das war alles.«

»Ihr seid doch die ganze Zeit aneinander hochgegangen, Tag und Nacht.«

Verdammt, ich würde sogar unsere Kabbeleien vermissen!

»Dad …«

Seltsam, wie die Pausen in einem Gespräch viel bedeutungsvoller sind als das, was ausgesprochen wird.
»Ich weiß«, antwortete er. »Mach dir keine Sorgen, Kind, das wird schon.«

STRAFSÜCHTIG

Jetzt hatten sie bei der Honigfalle also endlich gemerkt, was ich wert war. Wie sie fast einen ganzen Monat ohne mich über die Runden kommen konnten, war mir schleierhaft. Auf meinem Anrufbeantworter war eine Nachricht, ich solle mich melden. Ich wählte die Nummer und erwartete ein paar Streicheleinheiten für mein angekratztes Ego.
»Hallo, Fiona, ich bin's, Issy.«
»Hallo. Wie läuft's im neuen Beruf?«
»Super, fantastisch, alles ist –«
»Wie schön. Bei uns gibt's auch gute Neuigkeiten. Betty hat die Klage zurückgezogen, und das Geschäft brummt. Auf einmal bekommen wir Aufträge wie verrückt.«
»Ach, ehrlich?«
»Wir kommen kaum nach.«
»Verstehe. Ich nehme an, du denkst, du könntest hier einfach so anrufen und mir meinen Job zurückgeben?«
»Nein, eigentlich nicht. Wir wüssten gern, ob du den Schlüssel zum Kleiderschrank hast. Ich finde ihn nirgends.«
»Den Schlüssel? Was ist mit meinem Job?«
»Wir werden zur gegebenen Zeit auf dich zurückkommen.«

»Auf mich zurückkommen?«
»Also, wegen des Schlüssels – du hast ihn nicht zufällig mitgenommen, aus Versehen?«
»Ich will meinen Job wiederhaben, Fiona.«
»Tut mir Leid, Issy, er ist weg.«
»Was heißt das, er ist weg?«
»Wir haben einen Ersatz gefunden.«
»Was heißt das, einen Ersatz?«
»Eine Neue.«

GOTT, WAS GEHT DA OBEN?

Warum muss man eigentlich manchmal brüllen, um sich Gehör zu verschaffen? Man denke nur an die Bank. Sagen wir, man hat ein Problem. Wenn man hingeht und wie ein normaler Mensch mit ruhiger Stimme erklärt, was getan werden muss, dann ignorieren sie einen meistens. Aber wenn man einen Aufstand macht, wenn man herumschreit wie blöd und sein Kind toben lässt, dann bequemen sie sich schließlich dazu, einem zuzuhören und sich um das Problem zu kümmern.
Also, lieber Gott, kannst du mich hören oder muss ich die Lautstärke aufdrehen?
Gelegentlich habe ich den Eindruck, du spielst mit meinen Gefühlen. Im Grund will ich nur eins: Ich will ein Zeichen oder so was, das mir sagt, dass ich keine komplette Versagerin bin.
Danke.
Issy

DAS ZEICHEN KAM VON STEPHAN

»Issy …«

»Stephan …«

Seltsam, wie die Pausen in einem Gespräch viel bedeutungsvoller sind …

Max schlief schon, als er klopfte.

»Ich muss mit dir reden. Kann ich reinkommen?«

Ich schaffte es, kühl und höflich zu sein, vor allem, weil ich ihn aus meinem System gespült hatte (hey, dieser Typ war eine Pfeife – bumm, bumm). Ich öffnete die Tür, ließ ihn eintreten.

»Tut mir Leid wegen neulich.«

Er war verlegen, unsicher.

»Ich … tja, also, ich wollte mich für deine Hilfe bedanken und –«

Ich war kalt, schroff.

»Wo ist Katy?«

»In der Wohnung – wir fahren morgen.«

»Ausgezeichnet.«

»Und ich wollte dir sagen, ja, also, alles hat sehr gut geklappt.«

»Hast du die Wohnung verkauft?«

»Ja, an …«

Kandidat Nr. 1, Kandidat Nr. 1 – bitte, lass es Kandidat Nr. 1 sein.

»An ein sehr nettes Ehepaar, die –«

»Die Finkelsteins!«

Ich hatte es gewusst. Ich hatte es, verdammt nochmal, gewusst.

Ich bin verflucht, ich schwör's. Ich habe das, was man,

ganz offiziell, als die Brodsky-Gabe bezeichnet. Das Gegenteil von Midas – was ich anfasse, wird nicht zu Gold, sondern zu Scheiße.
»Nein, an ein sehr nettes junges Paar. Kann ich mich kurz hinsetzen, Issy?«
»Oh, entschuldige, wie unaufmerksam von mir. Ich nehme an, du hättest nichts gegen ein Glas Wein einzuwenden?«
Den Sarkasmus in meiner Stimme überhörte er geflissentlich.
»Ja, das wäre nett, danke.«
Ich goss ein, wir setzten uns hin, er redete, ich hörte zu.

DER JUWELIER, DER DIEB, SEINE FRAU UND DIE BIENE

Es war einmal eine Honigbiene (ich), die fand in ihrem Garten einen abgeschnittenen Finger. Okay, streng genommen war es Max, der ihn fand, aber die Honigbiene (ich) informierte die Polizei. Den Finger konnte sie nicht abliefern, da dieser bedauerlicherweise verloren gegangen war; woran sie keine Schuld trug. Sein Verschwinden war nicht gerade von Vorteil, aber sie stand damals sehr unter Druck. Allein erziehende Mutter – mehr muss man nicht sagen.
Eines Abends bei der Arbeit begegnete die Honigbiene (ich) einem Herrn älteren Semesters. Dieser war schon etwas verwirrt und hielt sie für eine Hostess. Da weinte die Honigbiene bitterlich. (»Hu, hu, niemand liebt mich, ich bin ganz allein, das Leben ist blöd.«) Währenddessen

war in einem anderen Teil der Stadt ein fetter Kommissar dabei, die verschiedenen Puzzleteile eines recht eigenartigen Einbruchs zu einem Bild zusammenzusetzen. Eine Frau war tot in ihrer Wohnung gefunden worden. Ihr kleiner Finger fehlte. Und ihr gesamter Schmuck. Bald darauf lernte der Kommissar die Honigbiene kennen, und eines Tages kam er zu ihr nach Hause, in Begleitung eines jungen Mannes, welcher der Sohn der Verstorbenen war. Die Biene mochte diesen Mann und verbrachte dummerweise einen großen Teil des Winters damit, von ihm zu träumen. Der ältere Herr jedoch, Joel Finkelstein mit Namen, reiste im Winter zusammen mit seiner Frau ins sonnige Klima Floridas. Das taten die beiden jedes Jahr. Ihr Schmuckgeschäft überließen sie während dieser Zeit ihrem Schwiegersohn David, einem kompetenten jungen Mann.

Eines Tages betrat ein dreister Dieb das Geschäft, in der Hand einen Beutel mit Schmuck. Die Juwelen, so behauptete er, hätten einer alten Tante gehört, die das Zeitliche gesegnet habe. Er leerte den Beutel aus: Halsketten, Armbänder, Broschen, Ohrringe und Ringe landeten klirrend auf der Glastheke. Der Dieb wollte das schnelle Geld – fünftausend Pfund für den ganzen Haufen. Ein Schnäppchen, denn der eigentliche Wert belief sich auf mehrere Zehntausend. Edle Stücke, das sah der Schwiegersohn des Juweliers auf den ersten Blick, aber irgendetwas an der Sache war nicht koscher. Er heuchelte Interesse, lehnte aber letzten Endes das Angebot ab. Der Dieb war beleidigt, packte den Schmuck wieder in den Beutel und verschwand.

Am selben Tag, als David gerade das Geschäft schließen wollte, entdeckte er in einer Ritze neben der Theke einen kleinen Ring. Ein schlichtes Silberband mit einem winzigen Smaragd, die Initialen SB eingraviert. Nicht besonders kostbar, aber sicher von hohem Gefühlswert. Vermutlich war er von der Theke gekullert, als der Dieb seinen Beutel ausleerte. David legte ihn beiseite und zeigte ihn Joel Finkelstein, als dieser aus Florida zurückkehrte.

Aber die Geschichte ist noch nicht zu Ende. Die Finkelsteins, die ihr ganzes Leben über ein Haus mit fünf Zimmern bewohnt hatten, waren in Florida zu dem Entschluss gekommen, dass sie sich etwas verkleinern wollten. Deshalb hatten sie die Wohnung in der Antrim Road besichtigt. Wie es das Schicksal wollte, war die Honigbiene (ich) in der Wohnung. Zwar wurde sie anfangs verlegen, als sie die Finkelsteins vor sich sah, aber sie (ich) war diejenige, die ihnen vom traurigen Ableben der Sarah Bloch erzählte. Diese Begebenheit beeindruckte Joel Finkelstein sehr, und er fragte sich, ob der Ring vielleicht der Verstorbenen gehört haben könnte. So kam es, durch glückliche Fügung und durch Zufall, was allein der Honigbiene (mir, dem wichtigsten Element der Geschichte) zu verdanken war, dass der Ring den Weg nach Hause fand.

ICH - STAR

»Ja, Jeremy, das stimmt. Sie haben nichts dagegen, wenn ich Sie Jeremy nenne?«

Unter den glühenden Studioscheinwerfern konnte ich nur beten, dass meine Schweißflecken nicht zu sehen waren. Fernsehen zur besten Sendezeit – wer hätte das gedacht? Ein Fünf-Minuten-Beitrag im Vormittagsprogramm vielleicht, aber das übertraf alle meine Erwartungen. Jeremy Paxman.

»Und nun begrüßen wir bei uns im Studio Issy Brodsky …«

Eine Story aus dem Leben – hier schließt sich der Ring, äh, der Kreis. (Aua!) Okay, dann hab ich es doch nicht ganz bis *Newsnight* geschafft, aber die Geschichte verbreitete sich wie ein Lauffeuer, und es dauerte nicht lang, bis ich so etwas wie eine Lokalberühmtheit wurde.

Bambuss rief an und gab mir Tipps, wie man im Rampenlicht überlebt. Außerdem sagte er, falls nötig, würde er jederzeit gern noch etwas beitragen.

»Danke, das heißt, nein, danke. Ich glaube, ich schaff das alleine.«

»Passen Sie auf, was Sie sagen. Die Journalisten verdrehen gern die Wahrheit.«

Ich versprach, daran zu denken, und erkundigte mich, wie seine Gesamtkörperenthaarung gelaufen sei. Maria hatte mich nämlich um Rat gefragt und ihm ein ungewöhnliches Geburtstagsgeschenk gemacht.

»Ja, Miss Brodsky, ich muss mich bei Ihnen für einen Folternachmittag bedanken.«

»Gern geschehen.«

Maria hatte mir ja schon bei ihrem letzten Besuch anvertraut: »Er ist wie ausgewechselt. Alles läuft glatt.«

RUHM! ICH WERDE UNSTERBLICH

Ach, wie mir das alles zu Kopfe stieg. Weil ich so oberflächlich bin, ließ ich mir die Beine enthaaren und sogar eine Gesichtsbehandlung machen. Wie ich zu Nadia sagte: »So toll ist das alles gar nicht. Der Druck, gut auszusehen, ist schrecklich.«

»Issy, du bist von zwei regionalen *Radio*sendern interviewt worden!«

»Das ist nur die Spitze des Eisbergs, meine Liebe! Wie sehe ich aus?«

»Gut.«

»Gut? Mehr nicht?«

Über den Fall wurde – ohne Foto – in der *Antiques Gazette*, im *Ham and High* und dem *Camden New Journal* berichtet. Aber jetzt kam die nächste Etappe: Max und ich wurden bei den Finkelsteins erwartet, um für den *Jewish Chronicle* befragt zu werden.

Großzügig wie sie ist, bot Nadia an, uns zu dem Haus in der Carlton Avenue zu fahren. Bestimmt spekulierte sie darauf, dass sie dann auch aufs Foto kommen würde. Deshalb nahm ich lieber den Bus, und wir kamen eine halbe Stunde zu spät.

»Wo haben Sie denn gesteckt?«, zeterte Gladys erleichtert und führte uns in ihr imposantes Haus. Sauberkeit schien ihr über alles zu gehen: Die meisten Möbelstücke waren mit Plastik bedeckt.

»Sehr viel leichter zu putzen«, murmelte sie leise.

Auf dem Boden lag ein durchsichtiger Plastikläufer, den wir entlanggehen sollten, um das beigefarbene Meer darunter zu schonen. Wie auf Befehl schaffte es Max, die Pracht zu versauen, indem er seinen Kirschsaft verspritzte.

Gladys' schmerzverzerrtem Gesicht war anzusehen, wie sehr sie das quälte. Dazu in krassem Widerspruch stand ihre leere Floskel: »Keine Sorge – so was kann jedem passieren.«

Ich bot mich an, die rote Pfütze aufzutupfen.
»Unter der Spüle finden Sie alles, was Sie brauchen.«
Joel wollte wissen, weshalb ein so sympathisches Mädchen wie ich nicht verheiratet sei.
»Der Kleine braucht doch einen Bruder oder eine Schwester.«
»Bei der nächstbesten Gelegenheit werde ich sofort zuschlagen, Mr Finkelstein.«
Inzwischen hatte Gladys Max' Gesicht zwischen beide Hände genommen und kniff ihn gründlich in die Wangen.
»Lass mich los!«, schrie er.
»Erst musst du mir einen Kuss geben«, verlangte sie.
»Iiiiiii!«, quiekte er und rannte um sein Leben.
Der Fotograf wollte endlich zur Sache kommen, und während ich den Saft aufwischte, knipste er schon mal los.

DAS ERGEBNIS?

Eine Doppelseite mit einem etwas befremdlichen Foto von Gladys in anzüglicher Pose auf dem Sofa, während Joel neben ihr steht wie Piksieben. Dann ein kleineres Foto von Max und von meiner Stirn. So ein Pech, nun hatte mir mein eigener Sohn die Schau gestohlen, indem er fünfundachtzig Prozent meines Gesichts mit seinem verdeckte.

DIE KUNST DES GESELLSCHAFTLICHEN HARAKIRI

Mein Ansehen hatte eindeutig gelitten. Nadia konnte sich kaum halten vor Lachen, und Silvio hängte das Bild vergrößert im Café an die Wand, mit der Unterschrift »Issys großer Augenblick«. Wahrscheinlich geschah es mir recht, weil ich so hemmungslos angegeben hatte.

ES IST, WIE ES IST

An dem Abend, als Stephan vorbeikam, um sich zu verabschieden und sich dafür zu entschuldigen, dass er mir was vorgemacht hatte, fragte er nach der Holzkiste, die ich in Sarahs Wohnung gefunden hatte.

Die Kiste! Wie konnte ich sie nur vergessen?

Aber wo hatte ich sie verstaut?

Hektisch durchsuchte ich die Wohnung und fand sie schließlich ganz unten in einem von Max' Spielzeugkörben.

»Ich wollte sie in Sicherheit bringen«, erklärte ich cool und gab Stephan die Kiste.

»Wunderbar, und – danke, Issy – das hier ist für dich.«

Wir tauschten eine große Kiste gegen eine kleine Schachtel.

Stephan überraschte mich wieder – nur dass es diesmal eine angenehme Überraschung war.

Also … die Sache mit dem Ring –

Er lag in der Schachtel, die Stephan mir überreichte.

Und jetzt trage ich ihn am kleinen Finger.
An meinem linken kleinen Finger.

Die Dame im Park (oder: Ringlein, Ringlein, du musst wandern)

Vor langer, langer Zeit war ich nachmittags mit Max im Regent's Park, und wir haben die Enten und die Gänse gefüttert. Die Bilder schlummern ganz weit hinten im Nebel meiner Erinnerungen. Max war zwei, und mich gab es kaum. Ich bekam viel zu wenig Schlaf und funktionierte nur auf Autopilot. Es war bitterkalt, mitten im Winter, wir hatten uns warm eingemummelt. Unsere gefiederten Freunde freuten sich über die Krümel, Hunderte von Enten umzingelten uns, und schon bald hatten wir kein altes Brot mehr.

»Was für ein niedlicher Junge«, sagte eine ältere Frau und gab Max lächelnd ein großes Stück Brot.

Also konnte Max wieder die Enten füttern, während die Frau und ich uns unterhielten. Ich war dankbar, jemanden zu haben, mit dem ich reden konnte, weil ich so viel mit Max allein war, und schließlich landeten wir im Café am See, und bei einer Tasse Tee mit Rosinenbrötchen plauderten wir über Ich-weiß-nicht-was.

Als Max den Ring von Stephan sah, sagte er: »Wie der von der alten Dame im Park.«

Im Café am See hatte sich Max, die kleine Elster, brennend für einen ihrer Ringe interessiert.

Sie hatte ihn damit spielen lassen.
Ich bin mir fast sicher.
Aber wie gesagt, das ist lang, lang her, und vielleicht spielt mir mein Gedächtnis einen Streich.

AUFSTEIGENDER AST

Ich nutzte das Geschenk meines Vaters und trug mich für einen Stand-up-Comedy-Kurs beim »Lachenden Elch« ein. Joe, der Comedian, hatte gemeint, ich solle es doch mal versuchen. Also fand ich mich an einem Samstagnachmittag im Enterprise ein und machte mich total zum Affen, während Maria auf Max aufpasste. So gut hatte ich mich seit einer halben Ewigkeit nicht mehr amüsiert – ach je, und wie viel Geld habe ich für die Therapie hingeblättert!
Der Kurs fiel zeitlich mit meiner Beförderung im Café zusammen: Ich war jetzt »General Manager«. Ich hatte Silvio überredet, meinen Status aufzuwerten. Das würde meinen persönlichen Einsatz steigern, sagte ich, das heißt, ich würde noch mehr arbeiten.
»Du kannst gut verhandeln, Issy, aber eine Lohnerhöhung kriegst du keine mehr.«
Weil ich gerade erst eine bekommen hatte, war ich nicht weiter böse deswegen.
»Ach, Silvio, da ist noch was – kann ich einen Anstecker mit der Aufschrift ›General Manager‹ tragen, damit alle Leute Bescheid wissen?«
Silvio fraß mir längst aus der Hand, weil ich beim Café verschiedene Veränderungen eingeleitet hatte, die das Publi-

kum anlockten. Im Grund war es ganz einfach – und verdammt nahe liegend. Es gab jetzt einen »Mums' Morning Club«, damit Vollzeitmütter ein paar Stunden aus dem Haus kamen und in einem kinderfreundlichen Umfeld Zuflucht finden konnten. Man musste nur einen großen Korb mit Spielzeug in die Ecke stellen. Und den superleckeren »Superdrink« anbieten. Jawohl, während Mum ihren Vormittagskaffee schlürfte, bekamen die Sprösslinge eine Tasse geschäumte Milch, auf der Schokostreusel schwammen. Und nicht zu vergessen die spezielle Kinderspeisekarte, mit püriertem Gemüse für die ganz Kleinen. Die Frauen hingegen konnten zwischen verschiedenen kalorienarmen Köstlichkeiten wählen – und mit gutem Gewissen essen.

Außerdem, und dafür muss ich mich selbst loben, was ich immer gern tue: Unsere Kinderstrategie hatte zur Folge, dass während der Zeiten, in denen normalerweise im Café die absolute Flaute herrschte, nämlich zwischen zehn und zwölf und dann wieder zwischen drei und fünf, jetzt viel Betrieb war.

Es sprach sich herum, und schon bald pilgerten sie von nah und von fern zu uns. »Ach, wie süß!«, flötete ich tausendmal am Tag mit honigsüßer Stimme angesichts der kleinen Quälgeister, nein, der Amok laufenden Wilden, die überall ihre fettigen Fingerabdrücke hinterließen und für Chaos sorgten. Aber wie sagte Fiona immer? »Geschäft ist Geschäft.«

WER HÄTTE DAS GEDACHT

Sie erschien in einem schicken Leinenfummel von Nicole Farhi.
»Issy – hast du einen Moment Zeit für mich?« Fiona musste schreien, um ein kreischendes Balg zu übertönen.
»Bin sofort bei dir!«, antwortete ich. Was wollte sie hier? Ich beugte mich zu dem plärrenden Kind hinunter und zischte: »So, Beyoncé, das reicht!«
Die Kleine kapierte sofort und rannte zu ihrer lieben Mama.
»Hübscher Anstecker«, bemerkte Fiona.
»Danke. Was darf ich dir bringen?«
»Ich habe interessante Neuigkeiten. Können wir uns kurz unterhalten?«
Mir stand längst eine Pause zu, und »General Manager« hin oder her, ich bat eine unserer neuen Mitarbeiterinnen, eine ehrgeizige junge Schauspielerin, ob sie kurz den Laden schmeißen könne, während ich mit Fiona in das ruhige Café auf der anderen Straßenseite entfloh.

MEIN JOB UND BOB

Immerhin hatte er mich den Job gekostet.
Nachdem wir's uns bequem gemacht hatten, verkündete Fiona, sie wolle mich über Bob Thornton und den momentanen Status seiner Ehe informieren.
»Fiona, bitte – muss ich mir das wirklich anhören?«
»Ja, ich glaube schon«, erwiderte sie.

Bob Thornton und seine Frau hatten schließlich die Lage bereinigt, und zwar durch eine relativ einfache, bewährte Technik genannt Kommunikation. Eine Methode, die unsere schöne Honigfalle schnellstens zum Bankrott brächte, würde sie allgemein praktiziert.

Aber zurück zur eigentlichen Geschichte. Bobs Frau hatte weiterhin seine außerehelichen Internet-Aktivitäten überwacht. Zu diesen Aktivitäten gehörte die Mitgliedschaft bei mehreren Pornoseiten, Dating-Chatrooms und so weiter. Sie war, milde gesprochen, sehr verwirrt, denn Bob wollte zu Hause selten etwas anderes als die Missionarsstellung ausprobieren. Ja, er war der rundum perfekte Ehemann, in jeder Hinsicht – bis auf diese Abschweifungen. Sie konnte sich keinen Reim darauf machen. Deshalb hatte sie sich an die Falle gewandt, in der Hoffnung, handfeste Beweise für seine Untreue zu finden. Gleichzeitig wurde Bob ihr gegenüber misstrauisch und begann, sie zu bewachen, bis er sie schließlich, nachdem er ewig um den heißen Brei herumgeschlichen war, zur Rede stellte.

»Er hat sie zur Rede gestellt?«

Ich war platt.

»Er hatte gemerkt, dass auf seiner Visarechnung Zahlungen an Pornoseiten aufgelistet waren, und dachte, sie steckt dahinter.«

»Ja, klar, Fiona. Er hat sie ausgetrickst, weil er gemerkt hat, dass sie ihm auf die Schliche gekommen ist. Der alte Ekelfritze wollte ihr die Schuld in die Schuhe schieben.«

»Nein, so war's nicht. Am Ende stellte sich heraus, dass der gemeinsame Sohn hinter der ganzen Sache steckt. Er hat Bobs Namen und seine Visakarte verwendet.«

»Der Sohn!«

RÜCKBLENDE ZU ...

Dem jungen Mann, der an dem Abend, als ich mich mit Bob getroffen habe, aus der Bar geführt wurde. Und zu den Jugendlichen, die mich mit dem genialen Spruch: »Mein Freund hier will wissen, ob Sie mit ihm rausgehen würden« angraben wollten.

Das passte.

»Willst du damit sagen, dass ich nicht mit Bob geschlafen habe?«

»Du hast dir das alles nur eingebildet, so wie's aussieht. Weil du unbedingt Aufmerksamkeit brauchtest, hast du deinen Job aufs Spiel gesetzt und verloren. Und uns hast du ziemlich viel Ärger gemacht.«

»Aber wir haben doch –«

»Nein, habt ihr nicht.«

»Doch.«

Fiona senkte die Augenlider und sagte scheinheilig: »Wenn ich mich recht entsinne, warst du damals ziemlich frustriert.«

»Aber Fiona, ich hab doch keine Wahnvorstellungen.«

»Wie dem auch sei –«

»Dieser Bob ist ein raffinierter Schwindler, Fiona. Er ist Therapeut. Verstehst du – er hat seine Frau völlig irre gemacht.«

»Bob Thornton ist Gymnasiallehrer.«

»Ach was ...«

Diese Information musste ich erst einmal auf mich wirken lassen. Bob war also gar nicht Bob, oder jedenfalls nicht der Mann, für den ich ihn gehalten hatte, sondern ein völlig unbekannter Herr? Ein Lehrer?

Himmel, ich hatte mir ohne jeden Grund Stress gemacht! Das Traurigste war, dass wir an dem Abend viel gelacht hatten. Er war echt charmant gewesen, hatte mir seine Nummer gegeben und gesagt, ich solle ihn anrufen. Zwei einsame Menschen, die beieinander Trost gesucht hatten …

»Mist! So eine Verschwendung.«

»Verschwendung?«

»Vielleicht kann ich ihn ja wieder finden.«

»Wen?«

»Den anderen Bob.«

»Tja, nachdem das nun geklärt ist – hättest du Lust auf ein Stück Kuchen?«

»Noch eins? Meine Güte, Fiona, hat dir noch niemand gesagt, dass ein Zusammenhang zwischen Kuchen und Hüftspeck besteht?«

Sie zog ein jämmerliches Gesicht. Ich hatte offenbar einen empfindlichen Nerv getroffen. Tränen stiegen ihr in die Augen, und sie begann zu weinen.

»Die Hormone sind an allem schuld!«, schluchzte sie. »Ich kann diese permanenten Gefühlswallungen nicht ertragen.«

»Willkommen in der Frauenwelt.«

»Ich nehme ein Medikament, dass den weiblichen Menstruationszyklus nachspielt. Es ist grauenhaft – erst bin ich gereizt und aggressiv, dann breche ich in Tränen aus, dann lagere ich Wasser ein. Warum hat mir das keiner gesagt?«

»Hättest du zugehört?«

»Wer weiß«, wimmerte sie und tupfte sich mit einem Papiertaschentuch die verschmierte Wimperntusche weg.

»Na ja, das Frausein hat auch seine guten Seiten.«

»Und die wären?«
»Hmm, lass mich mal nachdenken. Die Fähigkeit, ein anderes menschliches Wesen zur Welt zu bringen. Trotz aller negativen Aspekte ist die Mutterschaft, na ja, wie soll ich sagen, das Herzstück des Frauendaseins.«
»Du bist grausam, Issy.«
Das wusste ich, aber ich hatte mich einfach nicht zurückhalten können.
»Okay – was ist mit der Aufmerksamkeit, die uns die Männer schenken? Obwohl damit spätestens mit dreißig Schluss ist. Wenn man die Dreißig überschreitet, wenn die Falten kommen und die Haare grau werden, dann ist man plötzlich in einer Sackgasse, hat das Haltbarkeitsdatum überschritten und wird von der Männerwelt übersehen. Aber warum erzähle ich das ausgerechnet dir?«
Wieder schossen ihr Tränen in die Augen.
»Issy, ich habe heute Morgen zwanzig Minuten gebraucht, um rückwärts einzuparken.«

ZWEI ZITRONENTÖRTCHEN SPÄTER

Ihre Laune besserte sich, und sie war so lustig wie, äh, Zitronentorte. (Aua, ich glaube, ich bin dabei, die Kunst der blöden Witze zu perfektionieren.)
Sie wurde rot, entschuldigte sich für ihren kleinen Gefühlsausbruch und teilte mir mit, dass meine Nachfolgerin sich als psychisches Wrack entpuppt habe. Eine total labile Frau, die alle Klienten vertrieb, indem sie sich aufführte wie ein emotionaler Krüppel auf LSD.

»Kurz gesagt, Issy – jetzt, da die Bob-Akte geschlossen ist, hätten wir gern, dass du –«
»Fiona, ich weiß, worauf du hinauswillst. Aber ehe ich auch nur darüber nachdenke – ich fände es gut, wenn Trisha mich anrufen würde.«

SCHADENFROH?

Ich bin die Arroganteste im ganzen Land.
»Entschuldige, Trisha – was hast du gesagt? Ich hör dich so schlecht.«
Montagnachmittag, ein schöner Sommertag. Max und ich waren gerade oben auf Primrose Hill angekommen. London lag uns zu Füßen, und als wir den Blick in die Ferne schweifen ließen, zeichnete sich am Horizont eine rosige Zukunft ab. Und dann kam Trishas Anruf.
»Ich habe gesagt – wir hoffen, dass du bereit bist, wieder für uns zu arbeiten.«
Verdammt, die Stille im Hintergrund war ohrenbetäubend.
»Nochmal, Trisha, aber bitte mit Gefühl.«
»Möchtest du deinen Job wiederhaben?«
Du musst kriechen, Lady!
»Meinen Job? Du willst mir meinen Job anbieten?«
»Ja.«
»Das heißt, ich soll wieder für die Honigfalle arbeiten?«
»Ja, Issy.«
»Nur um eins klarzustellen – wie sehen die Arbeitsbedingungen aus? Wie steht's mit der Bezahlung?«
»Genau wie vorher.«

»Hmmm – wie wär's mit ein paar kleinen Bonbons?«
»Wir haben dich vermisst.«
»Das reicht nicht.«
»Okay. Wie klingt eine Erhöhung um fünf Prozent?«
»Mickrig.«
»Zehn Prozent.«
»Schon besser.«
»Also?«
»Ich werde das Angebot wohlwollend überdenken und mich in ein paar Tagen bei euch melden. Einverstanden?«
»Gut, aber schieb's nicht zu lang vor dir her.«
Ach, es ist so ein angenehmes Gefühl, umworben zu werden. Und ich hatte sowieso keine Lust mehr, mir jeden Morgen die verzogenen, anspruchsvollen Cafégören anzutun. Womit ich die Mütter meine.
Ich schaute Max an und rief vergnügt: »Maxy, ich habe ein komisches Gefühl.«
»Warum, Mum?«
»Ich glaube, es wird alles immer besser. Komm, wir machen einen Wettlauf – wer ist zuerst unten?«
Wir rannten den Hügel hinunter, und zur Abwechslung ließ ich ihn nicht gewinnen.

WAS GIBT'S?

Freitagabend, und ich schlenderte heimwärts von einem Besuch bei Comedian Joe und Dina, die seit kurzem Eltern einer siebenpfündigen Tochter sind.
»Also – machst du's?«, hatte Joe mich gefragt. Er redete

von dem Fünfminutenauftritt, mit dem wir den Comedy-Kurs abschließen sollten.

Ich wusste nicht, ob ich mich trauen würde.

»Der Kurs hat Spaß gemacht, aber –«

»Was hast du zu verlieren? Schlimmstenfalls fällst du auf die Schnauze.«

»Ja, dafür hab ich Talent.«

»Ich helfe dir mit dem Programm.«

»Versprochen?«

Ich, als Stand-up-Komikerin? Aber warum nicht? Wer nicht wagt … Ich ging im Kopf verschiedene Szenarien durch, während ich in die behütete Welt unserer Straße einbog. Ich hörte schon den Applaus, das Gelächter, die Bravorufe. Doch kurz vor unserem Haus kam plötzlich aus dem Dunkel ein Mann auf mich zugeschossen und packte mich an den Schultern.

Das war wieder mal typisch!

Gerade hatte ich mich einigermaßen hochgerappelt und wieder Selbstbewusstsein getankt, und schon wurde ich überfallen. Hey – wahrscheinlich ließe sich daraus eines Tages eine gute Pointe machen.

Auf der Schwelle zum sicheren Hafen wurde ich ausgeraubt. Ich wollte schreien, riss den Mund auf – aber es kam kein Ton heraus. Nicht einmal der automatische Fluchtimpuls setzte ein. Ich war gelähmt von einer eisigen Angst.

Mein Gott – ausgerechnet heute Abend. Ich meine – woher wusste dieser Kerl, dass ich mein Gehalt mit mir herumschleppte?

»Issy!«

Und woher wusste er meinen Namen?

»Issy?«

Uff – es war der Nachbar von oben, der einen in der Krone hatte. Er torkelte und klammerte sich krampfhaft an mich.
»Hab ich dich erschreckt?«
»Allerdings! Du Knallkopf!« Ich gab ihm einen Rippenstoß.
»Aua, was soll das?«
»Du hast mir Todesangst eingejagt.«
»Tut mir Leid – ich bin total breit.«
»Das hab ich auch schon gemerkt.«
Wir stolperten mühsam die Stufen zur Haustür hinauf. Ich versuchte die ganze Zeit, ihn abzuschütteln. Für Betrunkene seines Kalibers habe ich wenig übrig. Ich will nicht daran erinnert werden, wie ich mich manchmal aufführe! Er lallte halbe Sätze vor sich hin.
»Es ist aus.«
»Ist dir schlecht?«
»Issy, kannst du noch mit zu mir kommen?«
»Wieso?«
»Weil …« Er fuchtelte mir mit dem Finger vor dem Gesicht herum. »Ich muss mit jemandem reden.«
»Reden können wir auch morgen früh. Aber halt dich gut am Treppengeländer fest.«
Ich wollte gerade meine Wohnungstür aufschließen.
»Sie hat Schluss gemacht.«
»Wer?«
»Meine Freundin.«
»Oh … herzlichen Glückwunsch. Das ist fantastisch.«
Er ließ sich auf die unterste Stufe plumpsen.
»Wir haben uns böse gestritten.«
Er schwieg. Offenbar hatte er den Faden verloren.
»Keine Sorge, sie kommt zurück.«

»Ich weiß gar nicht, ob ich sie zurückhaben will.« Er versuchte aufzustehen. »Nett, dass du mir zugehört hast«, brummelte er noch und begann den Aufstieg.

»Du hast was Besseres verdient. Glaub mir, du wirst noch froh sein, dass alles aus ist.«

Er stolperte, fiel hin – wenn er so weiter machte, war wirklich bald alles aus.

Maria erwartete mich mit einem Becher Tee.

»Ich habe dich draußen mit jemandem reden hören – war das dein neuer Freund?«

»Mein Nachbar von oben.«

»Gibt es was zu erzählen?«

»Nein.«

»Wirklich nicht?«

»Doch, gerade fällt mir was Wichtiges ein.« Ich erzählte ihr von dem bevorstehenden Auftritt. »Ich brauche dich also ganz dringend nächste Woche.«

»Machst du's wirklich?«

»Ja. Warum? Meinst du, ich bin verrückt?«

»Nein, es ist eine gute Idee, Issy. Ich weiß, du kannst das.«

»Aber sag's bitte keinem, versprochen?«

»Warum nicht?«

»Einfach so – könnte der schrecklichste Abend meines Lebens werden. Höchstwahrscheinlich sogar.«

AM FOLGENDEN DONNERSTAG, 00:01

Ich lag im Bett, mein Magen rumorte schon, und ich stellte mir vor, wie ich oben am Mikrophon stand und

versuchte, die Leute zum Lachen zu bringen. Was für ein bedrohlicher Gedanke! Joe hatte sein Versprechen gehalten und die letzte Woche mit mir geprobt.
»Vergiss nicht – Timing und Kontakt mit dem Publikum. Du machst das ganz klasse, Issy.«
»Bist du dir da hundert Prozent sicher?«
»Neunundneunzig.«
Aaah – ein Prozent Zweifel. Bei mir reichte das.
Die Tage waren wie im Flug vergangen. Ich hatte die Honigfalle angerufen und war wieder eingestellt worden, juhu, und dann hatte ich meinen »General-Manager«-Anstecker abgegeben.
Der gute alte Silvio zeigte Verständnis.
»Kein Problem, ist schon gut. Ich sehe, du bist nicht mit dem Herzen bei der Sache.«
Er hatte Recht. Der Reiz des Neuen war verflogen, und ich hatte in letzter Zeit alles ein bisschen schleifen lassen. Mein Nachbar von oben hatte sich von seinem Kater erholt, hockte die ganze Woche muffig im Café und triefte vor Selbstmitleid. Ich hatte Erbarmen mit ihm und behandelte ihn zur Abwechslung sehr freundlich.
Jetzt ließ ich den Kopf wieder ins Kissen sinken, aber meine Gedanken rasten. Warum hatte ich mich in diese unmögliche Lage gebracht? Ich faltete die Hände vor der Brust. »Lieber Gott!«, stöhnte ich laut.
Ja, Zeit für ein kleines Stoßgebet.

Lieber Gott,
ich liege hier, starre hinauf zu den Rissen in meiner Schlafzimmerdecke – demnächst muss ich sie neu streichen. Gott, soll ich dir was sagen? Zur Abwechslung bin ich zufrieden mit meinem Schicksal. Ich habe über die Ereignisse der letz-

ten Zeit nachgedacht, über Sarah und wie schrecklich es ist, so verletzlich und allein zu sein. Da ist mir klar geworden, wie sehr wir einander brauchen. Und dass man nur eine begrenzte Zeit in einer Seifenblase der Unabhängigkeit leben kann.

Als Max gestern Abend auf dem Klo saß, merkte ich wieder einmal, wie lieb ich ihn habe.

»Max«, rief ich, »du bist das tollste Kind auf der ganzen Welt, und ich hab dich so wahnsinnig lieb, dass es schon richtig wehtut.«

Seine Antwort?«

»Brauchst du ein Pflaster?« Und dann streckte er mir sein Hinterteil entgegen, damit ich es abputzte.

Und um das noch zu toppen, fragte er: »Mum, was ist eigentlich Liebe?«

Ohne zu überlegen sagte ich: »Liebe, mein Sohn, ist, dass man lachen kann, auch wenn alles beschissen ist.«

Na, wie findest du meine Witze? Windest du dich schon vor Grausen? Ach, ich weiß auch nicht, aber ich fühle mich so federleicht. Alles ist möglich. Ich bin bereit – versteht du, was ich meine? Klar verstehst du mich.

Jedenfalls werde ich heute Abend auftreten. Wünsch mir Glück, denn …

JETZT GEHT'S LOS – DER TAG DES AUFTRITTS

12:00 Uhr: Mampfte heimlich hinter dem Tresen ein Schokocroissant. Silvio erwischte mich, und ich musste den vollen Preis bezahlen. Schuft.

13:30 Uhr: Mein Nachbar von oben kam mit einer Glückwunschkarte ins Café. Auf der Karte stand: »Bitte, sag nicht immer Nachbar und / oder Scarface zu mir. Ich habe einen Namen.« Ohne Unterschrift. Sehr witzig.
14:15 Uhr: Wischte systematisch alle Tische ab. Plötzlich packte mich die Panik. Raste aufs Klo, um zu kotzen.
15:00 Uhr: Holte Max im Kindergarten ab. Die Leiterin nahm mich beiseite und berichtete mit besorgter Stimme, dass Max sich mit einem älteren Kind gestritten habe. Anscheinend hatte Max damit angegeben, ich sei eine Spionin. Das Kind hatte, gemeinsam mit anderen, Max aufgezogen und gesagt, er sei ein Lügner. Empört – und das ist milde ausgedrückt – zwang ich die Leiterin und die noch anwesenden Kinder, sich sofort bei Max dafür zu entschuldigen, dass sie seine Ehrlichkeit angezweifelt hatten. Dann gingen wir zwei zu Marine Ices und aßen jeder drei Kugeln.
16:00 Uhr: Auf dem Spielplatz. Freddie rief an und wollte wissen, wo ich stecke, weil er gerade im Café war. Er verkündete, er werde den Kellner heiraten, der eigentlich Medizin studiert, um Gehirnchirurg zu werden. Er wolle mehr Zeit mit Max verbringen, weil er und sein Freund vielleicht später ein Kind adoptieren möchten.
17:30 Uhr: Machte Abendessen für Max. Steckte ihn in die Badewanne.
18:30 Uhr: Maria rief an und sagte, sie könne nicht babysitten.
18:31 Uhr: »Was soll das heißen? Ich bin auf dich angewiesen. Ich habe heute Abend meinen Auftritt, meinen ersten Auftritt. Der ist mir total wichtig. Weißt du denn gar nicht, wie viel Arbeit ich da reingesteckt habe? Jesus, Maria!«

Meine coole Haltung war wie weggeblasen, ich wusste nicht weiter.
»Tut mir Leid, ich schwör's, aber ich kann unmöglich kommen.«
»Warum? Warum? Warum?«
»Ich bin in Paris mit Bambuss. Er hat mich entführt – sagte, wir fahren nach Brighton, sind um fünf wieder da. Es tut mir Leid, Issy – hasst du mich jetzt?«
»Ja, sehr, Maria.«
Das sagte ich ganz kühl und leise, dann knallte ich den Hörer auf die Gabel.
Und jetzt? Grübel, grübel, gibt's denn jemanden, den ich in letzter Minute als Notbabysitter anrufen könnte?
18:45 Uhr: Rief Nadia an – belegt.
Rief Freddie an – auch belegt, das heißt, er sagte, dass er und sein Liebster schon anderweitig belegt seien.
Rief Fiona an – Rendezvous mit einem Matrosen, den sie gerade kennen gelernt hat.
Rief Silvio an – im Halbfinale der Kegelmeisterschaften.
Rief Joy an – in New Mexico, mit einem schnuckeligen Typ und im dritten Monat schwanger.
Rief Trisha an, als letzte Möglichkeit – sie käme, wenn sie könnte, habe aber leider einen Auftrag.
Rief wieder Nadia an – immer noch belegt.
Rief Joe an – er sagte, nein, geht nicht, und: Bring Max doch einfach mit.
Spinnt er? Weiß er denn nicht, dass Kinder nach einer bestimmten Tageszeit absolut tödlich sein können? Das ging auf keinen Fall. Nein, es gab keine Lösung.
Rief die netten Finkelsteins an – unmöglich. Nach drei eigenen Kindern und sechs Enkeln »haben wir genug gelitten«, wie sich Gladys ausdrückte.

Mein Nachbar von oben! Bingo. Warum hatte ich nicht gleich an ihn gedacht? Mein lieber, guter, großzügiger, kinderlieber Nachbar war – nicht da.
Ich klopfte, ich brüllte, ich schaute auf die Straße, sein Auto stand nicht auf seinem üblichen Parkplatz.
20:00 Uhr: Saß auf dem Sofa, kuschelte mit Max und versuchte, ihm auszureden, dass er jetzt unbedingt sein *Transformers*-Video anschauen musste.
»Komm doch mit, es wird bestimmt lustig – wir machen Comedy.«
»Nein, ich will mein Video gucken.«
»Ach, was soll's.«
Ich fand mich damit ab, dass ich zu Hause bleiben musste. Machte ich mir nicht sowieso etwas vor? Es war doch sowieso nur eine Schnapsidee, ein Wunschtraum.
Was bildete ich mir ein? Dass ich jung, frei und ungebunden war?
Ich trat ans Fenster, um meine Jalousie, eine Neuerwerbung, herunterzuziehen – und wen sehe ich da? Mrs O' – wie hieß sie gleich? Äh … äh, der Name begann mit L …
Ich rannte nach draußen, riss die Haustür auf und rief hinter ihr her:
»Hallo, Mrs –« Der Name lag mir auf der Zunge. »Mrs Lynch!«
Meine Stimme schallte wie eine Trompete von Jericho.
»Aber natürlich, gern. Nein, es macht überhaupt keine Umstände, im Gegenteil. Wo steckt er denn, der kleine Mann?«
»Achmeingott, ich kann gar nicht sagen, wie dankbar ich Ihnen bin.«
Ich stand auf und klopfte mir den Straßenstaub von den Knien.

20:30 Uhr: Wurde schon im Club erwartet, war aber noch unter der Dusche.
Max und Mrs Lynch saßen im vorderen Zimmer und spielten das Leiterspiel.
20:45 Uhr: Noch ziemlich feucht. Zog meine Klamotten an.
20:46 Uhr: Aus dem Haus. Rannte los, wie von Furien gejagt, den ganzen Weg. Ich würde es schaffen. Ich konnte es schaffen.
»They're not gonna get us, they're not gonna get us …«, sang ich im Geist. Danke, Tatu!
21:01 Uhr: Ankunft. Schweißgebadet. Erst jetzt merkte ich, dass ich mein T-Shirt verkehrt herum anhatte.
Joe stand an der Tür zur Bar.
»Da bist du ja! Prima. Viele Leute!«
Oh, Gott, in meinem Kopf drehte sich alles vor Angst. Ich kann das unmöglich durchziehen! Hey – es sind doch nur fünf Minuten, fünf ganze Minuten, ein halbes Leben, dreihundert Sekunden … Nein, ich muss es schaffen.
»Du bist als Erste dran, Issy. Komm.«
21:05 Uhr: Der Raum war gerammelt voll. Na gut, es hatten nur zwanzig Leute Platz, aber für eine Blamage waren es zwanzig zu viel. Ich blieb hinten stehen – Joe war auf der Bühne, um die Leute anzuheizen. Nimm dich zusammen, Mädchen, konzentrier dich.
Und dann … dann hörte ich meinen Namen.
Okay. Ich werde es schaffen. Ich kann es schaffen.
Ich ging nach vorn in Richtung Bühne. Ach herrje, lieber Herr Jesus, da saßen sie alle, Bambuss und Maria, Nadia, Fiona, Trisha, mein Nachbar, die Finkelsteins, Silvio, sogar Freddie und sein Liebster.
Jetzt geht's los.

Ich …
Ich …
Ich holte tief Luft und –

FLOPP

Ach, verdammte Scheiße. Es war eine Qual, es war –
»So schlecht war's doch gar nicht«, log mein Nachbar.
»Ehrlich?«
»Die Szene mit ›Bohemian Rhapsody‹ war extrem komisch.«
Fragen Sie nicht – ich hatte als letztes Mittel darauf zurückgegriffen, hatte die Szene aus meinem Unterbewussten hervorgezerrt, weil ich dem Publikum endlich eine Reaktion entlocken wollte.
Mein Nachbar und ich trotteten schweigend weiter.
»Tut mir Leid, dass du meinetwegen einen Abend vergeudet hast«, murmelte ich an der Haustür.
»Er war nicht vergeudet.«
Ach, Quatsch. War ja nett, dass er mich unbedingt aufheitern wollte.
»Neuigkeiten von deiner Exfreundin?«
»Nein.«
»Na, ja. Worüber habt ihr euch eigentlich gestritten?«
»Über dich.«
»Über mich?«
»Sie denkt, ich bin scharf auf dich und will es nicht zugeben.«
»Ha!«
»Und dass es bei dir genauso ist, nur umgekehrt.«

»Na, so was.«

»Also, Ms Brodsky – darf ich Sie küssen?«

Okay, okay, ich gab nach, und nicht nur wegen meines fürchterlichen Auftritts werde ich den Abend nie vergessen, denn ich starb und schwebte gen –

DANK

Vielen, vielen Dank an alle bei Bloomsbury, besonders an meine Lektorin, die wunderbare Rosemary Davidson. Dank an Jonny Geller und Doug Kean – für Unterstützung und Beratung. Paul Blezard – danke für den Titel. Benedict Flynn und Jack Barth: vielen Dank für euren Rat und die guten Vorschläge. Augusta Marguez, Sam Katz, Bongi MacDermot, Rachel Fehily, Rachel Khoo, Lynnette Kyme, Sian Jacobs, Ann-Marie Kavanagh, Bethan Williams und Judy Davis – euch allen Dank für eure unerschütterliche Freundschaft. Dank an die Hampden Ladys, Wendy, Sandra, Bernie, Marcelline, Debbie C., Debbie J. und Susan, weil ihr euch so wunderbar um meine oberste Priorität gekümmert habt. An den Kurs von Amused Mooses im September 2003 (ha ha). Und schließlich an Michael Seresin – für alles.

Heleen van Royen

Göttin der Jagd

Band 16357

Gierig leben und jeden Tag lachen! Diana weiß, was sie hat: einen wunderbaren Ehemann, süße Kinder, einen guten Job. Und Diana weiß, was sie will: alles! Und zwar mit viel Sex in freier Wildbahn. Aber dann wird sie schwanger – nur von wem? Das Kind kann sie doch nicht bekommen? Diana muss eine Entscheidung treffen – und ihr ganzes Leben in Frage stellen.

»Witzig, erotisch, mutig!«
Für Sie

Fischer Taschenbuch Verlag

fi 16357 / 1

Lauren Henderson

Lover zum Dessert

Roman

Band 16309

Man nehme:
1 knackigen weiblichen Single,
1 überreife Ehe,
1 saftigen jungen Starkoch,
2-3 sehr große Holländer und
1 gut abgehangene Domina.
In einen Topf geben, gut verrühren.
Vorsicht, scharf! Nicht erhitzen!

Ein wunderbar frecher Roman aus garantiert romantischem Anbau.

Fischer Taschenbuch Verlag

fi 16309 / 1